文思與創意

大學國文教學論集

國立嘉義大學中文系　編著

序

　　大學國文是語文教育的一環，其價值卻備受爭議。

　　當社會出現撻伐學生語文程度低落，卻又大幅刪減國文時數與學分的矛盾現象之際，正顯示國文在社會的尷尬處境。語文教育的重要性無可否定，然而，需要調整的是國文的教材與教法，也就是國文要教什麼？怎麼教？這樣的反省歷經多年，已經有些成果，也實際落實在教學上，這幾年關於國文教材的編選、撰寫；教法的調整、創新，都是要回應社會與學生對國文教學的期待。

　　這本呈現在各位眼前的論文集，也是集合眾人的經驗，希望針對大學國文的教學，提供有意義的省思，感謝校外老師提供稿件，尤其是陳滿銘教授、何淑貞教授的賜稿，以及系內老師共襄盛舉，也要謝謝萬卷樓梁總經理慨允出版。

　　嘉大中文系的老師擔負全校的大學國文，大家兢兢業業，努力以赴，也獲得同學的肯定。希望這本論文集是嘉大中文系老師在大學國文教學的集體發聲，也是就此議題，與學術界對話的開始。

蔡忠道

嘉大中文系系主任

2007.07.01

目　錄

序

讀寫原理與實例分析

歸本於「語文能力」與「意象系統」作探討

陳滿銘　臺灣師大國文系兼任教授

摘 要

思維力乃語文能力之母，是出之於先天（先驗）的，如就順向的「寫作」，著眼於「由意而象」而言，所呈現的為「（0）一、二、多」的邏輯結構；如就逆向的「閱讀」，著眼於「由象而意」來說，所呈現的是「多、二、一（0）」的邏輯結構。而語文的能力，可分「一般能力」、「特殊能力」與「綜合能力」等，其間始終藉「意象」為內容的「思維力」一以貫之，形成「意象（思維）系統」，以發揮「創造力」；這樣，「創造力」（隱意象→顯意象）在「思維力」之推動下，就將「意象（思維）系統」由「隱」而「顯」地表現出來了。如此歸本於語文能力，以探討它與「意象（思維）系統」的密切關係，梳理出其層次邏輯系統，最能呈現讀寫互動之原理，因此編選語文讀、寫教材時，是必須特別加以留意的。

關鍵詞：閱讀、寫作、語文能力、意象（思維）系統、編選語文教材

一、前　言

　　閱讀與寫作，都離不開「意象」；而一般用之於文學之「意象」，如歸根於人類的「思維」來說，則由於「思維」是人類一切知行活動的原動力，而「思維」又始終以「意象」為內容，所以「意象」是可以通貫「思維」之各個層面，而形成「意象（思維）系統」的。而「意象（思維）系統」則直接與「語文能力」的開展息息相關；一般而言，語文能力可概分為三個層級來加以認識：即「一般能力」（含思維力、觀察力、記憶力、聯想力、想像力）、「特殊能力」（含立意、運用詞彙、取材、措辭、構詞與組句、運材與佈局、確立風格等能力）、「綜合能力」（含創造力）等[1]。不過，這三層能力的重心在「思維力」，經由「形象」、「邏輯」與「綜合」等三種思維力作用下，結合「聯想力」與「想像力」的主客觀開展，進而融貫各種、各層「能力」，而產生「創造力」[2]。以下就從「一般能力」、「特殊能力」與「綜合能力」，探討它們與「意象（思維）系統」的關係，並舉例說明，以凸顯讀、寫互動[3]之

1　見仇小屏《限制式寫作之理論與應用》（臺北：萬卷樓圖書公司，2005 年 10 月初版），頁 12-46。

2　見陳滿銘〈論意象與聯想力、想像力之互動——以「多」、「二」、「一（0）」螺旋結構切入作考察〉（金華：《浙江師範大學學報‧社會科學版》31 卷 2 期，2006 年 4 月），頁 47-54。

3　見陳滿銘〈論讀、寫互動〉（泉州：《泉州師範學院學報》23 卷 3 期，2005 年 5 月），頁 108-116。

作用，作為編選語文讀、寫教材之參考。

二、閱讀、寫作與「一般能力」所形成 之意象系統

　　所謂的「一般能力」，彭聃齡主編《普通心理學》解釋說：「指在不同種類的活動中表現出來的能力。」[4] 也就是說，它不只是寫作時必須具備，就是從事其他學科的學習時也都需要，因此是相當基礎、運用得相當廣泛的能力；細分起來，其中包括思維力、觀察力、記憶力、聯想力、想像力等。

　　如果從它們的邏輯關係來說，它們初由「觀察力」與「記憶力」的兩大支柱豐富「意象」，再由「聯想力」與「想像力」的兩大翅膀拓展「意象」（多），接著由「形象」與「邏輯」的兩大思維（二）運作「意象」，然後由「綜合思維」統合「意象」（一（0）），以發揮最大的「創造力」[5]。如此週而復始，便形成「多」、「二」、「一（0）」的螺旋結構 [6] 以反映「思維系統」或「意象系統」[7]。它們的關係可呈現如下圖：

4　見《普通心理學》（北京：北京師範大學出版社，2001 年 5 月二版，2003 年 1 月 15 刷），頁 392。

5　見陳滿銘〈論思維力與語文螺旋結構之形成——以「多」、「二」、「一（0）」螺旋結構加以考察〉（廣東肇慶：《肇慶學院學報》27 卷〔總 79 期〕，2006 年 6 月），頁 34-38。

6　見陳滿銘〈論「多」、「二」、「一（0）」的螺旋結構——以《周易》與《老子》為考察重心〉（臺北：臺灣師大《師大學報‧人文與社會類》48 卷 1 期，2003 年 7 月），頁 1-20。

7　見陳滿銘〈論章法結構與意象系統——以「多」、「二」、「一（0）」螺旋結構切入

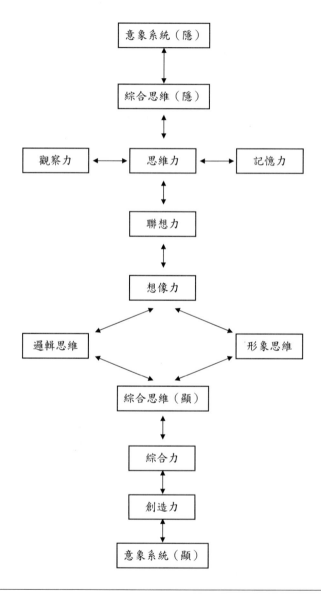

由此可見，在這種由「隱」而「顯」地呈現「意象系統」整個歷程裡，是完全離不開「思維力」（含觀察、記憶、聯想、想像、創造）之運作的。

　　而這種結構或系統，如果對應到「創造」主體的「才」、「學」、「識」三者而言，則顯然其中的「才」與「學」是對應於「觀察」與「記憶」來說的，屬於知識層，為「思維」之基礎，以儲存「意象」；而「識」則屬於智慧層，藉以提升或活用「意象」而組成隱性「意象系統」，乃對應於一切「思維」（含聯想與想像）之運作而言的。這些不但可適用於藝術文學、心理學等領域，也適用於科技領域，因此盧明森說：

> 它（意象）理解為對於一類事物的相似特徵、典型特徵或共同特徵的抽象與概括，同時也包括通過想像所創造出來的新的形象。人類正是通過頭腦中的意象系統來形象、具體地反映豐富多彩的客觀世界與人類生活的，既適用於文學藝術領域、心理學領域，又適用於科學技術領域。[8]

所以「意象」是一切思維（含形象、邏輯、綜合）的基本單元，因為從源頭來看，「意象」是合「意」與「象」而成，而「意」與「象」，乃根源於「心」與「物」，原有著「二而一」、「一而二」的關係，藉以形成「思維系統」或「意象系統」。這種「意象系統」，如著眼於「由隱而顯」的順向過程，

8　見黃順基、蘇越、黃展驥主編《邏輯與知識創新》第二十章（北京：中國人民大學出版社，2002年4月一版一刷），頁430。

為「寫作」；如著眼於「由顯而隱」的逆向過程，則為「閱讀」。

三、閱讀、寫作與「特殊能力」所形成之意象系統

　　上舉「思維」、「觀察」、「記憶」、「聯想」、「想像」與「創造」，都離不開「意象」，而以「意象」為內容。如果扣到人類的「能力」來看，則它由於隸屬於「一般能力」的層面，可通貫於各類學科，乃形成下一層面「特殊能力」之基礎。而「特殊能力」，則專用於某類學科。就以「辭章」而言，是結合「形象思維」、「邏輯思維」與「綜合思維」而形成的。這三種思維，各有所主。如果是將一篇辭章所要表達之「意」，訴諸各種偏於主觀之聯想、想像，和所選取之「象」連結在一起，或者是專就個別之「意」、「象」等本身設計其表現技巧的，皆屬「形象思維」；這涉及了「取材」、「措詞」等有關「意象」之形成與表現等問題，而主要以此為研究對象的，就是意象學（狹義）、詞彙學與修辭學等。如果是專就各種「象」，對應於自然規律，結合「意」，訴諸偏於客觀之聯想、想像，按秩序、變化、聯貫與統一之原則，前後加以安排、佈置，以成條理的，皆屬「邏輯思維」；這涉及了「運材」、「佈局」與「構詞」等有關「意象」之組織等問題，而主要以此為研究對象的，就語句言，即文（語）法學；就篇章言，就是章法學。至於合「形象思維」與「邏輯思維」而為一，探討其整個「意

象」體性的，則為「綜合思維」，這涉及了「立意」、「確立體性」等有關「意象」之統合等問題，而主要以此為研究對象的，為主題學、意象學（廣義）、文體學、風格學等。而以此整體或個別為對象加以研究的，則統稱為辭章學或文章學[9]。

這種辭章的主要內涵，都與形象思維、邏輯思維或綜合思維有著密切的關係。其中有偏於字句範圍的，主要為詞彙、修辭、文（語）法與意象（個別）；有偏於章與篇的，主要為意象（整體）與章法；有偏於篇的，主要為主旨、文體與風格。因此辭章的篇章，是主要以意象（個別到整體、狹義到廣義）與章法為其內涵，而以主旨與風格來「一以貫之」的。

它們的關係可明白呈現如下列辭章的意象結構圖：

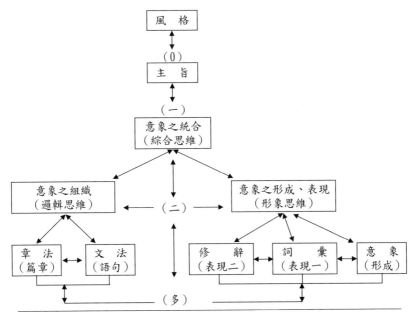

9　見陳滿銘〈論語文能力與辭章研究──以「多」、「二」、「一（0）」螺旋結構作考察〉（臺北：臺灣師大《國文學報》36 期，2004 年 12 月），頁 67-102。

　　因此，辭章是離不開「意象」的，就是主旨與風格，也是如此。由於「主旨」是核心之「意」，而「風格」是以主旨統合各「意象」之形成、表現與組織所產生之一種整體性的「審美風貌」[10]。這樣由「（０）一」（綜合思維：風格與主旨）而「二」（形象思維、邏輯思維）而「多」（意象〔個別〕、詞彙、修辭、文法、章法），是屬於逆向過程，為「寫作」；而由「多」（意象〔個別〕、詞彙、修辭、文法、章法）而「二」（形象思維、邏輯思維）而「一（０）」（綜合思維：主旨與風格），乃屬於逆向過程，為「閱讀」，兩者可說順、逆疊合，關係極其密切。

四、閱讀、寫作與「綜合能力」
所形成的意象系統

　　「綜合能力」包含「一般能力」與「特殊能力」，將它們綜合在一起，可形成如下「意象（思維）系統」圖：

10　顧祖釗：「風格的成因並不是作品中的個別因素，而是從作品中的內容與形式的有機整體的統一性中所顯示的一種總體的審美風貌。」見《文學原理新釋》（北京：人民文學出版社，2001 年 5 月一版二刷），頁 184。

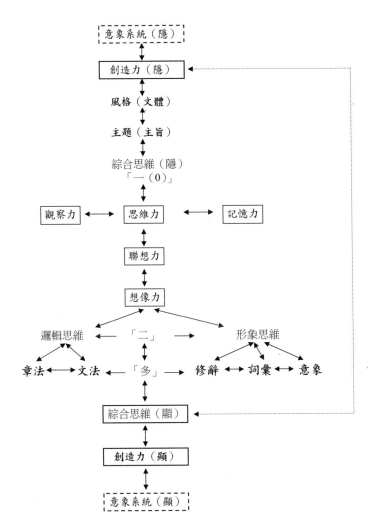

如此辭章始終以「意象」為內容，而「意象」又「是聯想與想像的前提與基礎，沒有意象就不可能進行聯想與想像。」[11] 因此如從辭章中抽離出「意象系統」，那就空無一物了。

11　見黃順基、蘇越、黃展驥主編《邏輯與知識創新》第二十章，同注8，頁431。

　　這些「思維系統」或「意象系統」以及它表現在辭章上的內涵，如對應於「多」、「二」、「（0）一」的螺旋結構，則辭章中之「意象」（個別）、「詞彙」、「修辭」、「文（語）法」、「章法」是「多」，「形象思維」與「邏輯思維」為「二」，「主題」（含整體「意象」）、「文體」、「風格」為「一（0）」。其中「意象」（個別）、「詞彙」與「修辭」關涉「意象」之形成與表現；「文（語）法」與「章法」關涉「意象」之組織；「主題」（含整體「意象」）、「文體」與「風格」關涉「意象」之統合。如此在「形象思維」、「邏輯思維」與「綜合思維」之相互作用下，由「（0）一」而「二」而「多」，凸顯的是「寫」（創作）的順向過程；而由「多」而「二」而「（0）一」，凸顯的則是「讀」（鑑賞）的逆向過程[12]。

　　在此須作補充說明的是：在哲學或美學上，對所謂「對立的統一」、「多樣的統一」，即「二而一」、「多而一」之概念，都非常重視，一向被目為事物最重要的變化規律或審美原則，似乎已沒有進一步探討之空間。不過，「對立的統一」，指的只是「一」與「二」；而「多樣的統一」指的則是「多」與「一」。這樣分別著眼於局部，雖凸顯出焦點之所在，卻往往讓人忽略了徹上徹下之「二」（陰陽）的居間作用，與其一體性之完整結構。若從《周易》（含《易傳》）與《老子》等古籍中去考察，則可使它更趨於精密、周遍，不但可由「有象」而「無象」，找出「多、二、一（0）」之逆向結構；也可由「無象」而「有象」，尋得「（0）一、二、多」之順向結構；並且

---

12 見陳滿銘〈論語文能力與辭章研究——以「多」、「二」、「一（0）」螺旋結構作考察〉，同注9。

透過《老子》「反者道之動」（四十章）、「凡物芸芸，各復歸其根」（十六章）與《周易‧序卦》「既濟」而「未濟」之說，將順、逆向結構不僅前後連接在一起，更形成循環不已的螺旋結構，以反映宇宙萬物生生不息的基本規律[13]，可適用於事事物物。這樣，此種規律、結構，用於「寫」（創作）一面，自然可呈現「（0）一、二、多」；而落到「讀」（鑑賞）一面，則自然可呈現「多、二、一（0）」[14]。而由於「讀」與「寫」是互動的，當然就形成「多」、「二」、「（0）一」的螺旋結構了。

而這種互動，如就同一作品來說，作者由「意」而「象」地在從事順向（「（0）一、二、多」）創作的同時，也會一再由「象」而「意」地如讀者作逆向（「多、二、一（0）」）之檢查；同樣地，讀者由「象」而「意」地作逆向（「多、二、一（0）」）鑑賞（批評）的同時，也會一再由「意」而「象」地如作者在作順向（「（0）一、二、多」）之揣摩。這樣順逆互動、循環而提升，形成螺旋結構，而最後臻於至善，自然使得「寫作」與「閱讀」合為一軌了[15]。

---

13 見陳滿銘〈論「多」、「二」、「一（0）」的螺旋結構——以《周易》與《老子》為考察重心〉，同注 6。而此「螺旋」一詞，本用於教育課程之理論上，早在十七世紀，即由捷克教育家誇美紐思所提出，乃「根據不同年齡階段（或年級），遵循由淺入深，由簡單到複雜，由具體而抽象的順序，用循環、往復螺旋式提高的方法排列德育內容。螺旋式亦稱圓周式」，見《簡明國際教育百科全書》（北京：新華書局北京發行所，1991 年 6 月一版一刷），頁 611。又，相對於人文，科技界亦發現生命之「基因」和「DNA」等都呈現螺旋結構。參見約翰‧格里賓著、方玉珍等譯《雙螺旋探密——量子物理學與生命》（上海：上海科技教育出版社，2001 年 7 月），頁 271-318。

14 見陳滿銘〈辭章章法的哲學思辨〉，《辭章學論文集》（福州：海潮攝影藝術出版社，2002 年 12 月），頁 40-67。

15 參見陳滿銘〈論思維力與語文螺旋結構之形成——以「多」、「二」、「一（0）」螺旋結構加以考察〉，同注 5。

五、閱讀、寫作實例分析

　　閱讀、寫作教學與評量之實施，必須經由經典作品之解讀、分析與習作之命題、評閱來達成。而這些又必須歸本於由語文能力所形成之意象系統加以掌握，才能達成實際效果。它們可著眼於三層能力之任何一層來進行，可著眼於「一般能力」之「聯想力」或「想像力」之上，也可分別著眼於「特殊能力」之「個別意象」、「詞彙」、「修辭」、「文法」、「章法」、「主題」與「風格」之上，更可著眼於「綜合能力」（整體創造力）之上。單就評量而言，閱讀與寫作，無論分開或合起來都一樣，都可以用各種題型來測驗[16]。而這種評量之內容，已在國內開始採用。即以教育部「高級中等以下學校及幼稚園教師資格檢定考試」中「國語文能力測驗」考科「選擇題」之內容而言，就定為：

　　（一）字形、字音、字義（意象、詞彙），（二）詞彙，
　　（三）文法與修辭，（四）篇章結構（章法），（五）風格欣
　　賞，（六）內容意旨（主題、意象、文體等），（七）國學
　　常識與應用文（記憶、主題、文體等），（八）綜合。

---

16 參見陳滿銘、蔡信發、簡宗梧等《國家考試國文科命題參考手冊》（臺北：考試院考選部，2002 年 6 月初版），頁 1-112。又參見仇小屏《限制式寫作之理論與應用》，同注 1。

而且各佔一定之比率。再者，依據國民中學學生基本學力測驗
推動工作委員會所編製「國民中學學生寫作測驗評分規準一覽
表」，特分如下四項：

（一）「立意取材」（主題、意象、文體、風格等）、（二）
「結構組織」（章法）、（三）「遣詞造句」（詞彙、修
辭、文法）、（四）「錯別字、格式及標點符號」（含詞
彙、文體，文法、章法、風格等）。

此外，普林斯頓圖書公司出版之《大學國文選》（2006）、萬卷
樓圖書股份有限公司出版之《新式寫作教學導論》（2007）、文
揚資訊股份有限公司推出之《文采飛揚──新型基測作文教學
題庫》（2006）與《國民中學學生寫作測驗》（2006－）等，其
注釋、賞析與命題、習作、評閱，皆本此原理而設計、編纂，
受到令人相當鼓舞之回響。

　　因此原理不但可直接應用於經典作品之解讀、分析，更可
應用於習作之命題、評閱加以驗證的。在此限於篇幅，在閱讀
上單舉一首詞為例來說明，而在寫作上則分舉學測、基測與平
時習作為例作探討，以見一斑。

　　（一）閱讀（含寫作）：茲舉白居易〈長相思〉詞為例，
加以解讀、分析：

　　　汴水流，泗水流，流到瓜州古渡頭。吳山點點愁。
　　　思悠悠，恨悠悠，恨到歸時方始休。月明人倚樓。

　　這闋詞敘遊子之別恨，是採「象、意（染）、象（點）」的意象結構寫成的。

　　首以「象（景）」（染）的部分來說，它先用開篇三句，寫所見「水」景（象一），初步用二水之長流襯托出一份悠悠之恨。其中「汴水流」兩句，都是由「先主後謂」之結構所形成的敘事句，疊敘在一起，以增強纏綿效果。而以水之流來襯托或譬喻恨之多，是歷來詞章家所慣用的手法，如李白〈太原早秋〉詩云：「思歸若汾水，無日不悠悠。」又如賈至〈巴陵夜別王八員外〉詩云：「世情已逐浮雲散，離恨空隨江水長。」此外，作者又以「流到瓜州古渡頭」來承接「泗水流」，採頂真法來增強它的情味力量。這種修辭法也常見於各類作品，如《詩‧大雅‧既醉》說：「威儀孔時，君子有孝子。孝子不匱，永錫爾類。」又如佚名的〈飲馬長城窟行〉說：「長跪讀素書，書中竟何如？」這樣用頂真法來修辭，自然就把上下句聯成一氣，起了統調、連綿的作用。況且這個調子，上下片的頭兩句，又均為疊韻之形式，就以上片起三句而言，便一連用了三個「流」字，使所寫的水流更顯得綿延不盡，造成了纏綿的特殊效果。

　　作者如此寫所見「水」景後，再用「吳山點點愁」一句寫所見「山」景（象二）。在這兒，作者以「先主後謂」的表態句來呈現。其中「點點」兩字，一方面用來形容小而多的吳山（江南一帶的山），一方面也用來襯托「愁」之多。南宋的辛棄疾有題作「登建康賞心亭」的〈水龍吟〉詞說：「楚天千里清秋，水隨天去秋無際。遙岑遠目，獻愁供恨，玉簪（尖形之山）羅髻（圓形之山）。」很顯然地，就是由此化出。而且用

山來襯托愁，也不是從白居易才開始的，如王昌齡〈從軍行〉詩云：「琵琶起舞換新聲，總是關山離別情。」這樣，水既以其「悠悠」帶出愁，山又以其「點點」擬作愁之多，所謂「山牽別恨和腸斷，水帶離聲入夢流」（羅隱〈綿谷迴寄蔡氏昆仲〉詩），情韻便格外深長。

次以「意（情）」（染）的部分來說，它藉「思悠悠」三句，即景抒情，來寫見山水之景後所湧生的悠悠長恨。在此，作者特意在「思悠悠」兩句裡，以「悠悠」形成疊字與疊韻，回應上片所寫汴水、泗水之長流與吳山之「點點」，造成統一，以加強纏綿之效果；並且又冠以「思」（指的是情緒，亦即「恨」）和「恨」，直接收拾上片見山水之景（象）所生之「愁」（意），表達了自己長期未歸之恨。而「恨到歸時方始休」一句，則不僅和上二句產生了等於是「頂真」的作用，以增強纏綿感，又將時間由現在（實）推向未來（虛），把「恨」更推深一層。這種寫法也見於杜甫〈月夜〉詩：「何時倚虛幌，雙照淚痕乾。」這兩句寫異日月下重逢之喜（虛），以反襯出眼前相思之苦（實）來，所表達的不正是「恨到歸時方始休」的意思嗎？所以白居易如此將時間推向未來，如同杜詩一樣，是會增強許多情味力量的。

末以「象（景）」（點）的部分來說，僅「月明人倚樓」一句，這一句，就文法來說，由「月明」之表態句與「人倚樓」之敘事句，同以「先主後謂」的結構組成，只不過後者之「謂語」，乃含述語加處所賓語，有所不同而已。而「月明人倚樓」，雖是一句，卻足以牢籠全詞，使人想見主人翁這個「人」在「月明」之下「倚樓」，面對山和水而有所「思」、有

所「恨」的情景，大大地起了「以景結情」的最佳作用。大家都知道「以景結情」是詞章收結的好方法之一，譬如周邦彥的〈瑞龍吟〉（章臺路）詞在第三疊末用「探春盡是，傷離意緒」，將「探春」經過作個總結，並點明主旨之後，又寫道：「官柳低金縷，歸騎晚、纖纖池塘飛雨，斷腸院落，一簾風絮。」這顯然是藉「歸騎」上所見暮春黃昏的寥落景象（象）來襯托出「傷離意緒」（意）。這樣「以景（象）結情（意）」，當然令人倍感悲悽。所以白居易以「月明人倚樓」來收結，是能增添作品的情韻的。何況他在這裡又特地用「月明」之「象」來襯托別恨之「意」，更加強了效果。因為「月」自古以來就被用以襯托「相思」（別情），如李白〈聞王昌齡左遷龍標遙有此寄〉詩云：「我寄愁心與明月，隨風直到夜郎西。」又如孟郊〈古怨別〉詩云：「別後唯有思，天涯共明月。」這類例子，不勝枚舉。

作者就這樣以「象、意（染）、象（點）」的意象結構，將「水」、「山」、「月」、「人」等「象」加以組織，也就是透過主人翁在月下倚樓所見、所為之「象」，把他所感之「意」（恨），融成一體來寫，使意味顯得特別深長，令人咀嚼不盡。有人以為它寫的是閨婦相思之情，也說得通，但一樣無損於它的美。附意象結構表如下：

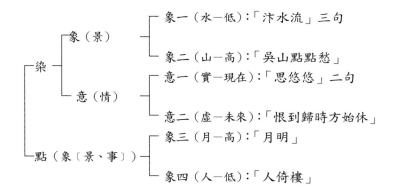

如著眼於章法結構,凸顯其風格中的剛柔成分[17],則可分層表示如下:

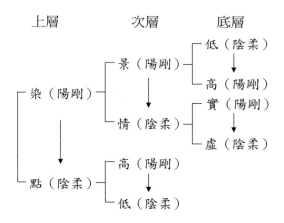

---

17 由此圖可知,此詞含三層結構:底層以「先低後高(順)」、「先實後虛」(逆)形成移位結構,其「勢」之數為「陰 5 陽 4」;次層以「先景後情(逆)」、「先高後低(逆)」形成移位結構,其「勢」之數為「陰 16 陽 8」;上層以「先染後點(逆)」形成移位結構,其「勢」之數為「陰 12 陽 6」;這樣累積成篇,其「勢」之數的總和為「陰 33 陽 18」,如換算成百分比(四捨五入),則為「陰 65 陽 35」,乃接近「純陰」的作品。其量化原理及公式,見陳滿銘〈章法風格論——以「多、二、一(0)」結構作考察〉(臺南:《成大中文學報》12 期,2005 年 7 月),頁 147-164。

此詞之主旨為「悠悠」離恨，置於篇腹；而所形成的是偏於「陰柔」的風格，因為各層結構的剛柔之「勢」，除底層之「先低後高」趨於「陽剛」外，其餘的都趨於「陰柔」，尤其是其核心結構[18]「先景後情」更如此。如此使「勢」很強烈地趨於「陰柔」，是很自然的事。

　　這樣，此詞就「意象」之形成、表現、組織、統合而言，可歸結成如下重點：

1. 以「意象」之形成來看，主要用「水流」、「山點點」、「月明」、「人倚樓」等，先後形成個別意象，而以「悠悠」之「恨」來統合它們，產生「異質同構」之莫大效果。這可以看出作者運用偏於主觀之形象思維在意象形成上之特色。

2. 以「意象」之表現來看：首先看「詞彙」部分，它將所生「情」（意）、所見「景（事）」（象），加以符號化，形成各個詞彙，此為意象之原型表現，如「水」（流）、「瓜州」、「渡頭」（古）、「山」（點點）、「思」（悠悠）、「恨」（悠悠）、「月」（明）、「人」（倚）、「樓」等，為進一步之「修辭」奠定基礎。然後看「修辭」，它主要用「頂真」法來表現「水」之個別意象，用「類疊」法、「擬人」法等來表現「山」之個別意象，使「水」與「山」都含情，而連綿不盡，以增強作品的感染力，此為意象之變型表現。由此足以看出作者運用偏於主觀之形象思維在意象表現上之特色。

3. 以「意象」之組織來看：首先看「文法」，所謂「水流」、「山點點」、「月明」、「人倚樓」等，無論屬敘事句或屬表態

18　參見陳滿銘〈論章法「多、二、一（0）」的核心結構〉（臺北：臺灣師大《師大學報・人文與社會類》48 卷 2 期，2003 年 12 月），頁 71-94。

句,用的全是主謂結構,將個別概念組合成不同之意象,以呈現字句之邏輯結構。然後看「章法」,它主要用了「點染」、「景情」、「高低」、「虛實」等章法,把各個個別意象先後排列在一起,以形成篇章之邏輯結構。由此足以看出作者運用偏於客觀之邏輯思維在意象組織上的特色。

4. 以「意象」之統合來看:綜合以上「意象」(個別)、「詞彙」、「修辭」、「文法」與「章法」等精心的設計安排,充分地將「恨悠悠」之一篇主旨與「音調諧婉,流美如珠」這種偏於「陰柔」[19]之風格凸顯出來,使人領會到它的美。這樣可看出作者運用合主、客觀為一之綜合思維在意象統合上的特色。

5. 以「多」、「二」、「(0)一」之螺旋結構來看:首先就「一般能力」來看,如同上述,「思維力」為「(0)一」,「形象思維」(陰柔)與「邏輯思維」(陽剛)為「二」,由「形象思維」、「邏輯思維」與「綜合思維」所衍生的各種「特殊能力」與綜合各種「特殊能力」所產生的「創造力」為「多」;這是從順向來看的。然後從「特殊能力」來看,辭章離不開「意象」之形成(意象〔狹義〕)、表現(詞彙、修辭)與其組織(文〔語〕法、章法),此即「多」;而藉「形象思維」(陰柔)與「邏輯思維」(陽剛)加以統合,此即「二」;並由此而凸顯出一篇主旨與風格來,此即「一

---

19 趙仁圭、李建英、杜媛萍:「整首詞借流水寄情,含情綿邈。疊字、疊韻的頻繁使用,使詞句音調諧婉,流美如珠。」見《唐五代詞三百首譯析》(長春:吉林文史出版社,1997年1月一版一刷),頁148。

（0）」[20]；這是從逆向來看的，而上舉的〈長相思〉詞就是如此。這樣可看出作者運用偏於主觀之形象思維、客觀之邏輯思維與合主客觀為一之綜合思維在辭章「多」、「二」、「（0）一」螺旋結構上之特色。

這是以經典作品為例，對應於語文能力所形成之意象系統加以解讀、分析的。

（二）寫作（含閱讀）：針對「能力」而言，寫作評量可分「個別」（含一般能力與特殊能力）、「綜合」（整體創造力）或「混合」（及混合「個別」與「綜合」三種。這三種都可直接切入，作某些引導或限制，也可藉閱讀範文來引導寫作[21]。茲舉例說明，以見一斑。

1. 個別之例：茲舉「九十六年大學學測國文科非選擇題」之一為例，加以說明：

（1）題目：

文章分析

仔細閱讀框線內的文章，分析作者如何藉由想像力，描述搭火車過山洞時所見的景象與感受。文長限 100～150 字。

20　見陳滿銘〈意象「多」、「二」、「一（0）」螺旋結構論——以哲學、文學、美學作對應考察〉（濟南：《濟南大學學報‧社會科學版》17 卷 3 期，2007 年 5 月），頁 47-53。

21　曾祥芹：「閱讀為寫作打基礎，表現在多方面：從作品形式上說，閱讀可以熟悉文體的樣式，把握典型的結構，借鑑巧妙的寫法，積累規範的語言；從作品內容上說，閱讀可以搜集具體的材料，汲取深刻的思想，領受濃烈的感情，體悟高遠的境界。……閱讀的『根柢』深厚，寫作的『枝葉』才會繁茂。善於吸收的高明讀者往往是巧於表達的高能作者。」見《現代文章學引論》（北京：中國文聯出版社，2001 年 6 月一版一刷），頁 606。

鄉居的少年那麼神往於火車，大概因為它雄偉而修長，軒昂的車頭一聲高嘯，一節節的車廂鏗鏗跟進，那氣派真是懾人。至於輪軌相激枕木相應的節奏，初則鏗鏘而慷慨，繼則單調而催眠，也另有一番情韻。過橋時俯瞰深谷，真若下臨無地，躡虛而行，一顆心，也忐忐忑忑吊在半空。黑暗迎面撞來，當頭罩下，一點準備也沒有，那是過山洞。驚魂未定，兩壁的迴聲轟動不絕，你已經愈陷愈深，衝進山嶽的盲腸裡去了。光明在山的那一頭迎你，先是一片幽昧的微熹，遲疑不決，驀地天光豁然開朗，黑洞把你吐回給白晝。這一連串的經驗，從驚到喜，中間還帶著不安和神祕，歷時雖短而印象很深。（余光中〈記憶像鐵軌一樣長〉）

（2）實例分析（由花蓮教育大學語教系助理教授溫光華提供）：

由題幹文字可知此題應以閱讀為基礎，並進而「分析」文中描述「火車過山洞」情景時所運用之想像力，故答題重點在「分析」，即應從語句現象綜結出特點。所以不論從「黑暗迎面撞來，當頭罩下」、「衝進山嶽的盲腸」、「黑洞把你吐回給白晝」等句例中分析出譬喻、象徵、轉化等修辭技巧，並加以欣賞，或是就作者將過山洞時抽象感覺形象化、具體化的手法加以揭櫫，均能達到分析之旨。至於藉由文章聯想並引申出人生經驗的隱喻意涵，雖非試題所選段落的要旨，但作此聯想的考生亦不乏其例，如：

△迎面撞來的黑暗，那種倉皇無力的感受，正與我們遭
　逢困境的感受相似；其後一連串的經驗，也由作者的
　聯想力與現實人生的歷練搭起橋樑。

△作者以火車的行進比喻人生，而鐵軌就像人一生中的
　經歷，過山洞則是用來形容人一生中不可預測的人事
　物，山洞也像人生中的難關，前面的路況是你無從預
　知的。

此著眼於引申「作者想像力」，析述合理，大致仍能切合以
「分析」為旨的題意。然有為數頗多的考生，或作文章的摘要
節錄，或僅予以解釋、另行翻新改寫，甚或乾脆發揮自己的想
像力，拿出自己搭火車過山洞的經驗大寫一番，凡此，均與題
幹要求完全不符。如有考生如此寫道：

△那似烏雲的灰煙，伴隨著巨大如雷鳴般的聲響一同進
　入了黑暗的入口。窗外的景色也由綠澄澄的稻田轉為
　無止盡的闇夜。不安的感覺頓時浮上心頭，為跳動的
　心蒙上一層薄薄的黑紗，卻又在遠處的一個亮點，重
　拾驅逐黑暗的光明，伴隨著車廂互相擊掌的喜悅，撲
　向太陽的懷抱。

△火車就如一條有生命力的蛇，……過山洞就有如蛇回
　到自己的家一樣，……火車入洞發出的聲響，就如蛇
　回到家所發出的嘶嘶聲，跟父母說：「我回來了！」

兩則文筆雖有巧有拙，但均未對文章特點進行分析，也似乎不

著邊際地進行自己的想像，幾乎無視題幹的存在，類似這樣的寫作狀況竟相當普遍，不勝枚舉，故頗有可議。推究其因，蓋顯然未養成耐心仔細讀題的習慣，抑或不甚能掌握「分析」之用意。其實現行高中國文各版課本多附有課文賞析，平時善加閱讀揣摩，當可提升語感及分析的能力[22]。

上舉之例，主要著眼於「一般能力」之「聯想」與「特殊能力」之「修辭」上，適合於短文之寫作（含閱讀）。

2.綜合之例：茲舉基測作文之練習為例（由文藻外語學院應用華語系助理教授提供），加以說明：

（1）題目：

幸福很簡單

說明：什麼是幸福？事業有成？高官厚祿？還是金榜題名時？其實，只要我們懂得珍惜身邊擁有的人事物，懂得知足，心懷感激與感恩，幸福就在我們身旁。

請你寫出一篇至少涵蓋下列條件的文章：

◎「幸福」的定義。

◎「幸福很簡單」的原因。

◎請舉一個以上的例子，證明「幸福很簡單」。

※不可在文中暴露自己的姓名。

※請勿使用詩歌體。

（2）實例分析：

幸福是每個人都想擁有的東西，但是幸福是什麼呢？有些人認為能夠吃飽就很幸福了，有些人認為能穿著名

---

22 見溫光華〈凡走過必留下痕跡——九十六年大學學測國文科非選擇題寫作狀況評析〉（臺北：《國文天地》22 卷 11 期，2007 年 4 月），頁 25-26。

牌，開著轎車才算幸福，有些人認為能和心愛的人在浪漫的夜晚約會就是幸福。幸福應該是一種心中產生的快樂感覺，像是枯黃的小草忽然被豐潤了起來，春季來臨，萬物更新的一種暖洋洋的喜悅。

有些人花了一生的時間來追逐幸福，幸福卻離他越來越遠，因為他只顧著眼前的路，卻沒發現路旁的鮮花綠草已經冒了出來，小鳥已在新芽上築巢，河邊的頑童正玩的不亦樂乎。幸福其實就在身邊，只要細心、平靜的活在當下，就能找到當下的幸福。只要能夠耐心的享受生命，任何小事都會讓自己感到幸福。

現在的我，每天都繞著考試在打轉，今天考了十張，明天考八張，學校考完了補習班再繼續考，只要能夠休息一整天，就是極大的幸福了，能夠把心平靜下來，看看耀眼的藍天，就是一種幸福了，沒有苦，哪會有樂？沒有痛苦，怎麼會懂得珍惜身邊小小的幸福？

能夠知足、惜福的人，到了哪裡都是幸福的，能夠珍惜現在所擁有的，幸福永遠不會離你而去，幸福，其實很簡單，只要心懷感激與感恩，永遠都能找到身邊的幸福。

甲、立意取材（風格、體裁、主題、意象等）：表現優秀。

(甲) 自身旁小事之中取材，加以發揮題旨，取材得宜。進一步來看，本文中所舉的「幸福很簡單」事例，多半屬於自然範疇。而大自然在繁忙的人事中最容易忽視，卻又無所不在，廣大包容，只要細心即能有所

得，因此是最適合本題題旨中「幸福『很』簡單」的「很」字要求。除此之外，自然事例尚能暗合繁忙現代社會中，人類對自然自由的呼喊，讓讀者容易有所領悟與共鳴，因此在選材上是「簡單」幸福的恰當材料。

(乙) 立意方面，自周遭可見之事例出發，夾敘夾議，層層發為議論，體會細膩深入而有層次。從「幸福」的成功喻寫，再透過有些人發為「很簡單」議論，再說到個人考試經驗的體會，皆能扣緊「幸福」二字，而「很簡單」中的「很」發揮尤為透徹，充分凸顯題旨。

乙、結構組織（章法）：表現優秀。

(甲) 本文第一段寫「幸福」，第二段正面論述「很簡單」的真義，第三段具寫自己的經驗與體會，第四段總結。各段之中夾敘夾議，無論以論說為主、事例為輔，亦或以事例為主、論說為主，敘與論的結合都融合無間。且立論由淺而深，層層逼進，安排至當。綜觀全文主體，乃能從常見的「論→敘→論」結構中脫出，以層層包覆、由淺而深的議論手法行文，佈局成功而完整。

(乙) 段落銜接方面，文中各段銜接順暢，雖未使用連接詞，然各段仍能彌縫無跡，自然轉折。

(丙) 次要結構中，本文的前三段都是敘論結合，有的是「先敘後論」（第三段），有的則是「論→敘→論」結合變化（第一、二段），將容易的敘論手法化入內

文，手法特出而成功。

丙、遣詞造句（詞彙、修辭、文法）：表現優秀。

(甲) 詞彙修辭方面，摹寫出色，意象頻出，而筆鋒帶有感情。如第二段對身旁的「鮮花綠草」、「小鳥」、「河邊的頑童」的敘述，第三段準備考試期間短暫的休息時，注意到「耀眼藍天」等都十分成功。

能運用適當譬喻，將抽象的「幸福感」成功凸顯，如第一段「幸福」「像是枯黃的小草突然被豐潤了起來，春季來臨，萬物更新的一種暖洋洋的喜悅」。

(乙) 文法方面，能有效運用各種句型，巧妙精當。文章前半段以敘述句為主，佐以排比，於平穩中見力量，如第一段。文章後半（第三段）以反問句加上排比，強調個人議論，力量強大。漸入佳境，輕重得宜，安排妥善。

虛字使用出色，讓文章活潑有生氣，帶有節奏感，達到虛實相濟的地步。如第三、四段對比賽過程及過往的敘寫生動。如：第一段的「才算幸福」、「就是幸福」，第二段的「卻離他越來越遠」「只顧著眼前的路」、「已經冒了出來」、「已在新芽上築巢」、「正玩得不亦樂乎」，第三段的「就是」等等。

丁、錯別字及標點符號（涉及詞彙、文法、章法、風格等）：

(甲) 幾乎沒有錯別字。

(乙) 標點符號使用略有瑕疵，句號使用仍可改進。如第三段句中僅有一個句號，第四段句中無句號。

整體而言，本篇文章立章取材，結構組織、遣詞造句上都

表現優秀[23]。

　　上舉之例，主要著眼於「綜合能力」（含「一般能力」與「特殊能力」）上，適合於長文之寫作（含閱讀）。

　　3. 混合之例：茲以「題組」方式訓練寫作為例（由成功大學中文系副教授仇小屏提供），加以說明：

　　（1）「寫作」題組：

甲、請說明下列形成「先反後正」結構的新詩，是怎樣造成對比的？有什麼效果？

　　魯藜〈泥土〉原詩如下：

老是把自己當珍珠
就時時有怕被埋沒的痛苦
把自己當作泥土吧
讓眾人把你踩成一條道路

乙、請你就「善意、善行讓人間更溫暖」，或是「放下自我的執著，一切海闊天空」尋找正面、反面的事例。

「善意、善行讓人間更溫暖」，或是「放下自我的執著，一切海闊天空」	
正面事例	反面事例

---

23 見謝奇懿〈國中基本學力測驗寫作測驗評分實例舉隅〉（臺北：《國文天地》23 卷 1 期，2007 年 6 月），頁 57-66。

丙、請你依據上面的材料，也運用正反法來寫成一篇文章
（500字以內）。

（2）設計理念

所謂的正反法就是將相反的兩種材料並列起來，作成強烈
的對比，藉反面的材料襯托出正面的意思，以增強主旨的說服
力與感染力的一種章法，正反法所形成的結構，有「先正後
反」、「先反後正」、「正、反、正」、「反、正、反」四種。而且
追溯正反法的源頭，是從「相反聯想」出發，由此尋找到正、
反面的材料，然後再安排在篇章之中，形成正、反對照的章法
現象。這種章法相當常見，運用在篇章中，可以藉著正、反面
的對照，呈現事情的真相，並且會因為強烈的反差，而造成鮮
明搶眼、痛快淋漓的美感。

因為在正反法的四種結構中，「先反後正」是最普遍、最
容易寫作的一種，所以本題組的設計，就是藉著一首簡短的詩
篇，讓同學辨識並認識「先反後正」結構，然後再讓同學藉著
填寫正面與反面事例的表格，自然而然地進行相反聯想，並蒐
集寫作材料，第三步驟才是將蒐集到的材料寫成篇章。期望經
由這樣的引導，同學就能突破不知如何謀篇的瓶頸，順利完成
寫作。

（3）學生寫作舉隅

甲、第一小題參考答案：此詩的反面材料是珍珠怕被埋
沒，正面材料是泥土捨身成路，作者藉著這種對比，凸顯出奉
獻精神的珍貴。

乙、第二、三小題之同學寫作成果：

（甲）善意、善行讓人間更溫暖

「善意、善行讓人間更溫暖」，或是「放下自我的執著，一切海闊天空」	
正面事例	反面事例
關心獨居老人，讓老人感受到社會的溫暖。	遭受家庭暴力卻無人伸出援手。
遇到有人發生意外時，立即給予幫助。	火災發生的時候，一群人圍在旁邊看熱鬧而不幫忙。

在臺灣早期社會，女人就像「油麻菜籽」，落在哪，長在哪。嫁到好丈夫，就可以過的很好；如果嫁到遊手好閒，又會打老婆的人，只能自嘆命苦。而這些遭受家暴的婦女因為受到傳統思想的束縛，往往生活在恐懼裡卻不願離開家。知道這些婦女正遭受暴力，例如他們的鄰居，常常以「清官難斷家務事」或「自掃門前雪」的心態而不伸出援手，使得這些婦女更加無助。

幸好現在的社會比以前溫暖了，現在有許多的社服團體會主動關心社會裡需要幫助的人，像是獨居老人或遊民。有許多的團體會每天送食物給獨居老人或遊民。也有許多的大學生會利用寒暑假去偏遠地區關心獨居老人並教導他們一些衛生教育，都會讓他們感受到社會的溫暖。

只要我們花一點點時間和精力，就可以讓人間變溫暖。如果沒有人願意付出，即使太陽已經高掛在空中，我們還是會覺得寒冷。（許雅婷）

（乙）放下自我的執著，一切海闊天空

「善意、善行讓人間更溫暖」，或是「放下自我的執著，一切海闊天空」	
正面事例	反面事例
選擇當一片落葉	在枝椏上的一片葉子
自由自在盪鞦韆	一個人玩蹺蹺板

你一個人靜靜地坐在蹺翹板上，臉上還帶著一絲淡淡的哀愁。你在等待，等待那個人回來，陪你玩兩個人才能玩的蹺蹺板。雖然那人已經離開，不會再回來了，不過你執著的心，就像是枷鎖，把你禁錮在蹺蹺板上，痴痴地等……

你沒看到旁邊的鞦韆嗎？何不起身，去享受一個人自由自在搖盪的樂趣。就像是生附在枝椏上的一片葉子，要學著放手當一片落葉，才能看到樹的全貌，看到不一樣的天空。對於愛，不也是這樣嗎？（沈圓婷）

（丙）放下自我的執著，一切海闊天空

「善意、善行讓人間更溫暖」，或是「放下自我的執著，一切海闊天空」	
正面事例	反面事例
在平安夜那天收到宿委親自送上的溫馨小禮物，因而受到感動。	抱著強硬的態度，對學校提出不滿意見。

還記得前些日子，大家因為學校不合理的調漲宿舍費用，而把學校批評的無一是處，大家都認為宿舍這麼破

爛，沒設備又那麼舊，隔音效果也不好，還要調漲到和外面的房租相當的價錢，真的相當的不合理。

我認為學生宿舍的功用，不就是為了方便學生，提供學生一個安全又舒適，價格又低廉的生活環境嗎？看到學校如此惡劣的行為，使我在公聽會持著氣憤的態度去反抗、去抱怨。

然而在十二月二十四日那天，我收到了從宿舍委員送來的一份聖誕禮物，那包裝精緻，讓人感到充滿喜悅的氣氛。那時內心的我，感到相當的貼心，覺得學校好用心喔！而後幾天也漸漸的發現，校方雇用了外面的廠商，來打掃我們的環境，每天一早見到的是乾淨的地面和整齊排列有序的腳踏車，那樣的感動，讓我開始反省……。也許學校真的有意要替學生提高生活品質，校方也舉辦公聽會讓我們去瞭解校方的目的，或許身為學生的我應該放下自己的成見，先仔細觀察校方的改變再去做適當的回應，才是理性的。（林玉娘）

（4）檢討

　　第一小題要求辨識出「先反後正」結構，同學大多都能做到，至於是否能掌握到最重要的訊息（亦即主旨），則有些同學還需要進一步的訓練。

　　其次，第二小題要求同學運用相反聯想尋找正、反面的材料，同學的發展方向有兩種，第一種是根據同一件事，寫出正、反兩種處理方式，第二種是純粹只根據主題找正面與反面的事例，當然這兩種做法都是可以的。

第三小題則是需要運用前面所找到的材料寫作成篇，同學在這個子題中的表現也相當不錯，顯示邏輯思維尚稱清晰，而且形成的結構也以「先反後正」為最大宗，可見得第一子題中詩篇的示範作用不可小覷，也間接印證了讀寫結合的優越性，為了證明此點，在此將前三篇例文的結構分析如下，首先是許雅婷作文的結構分析表：

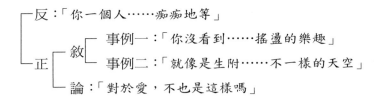

其次是沈圓婷作文的結構分析表：

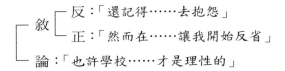

再次是林玉娘作文的結構分析表：

從事本題組的寫作，不僅可以訓練學生相反聯想的能力，還可以指導學生跳脫以往不自覺的謀篇習慣，有意識地運用正反法謀篇，可說是一舉兩得，訓練成效相當的好[24]。

---

24 仇小屏舉例說明，見陳滿銘《章法結構原理與教學》(臺北：萬卷樓圖書公司，

上舉之例，主要著眼於「特殊能力」之「章法」與「綜合能力」上，適合於長、短文之寫作（含閱讀）。

六、結　語

綜上所述，可知這種以「思維力」將各種能力「一以貫之」而形成的辭章螺旋結構，是能用「閱讀」與「寫作」之互動來印證的。由於「寫作」乃由「意」而「象」，靠的是先天（先驗）自然而然的能力，這多半是不自覺的；而「閱讀」則由「象」而「意」，靠的是後天研究所推得的結果，用科學的方法分析作品，自覺地將先天（先驗）自然而然的能力予以確定。因此「寫作」是先天能力的順向發揮、「閱讀」是後天研究的逆向（歸根）努力，兩者可說互動而不能分割，而「創造力」（隱意象→顯意象）在「思維力」之推動下，就將「意象系統」由「隱」而「顯」地表現出來了。這樣歸本於語文能力，來探討它與「意象（思維）系統」的密切關係，以梳理其「層次邏輯系統」[25]，最能呈現「讀寫互動」之核心原理。如果編選語文教材時，無論性質是以閱讀為主或以寫作為主的，都能歸本到語文能力與意象系統加以把握，將理論與應用「一以貫之」，則必可收到教學的最大效果。

2007 年 4 月初版）引，頁 338-344。

25　見陳滿銘〈層次邏輯系統論──以哲學與章法作對應考察〉（錦州：《渤海大學學報．哲學社會科學版》27 卷 6 期，2005 年 11 月），頁 1-7。

∽ 參考書目 ∾

仇小屏《限制式寫作之理論與應用》，臺北：萬卷樓圖書公
　　司，2005 年 10 月初版。

約翰‧格里賓著、方玉珍等譯《雙螺旋探密——量子物理學與
　　生命》，上海：上海科技教育出版社，2001 年 7 月。

許建鉞編譯《簡明國際教育百科全書》，北京：新華書局北京
　　發行所，1991 年 6 月一版一刷。

陳滿銘、蔡信發、簡宗梧等《國家考試國文科命題參考手
　　冊》，臺北：考試院考選部，2002 年 6 月初版。

陳滿銘〈辭章章法的哲學思辨〉，《辭章學論文集》，福州：海
　　潮攝影藝術出版社，2002 年 12 月，頁 40-67。

陳滿銘〈論「多」、「二」、「一（0）」的螺旋結構——以《周
　　易》與《老子》為考察重心〉，臺北：臺灣師大《師大學
　　報‧人文與社會類》48 卷 1 期，2003 年 7 月，頁 1-20。

陳滿銘〈論章法「多、二、一（0）」的核心結構〉，臺北：臺
　　灣師大《師大學報‧人文與社會類》48 卷 2 期，2003 年
　　12 月，頁 71-94。

陳滿銘〈論語文能力與辭章研究——以「多」、「二」、「一
　　（0）」螺旋結構作考察〉，臺北：臺灣師大《國文學報》
　　36 期，2004 年 12 月，頁 67-102。

陳滿銘〈論讀、寫互動〉，泉州：《泉州師範學院學報》23 卷 3
　　期，2005 年 5 月，頁 108-116。

陳滿銘〈章法風格論——以「多、二、一（0）」結構作考
　　察〉，臺南：《成大中文學報》12 期，2005 年 7 月，頁
　　147-164。

陳滿銘〈論章法結構與意象系統——以「多」、「二」、「一
　　（0）」螺旋結構切入作考察〉，無錫：《江南大學學報・人
　　文社會科學版》4 卷 4 期，2005 年 8 月，頁 70-77。

陳滿銘〈層次邏輯系統論——以哲學與章法作對應考察〉，錦
　　州：《渤海大學學報・哲學社會科學版》27 卷 6 期，2005
　　年 11 月，頁 1-7。

陳滿銘〈論意象與聯想力、想像力之互動——以「多」、
　　「二」、「一（0）」螺旋結構切入作考察〉，金華：《浙江師
　　範大學學報・社會科學版》31 卷 2 期，2006 年 4 月，頁
　　47-54。

陳滿銘〈論思維力與語文螺旋結構之形成——以「多」、
　　「二」、「一（0）」螺旋結構加以考察〉，廣東肇慶：《肇慶
　　學院學報》27 卷（總 79 期），2006 年 6 月，頁 34-38。

陳滿銘《章法結構原理與教學》，臺北：萬卷樓圖書公司，
　　2007 年 4 月初版。

陳滿銘〈意象「多」、「二」、「一（0）」螺旋結構論——以哲
　　學、文學、美學作對應考察〉，濟南：《濟南大學學報・社
　　會科學版》17 卷 3 期，2007 年 5 月，頁 47-53。

曾祥芹《現代文章學引論》，北京：中國文聯出版社，2001 年
　　6 月一版一刷。

溫光華〈凡走過必留下痕跡——九十六年大學學測國文科非選
　　擇題寫作狀況評析〉，臺北：《國文天地》22 卷 11 期，

2007 年 4 月,頁 24-30。

彭聃齡主編《普通心理學》,北京:北京師範大學出版社,2001 年 5 月二版,2003 年 1 月 15 刷。

黃順基、蘇越、黃展驥主編《邏輯與知識創新》,北京:中國人民大學出版社,2002 年 4 月一版一刷。

謝奇懿〈國中基本學力測驗寫作測驗評分實例舉隅〉,臺北:《國文天地》23 卷 1 期,2007 年 6 月,頁 57-66。

顧祖釗《文學原理新釋》,北京:人民文學出版社,2001 年 5 月一版二刷。

與有血性人共事於無文字處讀書

何淑貞　中原大學應用華語學系教授

摘 要

　　人間許多事業，必須有一群剛強正直、有血性的人通力合作，才能完成。如何培養起這樣的特質，讓人樂於與之合作？讀聖賢書上友古人，應是最便捷辦法。讀書除了讀懂字裡的真意外，還要體會行間的乾坤，才能透切了解作者的深心，才能受用。

　　成功的文學作品，作者往往意在言外的表現自己的意志、理念，讀者必須用心尋繹，多在無文字處用心，根據作品追溯作者的詩心，才能讓自己真正受用。

關鍵詞：血性、無文字

　　有「血性」的人是個怎樣的人？清、洪昇的《長生殿·罵曹》：「只這血性中、胸脯內，倒有些忠肝義膽。」近代劇作家曹禺《雷雨》第四幕：「你就是一個沒血性，只顧自己的混蛋。」「血性」一詞，從元雜劇洪昇所用的指生命體，到曹禺話劇裡所用專指一個人的氣質品行，我們可以理解，所謂「有血性」的人，都具有剛強正直的特質，大概指有道德勇氣、能伸張正義、做事有擔當、肯負責、講信用、已諾必誠、嫉惡如仇，往往扶危濟困、見義勇為，不矜其能、不計其功，為了國家民族的利益，甚至捨身取義、殺生成仁。這與一個人的社會地位無關，具有忠肝義膽的盜賊，就是個血性男兒；自許為社會上的「上流人物」，如果自私自利，也只是個沒血性的混蛋。

　　人世間許多事業，都不是光靠個人的獨力支撐，必須與眾人合作，共同完成。與有血性的人共事，至少會有始有終的同甘共苦，朝正義的方向邁進；絕不會虎頭蛇尾，見利忘義，爭功諉過，表裡不一。團體裡有個沒血性的人，不但妨礙事情進展，更影響團隊的士氣。

　　要贏得有血性的人與自己共事，首先自己必先是個有血性的人。如何培養有血性的特質？除就當代社會賢達學習外，最重要的是先把書讀好，從歷史文獻中，認識許多有血性的典範，得到啟示，進而認同、學習他們的精神。先做好自己，才能吸引有血性的人與我們共事。當下這時代社會，太需要培養人「有血性」的特質了。

　　讀書當然從認字開始，我們所用的文字——漢字，其形態屬於象形文字，通過字形的構造以表達事物的意義，是一種接

近圖畫的符號語言；古代語言雖然無法「留音」至今，但憑藉古籍的記載，對漢字形、音、義的研究，已有令人相當滿意的成績。語文能力的培養，字的形、音、義的認識是根本。前人研究的成果，足夠帶領我們打好語文基礎。

漢字的傳承與使用，已有四千多年的歷史，就人類文明史的地位而言，是世界三大文字系統中流傳最久、使用領域最廣、使用人數最多的一種文字。不但是宣揚中華文化的工具，也是中西文化交流的重要媒介。而研究中華文化，把中華文化宣揚到全世界各地，促進各族群、各國家的溝通和理解，以達成全人類共同的願望——世界大同，是炎黃子孫的責任。

傳世久遠的文字，由於時代、地域、人文因素的影響，在形、音、義方面不免會發生一些變化，但研究漢字的學者都認為：漢字的結構具有極強的邏輯性，了解其構造法則，不難追源溯流；古今語音的演變，也是有其規律的，至於一字多音的現象，教育部國語推行委員會所編定的《國語一字多音審定表》，對當前漢字的教學很有幫助；字義的演變可從字的本義、引申義、假借義、比擬義等來推敲。有了文字學、聲韻學、訓詁學、語法學、語義學等基本學科訓練，就不難弄清楚文章字面上的意義。

語言文字中最小的單位是詞，詞的意義除了上述本義、引申義、假借義等以外，還須注意該詞所承載的遞相沿用的文化意涵。每一種語言文字的詞彙，都蘊含著該民族歷史文化的意涵，傳世久遠的漢語詞彙，一旦進入文學表達的領域，它會反映出中國人千百年來層層積澱且互相傳遞的感情。譬如「柳」這個詞，在中國人的認知中，絕不只是那種枝條細長垂下，高

三、四丈的落葉喬木，而自然會想到別離，因為從《詩經》的詩人引楊柳作為送別場景的襯托，表達惜別之情說：「昔我別矣，楊柳依依」之後，加上「柳」的語音跟挽留的「留」音相近，於是「柳」跟別離就結了不解之緣。又由於「柳」這種植物，隨插隨生的特性，到了唐代，就有折柳送別的風俗，除了表達惜別之情外，還祝福遠行的人適應新的環境，有更好的發展。「草」這個意象，意義也不單純，自《楚辭》以來，「草」對中國人來說，可以引起人生盛衰的感嘆、異域飄零的悲涼、送人遠別的哀感，白居易才可以用古原「草」為題，發揮它那份豐富的別情。其他諸如許多文學作品的成詞如：美人、芳草、南畝、北窗、柴門、南埔、秦嶺、子規、鷓鴣等等，其所蘊含的文化意義，必須是沐浴在中國歷史文化中的讀者才易領會。

文學作品要真實的、生動的反映社會生活及其規律，才能跨越時空，感染不同時代、不同地域的讀者。因此，文學創作要盡量避免使用抽象化的語言，上乘的文學作品是通過生動的形象，構築完整的生活圖景反映生活，提供讀者領悟其中不盡之意。

要領悟作品中不盡之意，就不僅要讀懂「字裡」的真意，還要體會「行間」的乾坤，也就是說要在無文字處理解、聯想，才能透徹了悟作者創作的深心，讓我們受用。

莊子在〈天道〉篇最後，說了一個「輪扁斲輪」的故事，輪扁高超的技藝，達到了「得於手而應於心」的境界，但其中的奧妙竟然「口不能言」，甚至連自己的兒子也無法傳授，所以七十歲了還得辛苦的在做斲輪的工作。原來世界上最精妙的

事物，是無法用僵化了的世俗語言講解傳授的。莊子說這個故事是要告訴我們：千古之上的聖人，記錄在書冊上的文字，不是道的精粹，只是糟粕罷了。既然語言文字無法傳達事物最精妙的真相，那麼莊子為何還深情款款滔滔不絕說個不休呢？他說那是「不言之辯，不道之道」。是「道」的自然呈現，是萬物借莊子的筆記錄了自己的語言。《莊子》三十三篇以特定的表現形式，把自己的思想表現得完整、清楚、易懂，起了不言而喻的作用，引起讀者的共鳴，有效的與世世代代的人對話。他是以「謬悠之說，荒唐之言，無端崖之詞，時恣縱而不儻，不以觭見之也。……以卮言為蔓衍，以重言為真，以寓言為廣。」(〈天下〉)他是把理性的認識作感性的呈現，讓真理蘊含在謬悠之說、荒唐之言、無端崖之詞中、自然而然的千年萬代永無窮盡的流佈傳播開來，讓讀者領悟其中不盡之意。他這種傳道的方式，為讀者留下無限想像的空間。

以大家讀過的〈庖丁解牛〉的故事來說吧：

庖丁為文惠君解牛，神乎其技，文惠君忍不住發問道：「技蓋至此乎？」因而引出了庖丁的一番宏論。他說他解牛的技術已達到「道」的層面，於是分三個階段說明自己發現和掌握解牛規律的進程，又詳細敘述如今解牛的境界，是經過三個層次的提升；以三種不同用刀的方法和結果，對比出遊刃解牛的高妙。當文惠君聽完庖丁的說明後，心領神會的說：「我懂得養生的道理了。」

庖丁說的是解牛的經驗談，文惠君如何領悟出養生的道理呢？他是在沒有文字處領悟到的。

庖丁把領悟解牛技術的奧秘，提高到「道」的層次，解牛

的經驗，就是悟道的經驗。「道」是具有普遍性的，解牛與養生，在「道」的軌跡上是相通的，領悟到解牛的道理，必定會理解養生的道理。因為「道不可言」，人生哲理如「道」一樣抽象，莊子借〈庖丁解牛〉這則寓言故事，具體而生動的展現出來，讓人「目擊而道存」，引發讀者無窮的感悟。

人生在世，好比庖丁手上那把刀；世，包括宇宙自然和社會人事。無論自然或社會，都各有其規律存在，我們應該洞察客觀環境的規律，並尊重其存在的實然，自身決不去折生活中的「技經肯綮」，不去砍「大軱」，讓那些規律成為自身的引導，而非躓礙，更不能任其挫傷。世界上第一等人。在合理的規律限制下，都能「遊刃有餘」的作最好最大的發揮，化限制為引導，無限提升人生的境界。

莊子首先洞察人類語言流傳既久，已失去靈活彈性，成為陳腔濫調，形成一種無形的枷鎖，框住心靈，使精神失去無限延伸的可能。必須開拓新的語言資源，補充既有表述的不足，於是創造了一個引人入勝的意義世界，點醒人類本性具足卻失落已久的直感和想像力。也唯有感性直觀才能洞見事物的本原根底。他融情理於寓言故事中，引起讀者的聯想與思索，讓讀者自己去體會，以有盡之言，生不盡之意。這種讓作品餘蘊不盡的獨特表達方式，成為後代文學創作和批評最高的審美追求。

成功的文學作品，必定是「含不盡之意，見於言外。」（歐陽脩《六一詩話》引梅聖俞語），因此，閱讀文學作品，僅接受作者字面上的意義是不夠的，必須領略到作品言外之意，才會受用無窮。從我們讀過的文選來看，如〈始得西山宴

遊記〉，是柳宗元謫居永州第五年所寫的一組遊記的首篇，全文分為兩部分，前一部分敘寫貶官永州之後，發現西山之前，遊覽山水、排遣苦悶的情況，這是題前的鋪墊。第二部分是正文，敘寫發現西山、宴遊西山的情景和收穫。這是從字面上就可以獲得的信息。細讀全文，作者以「始」字標題，第一部分「未始知」西山之前的情況，用「始」字畫分界線；第二部分寫發現西山，說「始指異之」；遊賞了西山，說「然後知吾之未始遊，遊於是乎始」，連用兩個「始」字作結。他這樣子處處提醒，反覆強調，宴遊西山是一個嶄新的開「始」。這不僅是發現永州山水自然美之始，更重要的是遊賞了廣闊壯美的西山，獲得了廣闊開朗的境界，精神有了寄託，思想得到解放，超脫貶謫以來鬱悶的心情和隨處遊玩的無聊，是心曠神怡之始，更是他創作歷程的一個新的開始。這是文辭以外的情意，經讀者細加揣摩然後得。

　　至於重視興寄的詩詞等作品，更是意出塵外。詩是言志的，所詠的事物都是藉以發揮作者內心深處的情志。如前面提過白居易那首〈賦得古原草送別〉，字面上句句不離草，骨子裡句句扣緊送別的主題。首聯寫草本是一年生的植物，具有春榮秋枯的特性，頷聯寫草的生命力，頸聯以草的氣味「芳」、以及草的顏色「翠」代指草，萋萋瀰漫了整個荒城古道，那是遊子浪跡的天涯，這是在「字裡」讀得出來的。但是流露他複雜的別離之情，必須在「行間」細加體會了。這首詩由感嘆人生枯榮起興，轉入遠涉荒城漂泊之感，然後由萋萋滿懷的離愁別緒作結，切合題旨。「離離園上草，一歲一枯榮」，是人生盛衰無常的感嘆，「遠芳侵古道，晴翠接荒城」，是說飄零異域的

悲涼，「又送王孫去，萋萋滿別晴」，直用「王孫遊兮不歸，春草生兮萋萋」(《楚辭・招隱士》)的典故，寫送人遠別的哀感，「野火燒不盡，春風吹又生」，直貫首、頸、尾三聯，把無休無止人生如寄的意識，永無盡頭易域飄零的悲哀，綿綿不絕的離愁和別苦，融進萋萋滿目的春色，匯成了一片望不到邊際的古原，詩人一番依依惜別的叮嚀，有如一望無際的古草原，鋪天蓋地的感染著讀者。讀出這首詩的深層意蘊，需要一定的文化修養。

陶淵明〈形影神〉組詩的第二首〈影答形〉，整首寫影子的美質，其中「與子相遇來，未曾異悲悅。憩陰若暫乖，止日終不別。」幾句，寫形影相親，十分溫馨，其實字面的背後，蘊含著詩人在世的悲涼。試想想，世界上除了自己的影子，根本不會有人與「我」「未嘗」異悲悅啊！

李白的〈長干行〉，通過一連串具有典型意義的生活片斷和心理活動的描寫，展現長干女成長過程的心理發展、她的愛情和別離。李白塑造對愛情、對理想的婚姻生活執著追求的長干女，上升為堅持理想的典型，也是他自己性格的投射。李白不是為了追求理想而翻騰掙扎了一輩子嗎？長干女為她青梅竹馬的愛情，追求理想的婚姻生活，付出熾熱的感情，堅持執著的形象，不知感動過多少讀者。人生事事，愛情之外，只要是自己選擇認定的事情，是否也要矢志不移呢？這是文字之外的感發了。

緣情的詞，在剛興起時，本來只是詩人文士在歌筵酒席間為了娛賓遣興，用遊戲筆墨寫給歌女唱的歌詞，字面上寫那些美麗女子的愛情與別離相思。從南唐五代到北宋初年蘇東坡之

前,這些流行歌曲,在中國文學傳統之中,比較特殊,不在中國文以載道的倫理道德、政治教化衡量之內,卻傳誦至今,歷久不衰。原因是那時期流傳下來的歌詞的作者,大多數不是帝王,便是將相,在他們逢場作戲時,不知不覺的把自己的性格思想、胸襟氣度流露在那些敘寫愛情的歌詞中,讓讀者直覺到那份高尚的情感美趣,引發共鳴而受用無窮。

例如溫庭筠那首〈菩薩蠻〉:「小山重疊金明滅,鬢雲欲度香腮雪。懶起畫蛾眉,弄妝梳洗遲。 照花前後鏡,花面交相映。新貼繡羅襦,雙雙金鷓鴣。」字面上的意思是說一個美女,在閨房中,從起床、梳洗、畫眉、簪花、照鏡、穿衣的過程,寫的是閨閣中一個美女早晨睡醒的畫面,提供一個感官形象,引發讀者的聯想。

當天亮時曙光射進閨房,閃爍的光線讓人從夢中驚醒,醒後卻「懶起畫蛾眉」,賴在床上不起來,不打扮,為什麼?「士為知己者死,女為悅己者容。」由於沒人欣賞,沒有約會,畫眉給誰看呢?後來她還是起來、畫眉、梳妝了。沒人欣賞也不能蓬頭垢面、自暴自棄啊!「蘭生幽谷,不為無人而不芳。」一個人要認識自己的價值,對自己原有的美好資質應該尊重愛惜,從自珍自愛中表現出自信,肯定自己的價值,不必等待別人的賞識。這首小詞所產生的感發力量,不是字面上告訴我們的,而是來自某些文學上的傳統。譬如《詩經》說「螓首蛾眉」裡的「蛾眉」,是說女子的眉毛細長彎曲得像蛾的鬚一樣美麗,後來便以「蛾眉」稱代美女;自從屈原〈離騷〉曾說:「眾女嫉余之蛾眉兮,謠啄謂余以善淫」,其後文學作品便有了以「蛾眉」引申為「才志之士」的寓託傳統。女子畫眉是

一種修飾和愛好，好比才志之士對自己美好才志的修養。「畫蛾眉」在中國文學傳統上是有象徵意義的，表現的是一種愛美要好的情操，是一種精神品格上的愛美要好。中國古代的女子必須要依附男性才能顯現其生命的價值與意義，被選擇與否其主權並不操之在我；在君臣的倫理關係中，男性的生命是否有價值和意義，也無法獨立自主一如女性。中國文學史上怨女思婦的傳統，也多是有寓託的。曹植的〈七哀〉詩：「君若清路塵，妾若濁水泥。浮沉各異勢，會合何時偕？願為西北風，長逝入君懷。君懷良不開，賤妾當何依？」明顯是不遇的寓託。文學史上許多閨怨詩，大多都是不遇的哀怨。懂得這些文學上的傳統，讀中國的古典詩詞更是餘韻無窮。溫庭筠這首〈菩薩蠻〉，剛好碰觸到某些傳統，便容易啟發讀者的感悟，這與王國維所說的：「從此不復夢承恩，且自簪花坐賞鏡中人。」同一境界。

從晚唐五代的小詞，發展到蘇東坡，以詩入詞，詞也可以書寫自己的逸懷浩氣，他那首〈念奴嬌・赤壁懷古〉，寫他為了烏臺詩案九死一生，謫居黃州，在當地人傳說是當年大破曹軍的赤壁古戰場上，憑弔古人古事。前半闋寫景，將時間與空間的距離緊縮集中到三國時代的風雲人物身上；下片集中筆力塑造青年將領周瑜的形象。字面上寫的是周瑜，其實智破強敵，不就是東坡自己的理想嗎？「故國神遊，多情應笑、我早生華髮」一轉，跌回現實，自己壯志難酬，還差點兒死在柏臺監獄，和年華方盛就卓有建樹的周瑜，洽成強烈的對比，頓生光陰虛擲的慨嘆，政治理想落空的悲哀不言而喻。然而，雄極一時的豪傑如周瑜，不也被時間之浪淘盡了嗎？真是「人生如

夢」，何必被那些閒愁糾纏呢？還是放眼大江，舉酒賞月吧！這種感情跌宕，引領讀者走向曠遠。

　　有一次東坡到黃州東南三十里的沙湖遊玩，途中遇雨，就寫了一首簡樸中見深意的〈定風波〉：「莫聽穿林打葉聲，何妨吟嘯且徐行。竹杖芒鞋輕勝馬，誰怕？一蓑煙雨任平生。料峭春風吹酒醒，微冷，山頭斜照卻相迎。回首向來蕭瑟處，也無風雨也無晴。」就自然現象，談人生哲理。首兩句說雨點穿林打葉，我們別被嚇住，何妨引吭高歌按照平常的步伐前進呢？緊張走避並不能避免淋濕，反而容易滑倒。字面上是寫對自然風雨應有的態度，其實他是說面對人生風雨──打擊和摧傷──時所表現的一種境界！天下很多事情，緊張並不能改變事實，無論是在大自然的風雨中，或是在人生的打擊摧傷中，都需要有一份定力和持守，這是最起碼的修養。有了這樣的修養，才能站穩腳步，在逆境中依然能夠完成自己。有了定力和持守，就不需要等待條件：「竹杖芒鞋輕勝馬」，知足的支持自己在艱難的環境中努力向前。

　　歐陽脩有一首〈玉樓春〉最後兩句：「直須看盡洛城花，始共春風容易別」，字面上的意思是說：要將洛陽城裡美麗的牡丹花都看遍了，才容易和那代表春天和熙的春風告別，畢竟我享受過它，畢竟沒有虛度這個美好春天的日子。歐陽脩只是說春天的牡丹嗎？其實每個人對眼前的光陰和當下的事業，都應珍重顧惜，好好把握，盡力做好，「直須看盡洛城花」，到時候縱然離開了，也對得起那段日子了。該走的路，我已走過，該守的道，我已經守住了，那就對得起自己的一生了。

　　散文載道，詩歌言志，作者往往有意識的在作品中表現自

己的意志、理念，表現在品格操守中屬於他自己的一份本質，有時直書胸臆，有時意在言外，需要用心尋繹；而詞本是起於歌筵舞榭的遊戲之作，作者本無意在詞作中表現他的理念志意，但是當他們寫傷春怨別的感情時，也會不經意的流露了他們的本質，他們的志意理念，可以從他們所敘寫的自然景物和人文事象中體察出來。王國維從兩宋詞人所寫相思別離的詞語（晏殊〈蝶戀花〉「昨夜西風凋碧樹，獨上西樓，望盡天涯路。」、柳永〈鳳棲梧〉「衣帶漸寬終不悔，為伊消得人憔悴。」、辛棄疾〈青玉案‧元夕〉「眾裡尋他千百度，驀然回首，那人正在燈火闌珊處。」），讀出他們成大事業大學問的三種境界不是沒有道理的。清代文學批評家譚獻說：「作者未必然，讀者何必不然。」一件藝術品的完成，只是一件成品；等到欣賞者參與創作，才是作品。欣賞闡釋本來也是創作的一種方式，根據作品，可以追溯作者的志意理念，讓我們尚友古人；也可以使讀者按照個人的修養，見仁見智的真正受用，美化人生。要真正領悟作者的詩心，必須在無文字處多用心了。

大學國文通識化舉隅

現代文學在生死教育的應用

李玲珠 高雄醫學大學通識教育中心助理教授

摘 要

一般人習將出生視為生命的起點，死亡為終點，中間無數多點則為活著的過程；這個過程可能數十年，甚至上百年，但也可能起點即為終點。死亡的時間點無法預測，死亡的狀態無法推估，但人是向死亡的存有則為真確的實相；如何將死亡納入生涯規畫的思考，如何勘破一般存在常模的荒謬與虛幻，透過常模的逆轉掌握更真實的存在，在死亡底線上觸發價值的省思，即存在即斷滅，生死不二，在聚散無常中體悟如實當下，也許是生死學更積極的意義。現代文學捕捉到最豐富、多元的生命共相，積累眾多的生命經驗，形成巨大的文本，其整體的客觀性恐是其他科學難以企及；透過文學虛擬的情境，可以幫助生死學學理進入生命，彌補學理無法詳述的生命細節，創造更具人文素養的生命關懷、更豐富的生死教育內涵，也是大學國文可以擴延發展的方式之一。

關鍵詞：現代文學、生死學、生命倫理、大學國文、人文素養

一、前　言

　　大學國文是基礎學科，所承擔的教育責任不僅是文化的傳承、知情意的內化，也應同時提升學生的表達、思考、判斷等基礎能力，後者皆與國家競爭力息息相關。然而，除了中文相關學系外，眾多國文教師必須面對多數非中文系學生，因此，如何將專業知識轉化、進入非中文系學生的生命裡，成為更大的挑戰，也是大學國文必須更致力於通識化進程的原因[1]。

　　文學記錄著特定時空座標下[2]，人類與自身、生存環境種種互動的情貌、樣態與思考，其中固然包含創作者主觀的虛擬與想像，但所有假設性的鋪陳仍源自於創作者對當代人事物敏銳的覺察與捕捉[3]。文學的精彩更在於生命共相的捕捉，恐是

1　本文的通識化，包括教學內涵與方法、或學科連結，皆應更積極考慮學生的背景與起點行為。如中文相關學系的國文選文必須側重文學評價的優劣性，然而對非中文系學生的國文選文，就未必需遵守這個原則，可以以教學目標為選文標準。以筆者任教的醫學大學為例，所謂的「醫護文學」未必具有高度的文學地位，但在相關文本中，可以方便學生思索醫學人文、生命倫理等相關議題；他如教育類文本之於教育學系、旅遊文本之於觀光學系……，都是國文通識化進程中可以運用的方法。因此本文即希冀從現代文學與生死教育，覓得相關性連結，以作為大學國文通識化舉隅。

2　本文的「文學」或「現代文學」採用寬泛的指涉，並不作嚴格定義，主要為了生死學教育的方便，寬泛的文本素材使教學運用更便利；「文學」相關性的定義指涉則可參看洪炎秋《文學概論》（臺北：中國文化大學，1985）、王夢鷗《文學概論》（臺北：藝文，1982）。

3　事實上，不同的文類中，虛擬成分亦各不相同，在現代文學的分類中，小說、戲劇的虛擬成分最高，但許多寫作者的創作素材也確實常來自於社會或身邊的真實故事；現代詩與散文的真實性則相對提高，多為個人真實感受經驗的捕捉。許多

其他學科所不及;在文學的世界中,任何狀態的生命都可以被紀錄,創作的世界更允許無限馳騁,創作者不限於任何專業學科背景,因此凝聚出極其寬廣的人文世界[4],可以幫助人類更了解人類。

所謂「成住壞空」拈出了一切存有的真實過程,所有的事物都在變化中,不具恆存性,俱足與幻滅是一體兩面;然而俱足實存是人類可感可知的現象,「活著」也正在這個劇場舞台演出,並成為日常生活的熟悉,因此當幻滅出現時,反而撞擊原本的熟悉,原以為穩定的理性頓時崩解,伴隨而來的便是錯愕、驚恐、痛苦、哀傷……等情感失落。生死學的重點之一便是希望重新調整人類對存在的認知[5],死亡與活著原就是一體兩面,無法二分,存在與幻滅都是俱存的真實,正如花朵的盛放美好也意味著凋零的開始,能夠同時了知美好與幻滅,也許才更能享受、珍惜生命的華美。

然而,大學教育面對的學生正處在生命最青春的時刻[6],死亡、幻滅、甚至青春會流逝等生命現象,對這些正處於青

  人習將文學視為虛構,更從科學化、量化的角度,簡化了文學與真實人生的對應、觸發關係,在深化生命的教育上殊為可惜。

4　正如余秋雨認為藝術創作是最屑小的工程,也是最宏大的工程,橫跨渺渺茫茫的時間空間,扣動古往今來無數心弦;詳《藝術創造工程》引言(臺北:允晨文化,1994)。

5　關於生死學的研究一般以傅偉勳《死亡的尊嚴與生命的尊嚴——從臨終精神醫學到現代生死學》(臺北:正中,1993)一書為本土生死學研究的開端,目前市面上的論著甚多,但多從醫學、心理學、哲學、宗教的角度切入研究,文學藝術的相關研究則較缺乏;然而生死學必然走向整合的研究,文學藝術更是人文研究的基礎學科,也是本文寫作的主要動機。

6　根據統計,在二十五到三十歲這個年零層的「死亡恐懼症」趨近於零,也頗客觀地反映出年輕人的某種生命狀態。

春，生命充滿活力與熱愛的青年學子，確實不易理解；其次，一般生死學課程多側重從不同的角度，如社會、文化、醫學……等因素認識死亡的種種面向，或比較不同民族文化面對死亡的態度或禁忌，或側重臨終關懷、哀傷輔導，甚至是殯葬管理、預立遺囑，這些議題在死亡教育中皆殊為重要，但如何使年輕學子不僅停留在知識層面地認識死亡，能更進一步透過虛擬的生命經驗走過悲歡離合，感悟生死的究竟，甚至改變思考常模，觸發存在價值的省思，重新尋覓個體的安身立命，即存在即斷滅，在聚散無常中真正把握生命的如實當下，也許是生死學更積極的意義[7]。因此本文希冀利用文學捕捉生命共相的特質，從現代文學的文本中，貼合生死學教育必須碰觸的議題；也發揮大學國文被視為基礎學科、可以多元延展的跨領域特質，期待提供更具人文素養的生命教育內涵[8]。

二、現代文學提供生命情境的虛擬

（一）由文學現象透視生命本相

生死教育的重點之一便是認識死亡是個真實而且實存的現

7　正如余德慧將生死學界定為：「通往徹念的擺渡」，即強調將自己禁錮的心智自我逐漸放開，朝向以寬廣的醒覺意識為基礎的活著；詳《生死學十四講》序（臺北：心靈工坊，2003）。

8　傅偉勳即指出他在閱讀托爾斯泰名著《伊凡・伊里奇之死》後，引發對生死學大師庫布勒・羅斯提出面對死亡的五階段論，關於「接受」的重新考察；詳注四頁72，該書第二章並藉著三部文學及電影探討死亡議題。

象，所有的活著都是在共同的底線上展現，這個生命底限就是死亡[9]；這個死亡底限出現的時間、地點、方式卻完全是無法預知、不可掌控與理解的狀態，即便是科學科技如何高度發達，人類對死亡現象也只能束手無策，只有面對而已，或許這也成為一般人忌談死亡的主因，其中包含了多談無益、恐懼、逃避等非理性因素；但無論人類如何處理面對死亡的態度，死亡仍是真實存在而已。

現代文學的文本包羅萬象，本質上記載許多生命的故事，無論虛構或寫實，好的文學都呈現作品的真實；即讀者透過文字可以進入一種「他人的真實世界」[10]。在這個世界中，幫助人類重新認識生命的各種面相，藉由文學的本質積累出龐大、客觀的生命文本[11]；因為沒有特定的方向指涉性，反而幫助讀者可以根據個人的生命狀態自由擷取所需，也因為自由選擇，產生的個人心靈撞擊也常出乎意料。如盧光舜醫師在《病榻心聲》記載他個人面對死亡宣判後的種種心緒過程。盧醫師原是

9　參余德慧《觀山觀雲觀生死》代序〈了然生命的根本態度〉中提出：在生命的底線活著，人生奮鬥的排序可能會產生改變，底限生活其實蘊含無限生機（臺北：張老師文化，1995）。

10　本文所謂「他人的真實世界」，指的是讀者與作者是不同的生命個體，但透過文本卻可以產生一種新的理解關係，甚至是感同身受，不同的生命個體在文本中產生一種交融、合一狀態；因此在閱讀過程中，讀者隨著之哭泣、大笑，更是屢見不鮮的現象，所以文學世界是「他人」寫構的，卻可以和「自己」產生對話關係，因此姑且稱此種現象為「他人的真實世界」。

11　多數學理研究都必須落實在某種規則、定律中，然後用這個定律解釋某種現象，但所謂的有原則必有例外，也說明了任何人類架構出的原理原則都無法解釋一切的宇宙實存現象；文學的沒標準答案卻走向崩解一切原則，在崩解的過程中幫助人類看到生命所有的可能，也形成另一種形式的客觀，即本文所稱龐大、客觀的生命文本。

榮總副院長，也是胸腔科專家，最後卻罹患肺腺癌；當拯救病
人的醫師變成病人時，當勸人戒煙的人得到肺癌時[12]，在沒有
滲入死亡概念的常態生活中，死亡的出現使原本的常態突然顯
得荒謬，卻是不得不面對的真實；即使是工作上視生老病死為
常態的醫護人員，面對自己的死亡畢竟不同於面對他人，所有
的恐懼、撞擊更顯真切。盧醫師敘述在遭遇晴天霹靂後的所見
所思是：

> 走回自己的辦公室，關上房門，恐懼與孤寂立刻包圍了
> 我。最殘忍的是我對這種病知道得太清楚了，一般患
> 者，發現後能夠活上四個月就算不錯了！看著窗外，景
> 色依舊如畫；想想自己，卻即將與它別離，獨自飲泣，
> 久久不能自己。

　　雖然在學理上，醫師應該清楚病患面對死亡時的反應與過
程[13]，但客觀學理與主觀感受間依舊可能存在落差，盧醫師的
生命記錄卻是以個人經驗再度印證了學理，並提供了寶貴的感
受細節；「景色依舊如畫」是大環境的彷彿不變，死亡訊息的
出現，迫使個體生命與環境斷裂，「獨自飲泣」是無助，也是
孤獨，都是真實的感受。
　　生死原皆無所沾滯，生命原就是孤獨地墜地，而後在繁華

---

12 肺腺癌與抽煙與否無關，但一般人對肺癌的直接聯想便是抽煙，盧醫師當時戒煙十
　　多年，並大力鼓吹戒煙，所以在《病榻心聲》中也述及此段心情感受。
13 如生死學推動者庫布勒‧羅斯（Elisabeth Kübler-Ross）醫師提出五階段論：否認及
　　孤離、憤怒、討價還價、消沉抑鬱、接受，針對此，傅偉勳亦提出文化差異上的部
　　分質疑與修正，詳《死亡的尊嚴與生命的尊嚴》，頁47-63。

熱鬧中開展生活；當死亡出現時，生命本質的孤獨又再度現前，赤裸裸、完全不假修飾的真實。「景色依舊如畫」包括世俗的成就、歡愛、熟悉、財富......，原以為真實存在的一切，瞬間因為死亡的出現而幻滅，重新回到生命的起點：孤獨的出生[14]。盧醫師的「獨自飲泣」源自將與「景色依舊如畫」別離，也點出缺乏死亡概念的生命劇本，根本性的不合理，但一般人卻習以為常。生死學需要重新建立的生命版本，思考常模也必須面對無恆常性；一切看似實存的真實原就建立在幻滅中，可能才是生命的本相。明白生命本相並非消極、悲觀，反而透過本相的了悟進入更積極地存在，即個體日常所擁有的一切，原就缺乏緊密的連結關係，包括個體認為的真實存在都可能是更大的虛妄。死亡幫助人認識存在其實不存在，擁有只是暫時性借存，當能了悟一切非我有時，再度面對生命中一切所有，應該喜悅、感恩、知足，一旦失去，也非意外，更不需驚恐，都是自然，正如弘一法師所謂：

> 榮枯不須臾，盛衰有常數，人生之浮華者朝露兮，泉壤興衰，朱華易消竭，青春不再來。

物質文明越高度發達，人類和宇宙自然的關係卻越顯疏離；但若將視角轉向宇宙的生滅現象時，將更清楚生死循環的道理：一片黃葉的枯落，在土壤中腐壞分解；但枯葉朽壞消失後，才有機會轉化為另一種滋潤的養分，換得植物新的生機。

---

14 Joanne Wieland-Burston 指出人生的基調便是孤獨，孤獨原就是生命的本質；詳宋偉航譯《孤獨世紀末》（臺北：立緒，1999）。

當花朵凋零後，才有果實的收成；莊子所謂「方生方死，方死
方生」（〈齊物論〉）就是這個道理[15]。將生命置放於更寬廣的
宇宙家園，正視死亡的存在，使生命具有更大的開放向度，更
無限的延伸，生死教育提升生命的豐厚度。當以宇宙自然為依
歸時，生命本相的孤獨可以得到依恃性的消解，相對於物質性
存在的幻滅性，宇宙自然卻呈現更超越的恆常性，也是蘇軾所
謂「自其不變者而觀之，則物與我皆無盡也」（〈前赤壁賦〉），
總合所有的變化也構成更大的恆定，這是文學世界對應於宇宙
自然時所呈現的生命共相。

（二）情境虛擬對生死教育的重要

　　生死學落實在教育時，必然碰觸另一個難題，即死亡無法
經驗、複製，即使透過規劃設計的課程也無法讓學生真實體
驗，除了學理陳述、經驗分享（如見證死亡的人，包括醫護人
員、病患家屬……）、醫學影片播放外（如急診過程），在經驗
設計上是否可以有其他選擇[16]？現代文學也許可以提供另類的
教學策略。文學課程重視情境教育[17]，每一篇文本都構築出一
個生命情境，特別是電影或紀錄片的文學文本，除了傳統文字
性敘述外，並利用人物、場景、對話、佈局、音樂、色彩……

---

15 現代文學當然亦應包括古傳統經典的現代化，如《傅佩榮解讀莊子》（臺北：立
　　緒，2002）、蔡志忠以漫畫形式表現《自然的簫聲——莊子說》（臺北：時報，
　　1986），更進一步以此本漫畫為底，製作成動畫《莊子說》（臺北：明日工作室，
　　2003），都是新世紀不同文本的表達方式。

16 生命教育重視內化，並不同於一般以知識為主的學科，因此經驗設計對生命課程相
　　對重要，良好的生死教育絕不能僅落於學理陳述。

17 關於文學的情境教育可以參考韋志成《語文教學情境論》（南寧：廣西教育，
　　2001）。

等，呈現科技下的新興文藝，也使平面文本立體化，這個虛擬
情境的文本透過視覺與聽覺的雙重刺激，同時活絡觀者的感性
直觀與理性思維，特別能吸引讀者進入，更能增加學生的真實
體驗性[18]。

　　課堂的講述經常以教師為主導，每位學生對文字的捕捉與
理解能力確實有個別差異，若再求文字深入生命，學理內化，
創造感受，更難以觀察與測量；任何學理的陳述必然產生思考
的方向性，但生命教育應該擴大對生命觀察與思考的範疇，二
者間是否能覓得更開放性的轉化空間？筆者以為文學教育正創
造了這個空間領域。每部影片表面上似乎並未說理，但全片的
主題已經隱含於影片敘述中，透過導演、編劇的技巧，可以帶
領觀眾進行真實的思考；當影片播放時，順著劇情推演，教師
從旁提醒學生可思考、觀察的問題，再輔以閱讀影片後的討
論，可以激盪更多元的思考。文學教育經常使用「無目的的目
的」方法，將指涉的目的、方向隱去，只藉著文本單純地向讀
者開放，反而創造更大的思考空間，這個思考空間經常可以活
絡學生的思考，活化可能沉睡的覺受力，在活絡與活化中創造
新的生命體會。如筆者經常運用張藝謀導演、鞏利、葛優主演
的《活著》作為生死學單元的教材[19]，片名「活著」，但劇情

18　此處的真實雖建立在虛擬上，但因為聽覺與視覺的雙重聚焦，應是現有文學文本中
　　最具真實感者。鈕則誠在〈大學生命教育〉中提出生命教育的落實重點應在「體驗
　　法」，詳《生命教育——學理與體驗》（臺北：揚智 2004），也說明了生死教育經驗
　　虛擬的重要。

19　這個單元安排在國文課堂上，搭配余德慧〈了然生命的根本態度〉、李霖燦〈論生
　　死〉二篇散文構成一個生死學單元的學習與思考，詳細設計參〈電影《活著》在生
　　死學教育上的思維與運用〉，刊在《輔英通識教育年刊》第二集，2003。

的高潮都堆疊在死亡事件中；隨著劇情推展，常依稀可以聽見學生的低聲啜泣，虛擬的劇情卻可以引發人類的同情共感，情感激盪下的理性思考更容易達成銘記於心的目標。而且畫面直攝於腦海，常較語言文字更能完整地烙印保存下來，影片畫面停格於心版，成為雋永的回憶更是許多人皆有的生命經驗，這些個別性的生命經驗是以學理陳述為主的課程較難立即達成[20]。良好的文學教育可以引發同情共感，使理知直接進入生命，成為感知[21]。當然感知與實踐仍有相當差距，當下的感知亦可能如曇花一現，離開虛擬情境後又回到原來的慣性思考與生活，但這個問題也是教育的共性問題[22]，本文僅強調文學教育可能產生較其他學科更立即性的效能而已。

紀錄片更是透過鏡頭捕捉真實的再現，在客觀真實的呈現外，也常滲入了拍攝者主觀的訴求與感動，更因紀錄片的完成經常需要經年累月，拍攝者與被攝者間需要建立良好的互動，甚至產生友誼、信賴關係，因此更能撞擊出許多生命真實的細節。如黃春滿的《一葉蘭》記錄喪偶婦女的故事、許文珍《春天——許金玉的故事》記錄白色恐怖下女政治犯的故事[23]；「一

---

20. 本文並不否定一般學理性陳述課程的教育效果，只是希望強調學理性陳述一般多落在理知，理知與生命內化不能等同，理知與化為實踐的行動力更可能有巨大落差。

21 本文所謂的感知並不脫離理知，二者相輔相成，感知和情緒化、感性亦不能畫等號；感知以人類共通的情感為基礎，能在更高的生命高度下理解各種生命情態，進一步圓滿生命所遇，是真正理性教育的基礎。

22 特別是與生命相關的學科，如生死學、倫理學、道德教育……，都有實際評鑑的困難，因為目前採用的評鑑多建立在量化，或知識性陳述，上述學科的真實效能其實需要實踐，最後的判準恐多落在個人的心性上，這也是傳統哲學強調心性重要的原因。

23 《春天——許金玉的故事》曾獲第三十九屆金馬獎最佳紀錄片。

葉蘭」讓觀眾看見被攝者如何從喪偶的傷慟中走出個體的獨立，「許金玉的故事」讓觀眾看見為大愛奮鬥而犧牲生命的凜然[24]，二者皆可配合生死教育討論的哀傷輔導、死亡面向，作為學理陳述的補充媒材。另外因紀錄片擁有帶領學生進入情境的特質，除了深化學生對學理的理解外，尚可能撞擊出其他觀點的思維。

生死學與文學教育的共通點應在人文關懷，關心自己與他人的生命安頓，除了知識學理外，引領學生進入不同的生命情境，體會不同的人生況味，重新思索個體與群我、宇宙的對應關係，真正的人文關懷才可能得到實踐的力量，這也是文學在生死教育的應用上可以提供的效能。

（三）文學幫助生死教育的落實

如前所述，目前的生死教育多側重臨終處理、預立遺囑、醫療處理……等和死亡直接關涉的議題，不外乎對死亡認識、承認與處理，這些議題固然重要，但以大學生的生命經驗為起點行為，可以更強化的部分是：以死亡作為生命內涵的起點，重塑存在價值觀；即透過生死教育，幫助學生重新思索存在目的、生活目標、生死安頓的終極關懷，此部分與文學教育的精神提升息息相關，也是本文以為文學教育可以幫助生死教育落實的主因。

---

24 許金玉的老師在二二八事件中，因匪諜罪嫌遭到起訴並被槍決，是政治迫害的受難者；透過許金玉的陳述，卻只讓觀者感受到老師教育的熱忱與理想，紀錄片可以成為歷史的另類窗口，也因紀錄片常以社會中被忽略的弱勢族群為被攝對象，本身即隱含高度的人道關懷，當然適宜作為人文教材。

　　由於生存常態落在固定的時空中，如何妥善管理、運用時間，對未來作周全計畫，是現代社會中所強調的生涯規劃；然而一般的生涯規劃其實多未將死亡納入規劃的底限，只從現有資源、生活模式、短期與中長期的個人理想目標為思考原則，忽略死亡的無法預知性，但面對生命的可能破局，死亡大限可能出其意地來臨時，則所有的規劃可能顯得荒謬可笑，根本沒有實現的可能。將生命的破局納入生涯規劃中，並非否定一般性生涯規劃的重要與需要性，而是將生涯規劃中納入更多變數考量與承受力，如此的規劃可能更具周延性。如政大哲學系學生林芳如，因肝癌住院，剛開始她還能面對疾病，同時在肝癌基金會理擔任義工，利用僅存的歲月發揮生命價值；也可以說她積極地處理剩餘生命的規劃，但死亡的威脅與存在的規劃如此貼近時，她也記錄下二者間最真實的撞擊：

> 今夜，……我竟無法制止住自己，我摔了吹風機、摔了撲滿，看見滿地的碎屑和銅板，……。我終於有種存在的恐懼感了。這是自認灑脫的我，所無法接納的。我竟然在這種緊要關卡，出現恐懼，打碎了自己的希望與熱情，……（《我不能死，因為我還沒有找到遺囑》）

　　林芳如在僅存歲月中只是希望肝癌不再惡化，讓她有更多時間與力量能幫助其他病患，芳如的故事也令人想起抗癌小鬥士周大觀，他們對生命的熱愛令人動容，即使在活著僅存的歲月中，仍積極散發光與熱，希望給更多在黑暗恐懼中的人另一股支持力量；這一點殘存的規劃是僅貼著死亡底線的，當破局

的恐懼出現時，一切都破碎了，包括周遭的物質與個人的希望
熱情。林芳如的臨終紀錄讓人更真實體會生涯規劃與死亡間存
在的緊張關係，死亡可以讓所有的規劃一夕間幻滅，但也提醒
人重新思索「規劃」的真實意義與內涵。

又如周夢蝶《十三朵白菊花》中的〈迴音〉一詩，是焚寄
給沈慧的作品，全詩附錄了沈慧的遺作，記錄她生命終程前的
悲歡情愁；雖然面對病魔的威脅，但當真愛逝去時，對沈慧而
言，生命已提早到達終點，已經歷精神性的死亡：

> 我渴望死。在自囚的那一段日子裡，我討厭見任何朋
> 友，我討厭他們對我的哀憐。我曾經是同學中最令人羨
> 慕的；但現在我不僅失去健康，又失去了 D。[25]……我
> 只是死了一顆心，一個靈魂。

沈慧選擇自殺想結束生命，沒死成，又奇蹟似地出院；但
經過種種苦澀的淬煉，她終於明白什麼是「生活」，以無比毅
力承受最後的磨難，「女於去時，其父若母並諸友好皆環泣，
而女獨凜然」（周夢蝶語）。沈慧的故事提供另一種死亡面向的
思索，當真愛逝去的邊痛囓蝕生命時，生與死並無二致；而這
樣的事件不必等待真正的死亡出現，在情感出現陷落時，對生
命造成的撞擊有時並不亞於真正的死亡，甚至可能是引起自殺
的導火線，這都是擴大死亡面向討論後可以觸及的議題。

---

25 文中的 D 是照顧沈慧的主治醫師，二人曾相戀並共盟誓約，因此當杜姓醫師杳無
　音信後，沈慧陷入極度絕望中，也許除了生死學外，本則文本尚可提供醫學倫理的
　討論、醫病關係的適當距離處理。

　　文學提供的虛擬經常以「真實」面貌出現，也唯有勾動類似的情感，撞擊深層的思考，使教育不僅停留在膚淺的理知或表象層次，進入生命，也許才能真正發揮潛移默化的效能；預立遺囑當然可以作為生涯規劃的一部分，但以死亡為規劃的起點，鋪陳出的人生價值，也許更具有實踐的意義。生死的終極安頓未必只可依恃於宗教，透過活著的每一個當下認真思考，都可以形成自我安頓的終極關懷。

三、現代文學提供死亡意義的審視

（一）文學助益死亡意義的深層認識

　　生死不二，對死亡的深層認識也幫助人類了解活著的真實意義，即生命有終結的時刻，一切的繁華都會落盡，所有的燈光絢爛都會熄滅，這是生命的常態。活著享有的一切，包括物質、情感、人際關係……，都不是理所當然，也缺乏真正歸屬個人的俱足性；亦即一切歸屬的擁有並非必然，甚至可視為意外，因為原就在個體生命之外。一切的歸屬的失去，也是當然、必然，而非意外，因為根本沒有歸屬。這個思考常模確實和一般性思考呈現背反，卻可能更接近生命的真相；死亡教育幫助人類從零開始活著，可以將這種逆轉的思考常模視為「重新活著」的開始。因為沒有屬於的必然性，一切的獲得都是喜悅，都應充滿感恩，應該珍惜；一切的失去也應該充滿感謝，因為曾經擁有，因為個人的「放手」才能使其他生命開始享

有，應該祝福。死亡教育希望積極建立的價值觀，是真正尊重其他生命及每一緣起的獨立性。

　　然而死亡教育的思考常模必須逆轉常態，殊為不易，許多人的體悟確實需要經歷生命事件，才能真正理解。但經歷生命生死交關而後康復的人，也未必都能逆轉原來的思考常模；即在康復初期，對生命的無俱足性體悟深刻，感恩活下來，感恩周遭一切；但時間一久，可能又重新回到原來的生命習性、生活常態，又重返世俗的浮沉，重新墮落於時間的流轉而莫名所以，曾有的死亡撞擊蕩然無存，徒留無奈[26]。因此單純的經驗或體驗可能並非關鍵，若能在經驗體驗上佐以深度思考，真正逆轉原有的習性與思考常模，才可能真正轉化為生命向上提升的力量，幫助勘破生死與無常。良好的文學課程設計可以替學生「製造」經驗，透過虛擬、複製的經驗思考生命，落實於生活，改變習性與常模，希望能幫助生死無懼的達成[27]，這也是本文以為文學可以助益死亡意義深層認識的原因。如白先勇《台北人》對繁華的幻滅、存在的無俱足性都有深刻的表達。全書以唐代劉禹錫詩作〈烏衣巷〉作為起始：

26　傅偉勳主張臨終精神醫學與治療必須融化於狹義的單獨實存的生死學探討領域中，因為臨終的精神狀態，多半是平時對於生與死的態度與價值觀的延伸反映；詳《死亡的尊嚴與生命的尊嚴》，頁 178。由此更加突顯健康、年輕時，生死教育的重要，在藏傳佛學中，有許多關於生死學的修習法門或理論，如索甲仁波切《西藏生死書》（鄭振煌譯，臺北：張老師文化，1996）、達賴喇嘛《達賴生死書》（丁乃竺譯，臺北：天下，2003）、蓮花生大士原著《西藏度亡經》（徐進夫譯，臺北：天華，1983），皆可參考。

27　生死是為大事，更需經年積累修行，並非一蹴可及，本文僅能側重課堂教育，真正的生命教育也許根本沒有上、下課的區別，仍需靠個體的主動與精進；因此所謂的生死無懼也非幾門課程設計就可達成，課堂中僅能完成引領工作而已。但生死教育的引領確實也可能成為生死無懼的重要觸發。

> 朱鵲橋邊野草花，烏衣巷口夕陽斜；舊時王謝堂前燕，
> 飛入尋常百姓家。

　　魏晉南北朝的王謝家族曾經富貴風光，烏衣巷曾經繁華熱鬧[28]，但到了中唐時，劉禹錫所見只是：一切的富貴繁華都傾圮了，只剩青山依舊在。因此《台北人》中，無論是〈梁父吟〉的樸公、〈遊園驚夢〉的竇夫人、〈冬夜〉的余教授，到尹雪艷、金大班……，雖然十四個短篇小說中涵括不同行業、社會地位、性別等角色，白先勇創造了每個人的悲歡情愁，人人都有屬於自己的生命故事，風光也好，順遂也罷，甚至是巨大的痛苦，如〈一把青〉裡的朱青面對丈夫郭軫的意外死亡時是：

> 她的一張臉像是劃破了的魚肚皮，一塊白、一塊紅，血汗斑斑。她的眼睛睜得老大，目光卻是渙散的。她沒有哭泣，可是兩片發青的嘴唇卻一直開合著，……。幾個禮拜，朱青便瘦得只剩下了一把骨頭，面皮死灰，眼睛凹成了兩個大窟窿。

　　死者已矣，活著的人必須活著、必須面對，朱青面對丈夫的死亡也經歷自己心靈與情感的死亡，形容枯槁，猶如行屍走肉。但時間是最好的治療劑，死不了的人仍然必須活著，也是另一種活著的形式——小說結尾的朱青已學會遊戲人間，淡漠

28　王謝家族當時集中住在烏衣巷，因此烏衣巷可以算是當時政治名流匯聚的高級住宅區。

生死。整篇小說最後落在朱青的歌聲：「郎呀，採花兒要趁早哪」，雖然歌曲通俗，但也唱盡了生死間的人生無奈。白先勇意欲表達的繁華不僅是一般所謂的富貴風光，其實也包含巨大的痛苦，紅塵中的一切，悲歡離合終會落盡的，都會歸於原點，正如王謝堂前的燕子，終究要飛到尋常百姓家的[29]；常態正也是生命的實相，宇宙自然展現的規律：「飄風不終朝，驟雨不終日」（《老子》二十三章），生與死都是同一件事，在生死之間更需學習的是處理生活事件，在不同的事件中淬煉體悟生命的智慧，文學幫助生死教育轉回更貼近生命的常態。

（二）文學幫助生命陷落的安頓

若將死亡視為生命的常態，則死亡也只是生命的過程之一，生命過程隨著時間流轉，創造許多當下的細節，也是精彩的文學作品必須捕捉的重點。面對死亡，除了有未知的恐懼外，也包括失去的痛苦；但失去的痛苦並非僅止於死亡而已，日常生活中小自物質的毀壞，大至情感的逝去，都會經歷強度深淺不一的哀痛，如何面對？如何轉化？文學世界經常處理的生命情境，可以提供學生學習轉化的契機。

如《活著》中有一段敘述男女主角福貴與家珍唯一的兒子有慶，因為好友春生倒車撞倒了牆面，被磚塊壓死了；鎮長擔心家珍目睹兒子死亡的慘狀更添傷心，因此吩咐眾人攔阻家

---

29 今昔對比是《台北人》一貫的風格，余秋雨認為白先勇更構築了文化鄉愁，在變化的長流中尋找恆定；詳〈世紀性的文化鄉愁——《台北人》出版二十年重新評價〉，蒐在新版《台北人》（臺北：爾雅，2003）。所謂的恆定，本文以為可以視為對生命真相的尋找。

珍 30。事後福貴夫妻經歷了傷痛、自責（家珍後悔沒攔住福貴帶兒子上學），家珍的哀傷更延續到女兒結婚都無法面對兇手春生。另外吳淡如的《昨日歷歷 晴天悠悠》記載了自己與家人面對弟弟自殺死亡的哀傷過程，包括作者本人都一度陷入無止盡的自責狀態中，總以為當時如果陪伴在弟弟身邊，也許弟弟不會死；正如全書的序言〈六個半餅〉：

> 如果不把死亡看做終點，把它當成一種結束和另一種開始，我想，我便能夠以平靜的心情微笑訴說這個故事。……開始努力的把我的拳頭往牆上摜，每一拳是悲哀的控訴。我想起我的小弟，想起我們在成長過程中所受過的、又被我刻意遺忘的傷害；想起他驟然的離去所帶給我的劇烈痛苦；想起我的不捨、心酸和無可發洩的悼惜；……

這是作者真實生命經驗的紀錄、種種哀傷痛苦的心緒捕捉，所謂「六個半餅」是作者運用佛經中的故事，諷刺人經常為求快速達到終點，以為可以略過前六個餅，直接吞下最後半個餅，作者則是在默默吃完前六個餅，經歷人世間的愛恨貪痴，終於吃下最後半個餅，誠實面對弟弟的死亡與自己生命的整理：

> 這必然是一個悲傷的故事，但我已能平靜敘述，因為它

---

30 鎮長的處理是否可能造成家珍哀傷情緒的延長？這在哀傷輔導上可以作為討論的案例。

已經不是一個陰影了。我明白，每個人的生命中都有些
許無奈與悲傷存在，只是有人選擇面對，有人選擇把頭
別開。

接受命運，就能超越命運；面對陽光，陰影就在身後。接
受與面對的過程也許苦澀，但也唯有經過這些過程，生命的智
慧或價值重整才可能真正達成，道理或許清楚易懂，但在實踐
過程中必然撞擊生命中最幽微的習性與人性，誠如作者發現必
須比想像中誠實，才能說完故事；真正的面對並不如道理說得
容易，這些生命過程與細節捕捉常是一般學理性課程較難提供
的，但文學世界所呈現的生命記錄，都可以幫助進行生死教育
學理的印證與討論[31]，也幫助落實。尤其文學創作者的觀察力
與感受力常較一般人敏銳，文學文本配合學理討論，可以激盪
更多生命細節的處理，也提供更精彩多元、安頓生命的技巧。
生命陷落是死亡的本質，但也常是活著時難以超越的痛苦；如
何藉由生死教育轉向更具常態性問題的處理，也提升生死學的
積極意義與重要性，文學文本是落實面對常態的最佳媒介。

（三）文學與生死價值的重塑

當死亡的真相被多元體認後，認識生命中所擁有的一切並
非俱足，一切所遇皆有緣起，亦終緣滅，活著更應珍惜每一刻

---

31 如尉遲淦主編《生死學概論》中的〈悲傷輔導〉一章，黃有志對悲傷的認識、理論
與輔導都有清晰的說明，書中亦引用林家瑩《喪失子女的父母失落與悲傷反應及復
原歷程之研究》（高雄師大輔研所碩士論文，1999），對照本文所引兩篇文本，皆可
得到印證。

的存在，感恩一切所得；面對逆緣或困境時，無需恐懼或排拒，因為隨緣流轉，再大的痛苦總會過去，終會斷滅的。在所有活著的歲月中，更該關心的也許是認識自己、體悟宇宙間的真理。「認識自己」是一生的功課，但一般人活著時刻總習於將視角轉向生命之外，追逐世俗功名利祿，透過比較性成功來肯定自己的存在，也用競爭的挫敗否定自己的價值，肯定與否定完全建立在比較與他人的評價，關心他人的八卦永遠超過關心自己，流行更創造了盲目的集體性行為，逸出流行價值觀，可能被視為怪異或不可理解。社會也不斷虛擬出舞台，供大眾共舞；若檢視這個虛擬時，也許會發現背後的空幻，因為都脫離存在的本質，更脫離生命的真實。當死亡出現時，真實面對的只有自己，沒有他人。目光向外是容易的，轉向自己則需要習慣的改變，需要內省功夫的建立；批判他人是容易的，面對自己其實是困難的。但生命焦點的逆轉卻極其重要，因為死亡的承擔是非常個人化，甚至孤獨的；唯有個體建立自省習慣，多關懷自己心緒與思緒的波動，藉著波動的反省向上提升，清晰個人的自我實現，才可能減少對八卦的關注，對他人的關懷才可能被真正建構。真正的人文關懷絕對需要從個體生命出發，成熟的理性社會更需要建立在每一個個體的內省上。

　　相對於社會集體性的虛擬，反觀文學的虛擬時，則可發現有趣的現象：讀者可能嚮往陶淵明的採菊東籬，可能快意於李白的欲上青天攬明月，可能哀感於後主的林花謝了春紅太匆匆；淵明、太白、後主的生命都已成為過往煙雲，皆與現實無關，都可以視為虛擬，但讀者在不同的生命境遇中，這些跨越不同時空的作品卻可能真實地觸動了內在情思，進入某個個別

性的生命時刻，引發同情共感，幫助個體解讀特別的生命境遇。因此，一向被視為虛擬的文學卻幫助人調整生命視角，讓人有機會重新回看自己，此一回眸卻能引發生命個體重回生命本體，安頓自己，尋覓獨立的存在價值，重新思索生命中應把握者；超越社會集體虛擬出的空相，不只是一味按照無明的虛擬劇本活著。這並非否定社會價值觀，也並非鼓勵離群索居；只是希望在社會與個體間多一些主動性的思考，個體才能活得更心甘情願，社會整體性和諧才可能達成。反之，如果小我只是社會舞台的傀儡，缺乏思考能力，只要有人掌握玩偶背後的線索，便可以輕鬆地操控劇本的演出，或許這也是目前社會亂象的來源之一，由此更突顯價值思考的重要性，也是本文強調生死教育應該更積極建立的目標。

生命有盡頭，當死亡來臨時，雖然剝奪了一切存有，但也可能幫助生命和解的達成，實有更積極的正面意義。如琦君〈髻〉（收在《紅紗燈》），全文以第一人稱「我」為敘事觀點，記錄大媽與姨娘為搶奪父親的愛產生糾纏，作者以髮型、梳髻的過程勾勒兩人隱伏在禮教要求下情感的真實流動[32]；但隨著歲月逝去，父親死了，大媽也死了，支持、心疼大媽的「我」最後卻是和姨娘相依為命，「我」也看到姨娘的青春不再、終也化作骨灰寄存於寺廟中，「我」便有了以下的感觸：

　　……我也早已不年輕了。對於人世間的愛、憎、貪、

---

[32] 傳統社會中強調家和萬事興，允許男子三妻四妾，卻不允許相關女性嫉妒、忌恨的行為發生，這也是禮教的內涵之一，所以全文中看不出兩位女子的正面衝突，但隱伏的衝突掙扎卻隨時可以嗅出。

痴，已木然無動於衷。……，這個世界，究竟有什麼是
永久的，又有什麼是值得認真的呢？

　　文末的反詰是進入生命本相的追問，一切的愛憎貪痴都會
隨著死亡而結束，「又有什麼是值得認真的呢」，看似不認真的
背後其實蘊含更大的認真，即本文強調在死亡底線的價值重
整，真正幫助個體超越虛構的世俗價值，回歸生命的原始真
實，亦即接受死亡的真實，也許由恐懼到敬畏，對生命、宇宙
自然更高的敬畏，由敬畏發展出真正的尊重，尊重自己與他人
的活著，慎重地創造活著的價值[33]，所以生死教育更幫助個體
重塑存在價值。

四、現代文學提供多元價值的實踐

(一)認識異質生命的調性

　　雖然所有物質性的存有終究必定不存在，但暫時性存在的
存有世界中，卻如萬花筒般，光彩紛呈，極其多樣繁複，亦時
時變化，這也是蘇軾所謂「自其變者而觀之，則天地曾不能以
一瞬」(〈後赤壁賦〉)。所謂異質生命，包括自己周遭所有認識
與不認識的個體，也包括個體不同年齡層的變化。對正值生命
力旺盛的大學生而言，認識衰老是件不容易的事，年輕的生命

33　余德慧認為體驗生命是暫時性的連續，又同時感受生命破裂的光芒，保持這種雙重
　　態度活著，就叫做生死學的修行；詳《生死學十四講》，頁204。

可以徹夜狂歡，可以健步如飛；但年輕可能不懂步履蹣跚，不懂腰痠背疼，不懂輾轉難眠。然而年輕的旺健也會隨著時間流轉轉為衰老，只是同一生命個體裡不同的變化而已。特別是養育大學生的父母，此時多半已跨過中年，逐漸邁向年老，那位曾時時呵護的父母逐步衰老，年輕學子卻未必發現；朱自清的〈背影〉寫父親蹣跚地爬過鐵道，為自己買橘子的背影，作者的淚水其實也已意味著發現父親不再年輕，這個發現當然引發不同的生命況味，也是生命成熟的重要過程[34]。衰老雖為多數人必經的生命歷程，文學透過敏銳的觀察與捕捉，或個人的真實紀錄，提供了許多異質生命狀態的了解機會。如馬森的〈迷走開元寺〉（全文刊在《印刻文學生活誌》創刊陸號），寫退休教授面對年老、死亡、親人、回憶……等生活與思緒的夾纏，一則短篇小說，一個簡短的生活片段，卻也真實地帶出老境與生命歸鄉的問題：

> 可你別像上次一樣，走走走就找不到回家的路了，最後還要麻煩人家警察送你回來。
> 再過幾年，難保自己的名字不也變成案頭的一方金閃閃的牌子，跟這些已逝者的名牌排列在一起？

小說中以一位老教授為寫作對象，他必然曾經記得眾多專

---

34 所謂生命成熟包含由被照顧的角色轉為獨立，可以照顧自己，大學階段是多數臺灣學生獨立的初階，雖未達經濟獨立，但已多邁向生活能力的獨立；即從茶來伸手、飯來張口，轉向自行覓食。但發現父母的老去，可能引發的學習可能是由獨立轉為渴望照顧父母，由自我負責轉為承擔他人的生命，這是本文強調成熟的意義，也是認識異質生命的重要基礎。

業知識、專有名詞，然而當年老後，竟連回家的路都記不得了。年老生理機能的退化，特別是思考、心緒的轉折，對二十多歲的年輕人確實難以理解，但小說看似虛擬的故事卻提供真實理解的機會，幫助年輕孩子進入長輩的內在生命，多一份了解自然能幫助應對的圓滿。小說也透過死亡的氛圍，撞擊本質的思考：即使在世俗裡，教授擁有較高社會地位的工作，但一切的榮耀都必須面對肉身終會朽敗，衰老、死亡的現象並不因社會地位高低而有所不同，小說中的袁教授、陳桑、周教官，終將變成「案頭的一方金閃閃的牌子」。甚至古蹟開元寺也一樣，古老的廟宇原來是鄭經孝養母親、作為她晚年居所而建；鄭成功夫人篤信佛教，後來變成佛寺。小說以有三百年歷史的古蹟開元寺為寫作背景，帶出一段更遙遠的蒼老；但即使曾經傳為佳話的美談，終究只能留在歷史裡，小說透過死亡，也點出所有存在的實相。

　　隨著物質條件改善、醫療技術進步，高齡化社會已是多數先進國家的普遍現象，所謂的老人也曾經是將一生青春、精力奉獻給兒女、工作、社會的年輕人；隨著歲月流逝，兒女長大，從工作崗位退休、對社會影響力降低後，存在價值與社會尊重也與日弱化，構成所謂的老人問題、新的弱勢群體。老人對年輕人而言，是異質生命，但年幼、年輕、年老卻是同一生命個體在不同時間中的變化，對生命主體而言並非異質，而是相同，是過去、現在、未來的同一生命，因此年老也是生死學教育中的必須處理的重要課題。黃春明的《放生》是以老人為主角的一系列短篇小說，誠如作者在〈自序〉中所提：

> 我要為這一代被留在鄉間的老年人做見證。雖然他們沒
> 有一個是豐乳肥臀，我找了一部分老人，替他們拍了這
> 一本寫真集。想一想，那樣的身材，那樣的姿態，是可
> 悲？或是可笑？箇中滋味在各自心頭。

老人面對生理機能退化、病痛等肉身問題，是痛苦；面對
失去工作能力引發的生活困難，甚至威脅到生存條件，是痛
苦；面對兒女成年後的離去、周遭親朋死亡後的孤獨，是痛
苦；無論經濟條件優渥或貧窮，老人都必須更貼近生命本質性
被拋離的痛苦，這個本質性的痛苦也是生死學應處理的課題，
希望藉著生死教育重新引發社會對老年問題的重視。因為社會
結構的改變，老人問題已非只是孝順與否的倫理要求，而是結
構性的實際問題，需要重新從社會制度裡調整[35]，才可能使
「老者安之」的社會理想得到實現[36]。小說透過虛擬，卻提供
真實的點醒，如〈售票口〉裡寫一群老人，因為擔心兒孫藉口
沒有回程座位的車票而不返家，只好在清冷的天氣裡，透早排
隊兩三個小時，只為換得兒孫的返家探望；文末落在喪禮告別
式上，老人不需再為兒女辛苦排隊買票，他們自動回來的諷
刺。

---

35 現代社會的家庭結構、人際關係改變，已迥異於傳統的大家庭或家族，與傳統相
　較，人際網絡的疏離也造成個體在遇事時，能得到的支援相對減少，工作、生活壓
　力的緊繃，使年輕人無暇顧及年老父母，恐非單純的孝道倫理問題，牽涉需要以社
　會整體進行福利性、人性的設計，才能使年輕與長者間的存養情感更無憾圓滿。

36 「老者安之」是孔子自述個人的理想，這個理想置放在現代社會中仍見其需要性，
　也是跨越古今異時的基源問題；日本名劇《楢山節考》處理因糧食不足，只好將老
　人置放於山野中自生自滅，也是部可以作為相關議題討論的文學文本。

　　文學虛擬的情境幫助學生統整生命，落實學理知識的實踐，更重要的是提供對其他生命了解的契機；透過文本，閱讀與自己不同的生命狀態，助益於圓滿周遭人際的應對關係，這也是認識異質生命的重要。

（二）選擇自我生命的歸趨

　　正視死亡的存在其實幫助每一個生命自我更清楚、積極地把握、尋找存在價值，正如馬斯洛（Maslow）需求層次論中金字塔頂端的「自我實現」[37]，是存在個體價值意義的最高目標，但據馬斯洛的估計，能實現這個層次的人約僅百分之一而已；雖然金字塔尖端只佔整體極小比例，但缺少這個尖端，也可以說金字塔並未完成，自我實現應屬終極關懷的課題。換句話說，能完成自我實現的尋找，更能幫助生死無憾的完成；問題是，什麼才叫自我實現？生命個體潛能的充分發揮，或是社會價值的積極肯定？若將死亡意義帶入自我實現的思考，可能又呈現出不同的思考風貌；即若所有的存在都在「成住壞空」的過程中，則所謂的生命潛能、社會肯定都可能因死亡而顯得荒謬，因為前二者需要「活著」才能透顯意義，即使有所謂的千秋萬歲名，從個體性意義而言，對死亡的當事人可能也不具意義。因此「選擇」是個需要高度思索，極其複雜的生命過程，也未必是一般性生涯規劃所能涵蓋的思考，更不可能有統一性的標準答案，甚至可能必須遲至臨終前的回眸才能覓得答

37　人本心理學家馬斯洛認為人有五種層次的需求：生理、安全、愛與歸屬、尊重、自我實現，自我實現是最高層次；詳張凱元《人本主義教育的理念與實踐》第五章（臺北：心理，2003）。

案。但選擇的思考卻可以提供生命的安頓與歸屬，在忙碌的朝九晚五中，隨時選取人生方向的追尋，不斷回歸生命之內，而非只隨著生命之外起舞[38]，這種選擇自我生命的歸趨必須置放於死亡的底限，才能更清晰可見，對死亡的深刻思考正幫助掃除許多生命之外的障幕。

關於自我生命歸趨的選擇，許多以存在主義理念創構的小說可以參考[39]；七等生的〈我愛黑眼珠〉就是一篇以常理思索不易理解的作品。主角李龍第在接太太下班的途中，一場突來的洪水淹沒了城市，在所有人慌亂地逃難求生存中，他卻搭救了一位不知名的妓女，並將原為太太準備的雨衣、麵包都給了妓女，甚至不顧太太在對岸的呼喊與落水，執意照顧妓女。但洪水退去後，李龍地告別妓女，開始尋找失蹤的太太，展開另一段存在感知的追尋。這篇小說向被視為超寫實作品，因為完全無法以常理判斷，男主角與妓女間也無所謂愛戀問題，與妻子間更非情變狀況，小說表面似乎鋪陳架構了一段故事，實際卻希望跳躍出日常故事外的本質思考。故事表層的荒謬性正撞擊了個人存在與所謂的常理，在不合理的包裝下反問何謂合理？這篇文本意圖表現存在主義哲學強調的「存在先於本質」，所謂的存在也許無關善惡，就是存在[40]。

38　本文所謂的生命之內，類似於余德慧所謂的靈性空間，發現生命的本心或原初狀態，感受乾淨、純粹、簡單、神聖；詳《生死學十四講》，頁 226-227。

39　西方如卡謬《異鄉人》、卡夫卡《蛻變》都是著名的作品；諾貝爾文學獎得主高行健的《叩問死亡》劇本（臺北：聯經，2004），將死亡視為被叩問的對象，從各層面探討死亡與活著的本質，亦是值得思索的文本。

40　關於生命意義的追尋，特別是審視世俗傳統與個人間的思考，許多小說文本都有精彩的表述，如馬森的《夜遊》（臺北：爾雅，1987）、朱少麟的《傷心咖啡店之歌》（臺北：九歌，1996）。

　　姑且不論人是否真能跳躍出世俗的價值體系、善惡判斷，但死亡來臨時確乎是面臨根本的存在斷裂，與世俗價值、善惡判斷產生根本性絕裂，死亡就是一種實存現象。功成名就、貧窮卑賤，積福積善、惡貫滿盈，一切活著時的彩繪都將隨著死亡而回返無色、空白；若論存在，恐怕也只剩下臨終瞬間的當下。因此生死教育的重要價值也在此呈顯，死亡是人類面對的最大孤絕，無人可替，只剩真實面對；將死亡納入活著的實存現象，習以為常，幫助進入生命實相的認識與了解，更幫助個人生命歸趨的選擇。李龍第的脫離常理，進入個人存在的純粹思維，看似脫離人世間道德與善惡判準，實際卻架構出存在的「真」，也唯有保有生命的真，活絡存在的高度思考，珍視人類可貴的思辨力與自由選擇，所謂道德的善才有真正落實的機會與可能[41]。

（三）多元價值的尊重與和諧

　　人對死亡的恐懼部分源自於熟悉存在的消失，而這個存在又經常是構築在人類的自我意識中，其中也隱含過度膨脹人類的存在與力量，老子直指「天地不仁，以萬物為芻狗」（第五章），便希冀戳破人類架構出自以為是的真實存在，提醒人類在自身外尚有更開闊的存在空間與規律。換言之，將宇宙視野納入存在的認識中，便可更清楚認識到死亡是向宇宙開放的真實，所有有相的實存死亡後，即使肉身腐敗，被蟲嚙食、化為

---

41 被稱為存在主義心理學分析師的羅洛・梅（Rollo May）在《創造的勇氣》中（傅佩榮譯，臺北：立緒，2001），將對存在的種種質素的再認識與體會視為創造的勇氣，該書的舉例分析也運用了許多文學藝術作品，可為參佐。

灰燼，在宇宙中都可以轉化為孕育新生命的養分，宇宙間生生
不息的力量也源自於奇妙的循環轉化，自然間自有一股厚實的
安頓力量[42]，死亡的安頓未必只有宗教，也可以是更開放的生
命思維與更寬廣的宇宙空間。如李霖燦的散文〈論生死〉[43]，
作者當時本欲以雲南麗江的玉龍大雪山為畫作對象，結果卻一
無所成，只好轉向麼些族的研究；最後透過麼些族葬禮中的輓
歌、佛經中的故事，提出對死亡的反省：

> 大雪山高兩萬呎，長八百里，是「膜拜」的主體，而不
> 是「描繪」的對象，當地的麼些人只膜拜而不癡心妄想
> 地去描繪，真是比我高明太多了。生死一論，是不是也
> 可作如是觀？……

膜拜與描繪確實是不同的生命態度，因為科技的發達，人
類過分熟悉以自己為宇宙主宰的思考模式，也許只有面對死亡
時，人類才能將實存的生命還原進宇宙自然中，懂得謙卑地當
一名自然的過客，真正尊重大自然中原始和諧的規律，則死亡
也可以產生新的解讀意義[44]。

另外，死亡是生命的終結，但也常是「重新認識」另一個

---

42 當然這股力量終究來自於人類自身的有情，因為深情才能將看似無情的宇宙自然轉
為最厚實的安頓，正是龔自珍所謂：「落紅不是無情物，化作春泥更護花」（己亥雜
詩），是人類發現宇宙存在的價值，也擴大對存在的認知。

43 原收於《會心不遠集》，後續寫為〈邊疆民族的智慧〉，收在《藝術欣賞與人生》
（臺北：雄獅美術，1995）。

44 日本導演黑澤明的《夢》，全片最後一個夢「水車之鄉」記錄一個世外桃源，村民
面對死亡所舉辦的喪禮，卻是舞蹈慶祝；因為村民認為死亡是落葉還歸於大地，是
自然。也可作為另一種思維參考。

生命的契機；如在《多桑與紅玫瑰》中，就記載了作者陳文玲
在母親死後，竟發現對母親感覺陌生[45]，展開一段重新認識，
透過不同的第三者陳述，勾勒出不同面貌、卻更立體化的「母
親」。這位結婚多次，曾經充滿對異性的魅力、對金錢的崇
拜、對親朋子女的慷慨，但也欺騙、勢利、貪婪、不負責、耍
賴過……的母親，「少年睥視媚行，中年以後老練海派」（附錄
一〈大魔術師〉）。從世俗的角度而言，陳文玲的母親並不稱
職，也迥異於傳統歌頌的母親形象，但作者卻生動地捕捉到
「多桑」的雄渾豪邁與「紅玫瑰」的溫柔熱情，二者可以充分
融合在同一個生命個體中，並不衝突矛盾。撇除了母親這個角
色，更看見生動真實的個人。每一個生命個體在不同的人際網
絡中，原就面對複雜的角色扮演，所謂的人際關係良好，也意
味著角色扮演成功，但如何在不同的角色扮演與單獨自我間找
到平衡點？即真實的自我本就應該包含孤獨的本質與豐富的角
色扮演，才得見到多元面貌的形成，面對多元尋覓真實平衡
點，也許才能真正活出自己。本書的代序作者南方朔從女性主
義的觀點，提出「壞媽媽」的斑駁書頁，為這位母親覓得不同
的解讀。但無論如何解讀，無論世俗是否能接受如此的母親，
「母親」就是一個事實，就是一個角色。

　　生命在角色之外，應該有更多細節的挖掘，死亡卻可以成
為挖掘的契機；死亡必然將個體從人際網絡、角色扮演中抽
離，進入生命更本質的思考，許多個體的情感、慾望、才
能……都可以更無拘束地跳躍出世俗的藩籬，生死教育也必然

---

45 作者是母親劉惠芬與第二任丈夫所生的子女，從小與父親同住，全書是根據作者向
　熟識母親的人蒐集資料，以回憶與轉述的方式結集而成。

引導對自我的重新認識，也唯有真正認識自己，幫助自己尋找到在宇宙、人際間的真實定位[46]，個體生命穩固後，對其他生命的理解與尊重才可能真正落實，創造高度和諧。

五、結　語

　　工業革命後，重科技輕人文，已是全世界的普遍問題；在放眼國際的潮流中，重英語輕中文，又是臺灣現今的教育現象。然而，大學生中文能力的低落，已成為既定的事實，如何重新喚醒學生對中文的學習興趣？如何發現中文確實關乎競爭力？恐都是中文教師必須擴大專業視野、時時提升教學內涵與技巧的責任。本文希冀建立現代文學與生死教育的連結，作為大學國文通識化的參考教案。

　　死亡與活著同時俱存，是一體兩面，活著的基礎必須建立在存在的幻滅，讓生命習於原點的思考，即存在即幻滅，一切的存在其實並不具有恆常性，擁有與失去、福報與禍患、快樂與痛苦、年輕與衰老、繁華與頹圮都是同一，並非截然的兩端；能同時透析看似相反的兩個面向，自然能擴大生命思索的視角，幫助生死皆無憾，這是生死教育的重要。然而死生是為大事，臨終時才開始思考，恐難無憾恨，積極的生死教育更需要仍保有健康、年輕時多下工夫，改變將生命寄託在無常變數

---

46 所謂的真實定位，沒有準答案，也難以言詮，唯有自心知。所以孔子的知天命、順天命，而後的從心所欲不踰矩，都應在這個層次解讀，莊子的與萬化冥合，更該在這個層次意會。

上的思考常模，重新思索存在價值，真正掌握生命所託，是更恢弘的生涯規劃。然而如何讓最不具有死亡恐懼的年輕學子，進入死亡底線的思考，除了一般學理外，現代文學呈現的故事情節，容易讓觀者進入一種虛擬情境，在虛擬中撞擊最真實的思考與情感；唯有情思產生撞擊時，所謂的學理才不僅停留在背誦的知識層次，能更進一步觸發深層的思考、選擇，落實實踐的力量。

生死學觸碰人性的禁忌、存有的恐懼、思考的常模、無明的習性……，死亡無法體驗，因此學理在實踐的過程中，其複雜性與變化性實令一般生死學科難以周延，而知行合一的教育目標在生死學上亦最不易達成；文學幫助生命細節的開展，擴大學理的討論、思索空間，使學理落實更穩固，應該更積極地納入生死教育中，這也是目前生死教育發展中較欠缺的一環。

現代文學中可以作為生死思維的文本甚為豐富，從透視生命本相、深層認識死亡、安頓生命陷落、認識異質生命、存在價值重塑、選擇自我歸趨、多元尊重與和諧，都可以找到豐富的教學素材；唯有透過更多面向的生死思索，真正體認實存的真相，不過度膨脹、執著於個體存有，認識宇宙自然整體，個體涵融進整體，也許會發現終究沒有生，也沒有死，才能真正成為生命的主人。

∽ 參考書目 ∽

Joanne Wieland-Burston，宋偉航譯，《孤獨世紀末》，臺北：立
　　緒　1999。

Rollo May《創造的勇氣》，傅佩榮譯，臺北：立緒，2001。

王夢鷗《文學概論》，臺北：藝文，1982。

白先勇《臺北人典藏版》，臺北：爾雅，2003。

朱少麟《傷心咖啡店之歌》，臺北：九歌，1996。

余秋雨《藝術創造工程》，臺北：允晨文化，1994。

余德慧、石佳儀《生死學十四講》，臺北：心靈工坊，2003。

余德慧《觀山觀雲觀生死》，臺北：張老師文化，1995。

吳淡如《昨日歷歷　晴天悠悠》，臺北：方智，2001。

李林燦《藝術欣賞與人生》，臺北：雄獅美術，1995。

李玲珠〈電影《活著》在生死學教育上的思維與運用〉，輔英
　　通識教育年刊第二集，2003。

周夢蝶《十三朵白菊花》，臺北：洪範，2002。

洪炎秋《文學概論》，臺北：中國文化大學，1985。

韋志成《語文教學情境論》，南寧：廣西教育，2001。

索甲仁波切著，鄭振煌譯，《西藏生死書》，臺北：張老師文
　　化，1996。

馬森《夜遊》，臺北：爾雅，1987。

馬森《迷走開元寺》，印刻文學生活誌創刊陸號，2004。

高行健《叩問死亡》，臺北：聯經，2004。

尉遲淦主編《生死學概論》，臺北：五南，2001。

張凱元《人本主義教育的理念與實踐》，臺北：心理，2003。

陳文玲《多桑與紅玫瑰》，臺北：大塊文化，2000。

傅佩榮《傅佩榮解讀莊子》，臺北：立緒，2002。

傅偉勳《死亡的尊嚴與生命的尊嚴──從臨終精神醫學到現代
　　生死學》，臺北：正中書局，1993。

游喚《現代小說精讀》，臺北：五南，2000。

琦君《紅紗燈》，臺北：三民，2002。

鈕則誠《生命教育──學理與體驗》，臺北：揚智，2004。

黃春明《放生》，臺北：聯合文學，1999。

達賴喇嘛著　丁乃竺譯，《達賴生死書》，臺北：天下，2003。

歐陽子《王謝堂前的燕子》，臺北：爾雅，1983。

蓮花生大士原著，徐進夫譯，《西藏度亡經》，臺北：天華，
　　1983。

蔡志忠《自然的簫聲──莊子說》，臺北：時報，1986。

蔡志忠、魚夫等《莊子說》，臺北：明日工作室，2003。

「臺灣文學」通識課程之教學
兼論「去中國化」

以高雄醫學大學課程設計為例

蔡蕙如　高雄醫學大學通識教育中心助理教授

摘 要

　　「臺灣文學」之研究在本土蔚為風潮，已成為一門顯學，許多大學校院紛紛成立「臺灣文學」相關系所。而本校雖然是醫學大學，卻也相當重視文學課程的教學，因此在本校通識課程委員會的決議與推動之下，通識教育中心特別開設了「臺灣文學」這門課，並由筆者來擔任授課教師。本文將本校「臺灣文學」課程之大綱與教學內容作一簡介說明，並請學者專家不吝指教。再者，面對「臺灣」與「中國」兩個政治敏感度很高的名詞，特別是某些政治人物主張「本土化」與「去中國化」時，讓筆者相當憂心一般大眾無法了解其真正意涵，故特於本文兼論該命題，希望能提供個人之淺見，使吾輩不至於將「政治」上的去中國化（去中共化）與「文化」上的去中國化混為一談。

關鍵詞：臺灣文學、本土化、去中國化、去中共化

一、前 言

「臺灣文學」之研究在本土形成一股風潮,已成為一門顯學。目前於大學校院設立「臺灣文學」的系所包括成功大學、真理大學、靜宜大學、清華大學、與中興大學[1]等校。這些學系所的教學目標明確訂定:對於「臺灣文學」之相關文獻、史料與作品不僅採取嚴謹的態度做全面性的搜輯、整理,更要求學子們能夠對該文學有全方位的認知與瞭解。諸如民間文學、原住民文學、傳統詩文與戲曲、日據時期新文學與戰後文學都是學習研究的重要範疇。

而本校雖然是醫學大學,卻也相當重視文學課程的教學[2],因此在本校通識課程委員會的決議與推動之下,通識教育中心特別開設了「臺灣文學」這門課,並由筆者來擔任授課教師。由於上課時數有限,一學期合計三十六個小時,然扣除

---

1 中興大學整合中興、東海與靜宜三校有關臺灣文學與文化之學術資源,開設「臺灣文學與文化」學程,該學程共計二十四門,修習對象以三校碩博士生為主,是否開放大學部學士班四年級學生選修由開課教師自行決定。其修課學分數至少十二學分,學生至少須選修六學分所屬學校開設課程,至少選修四學分他校開設課程。另有高雄師範大學成立「臺灣語言及教學」研究所,其開設課程亦涵蓋文學與文化之範疇,如:「原住民文化研究」,該課程內容包含原住民文學。

2 高雄醫學大學是一所以醫學為主的大學,醫學教育以培養優質的醫療護理人才為目標,是科學與人文並重的教育。因此,醫學教育除重視專業知識的傳授外,通識教育亦不忽視。本校通識教育的目標在培養學生具有生命倫理、人文素養、社會關懷、國際視野與終身學習能力,以達成全人教育。在文學課程方面,除了大一國文之外,還開設了「詩詞欣賞」、「現代文學」、「臺灣文學」、「英美文學名著選讀」等課程供學生修習。

期中考與期末考的時間後,在短短的三十二堂節數中,要使本校選讀「臺灣文學」課程的學生能夠一窺其堂奧,實在有「時不我予、淺嘗輒止」之憾。為將有限的時間做最經濟有效的運用,讓學生客觀正確地認識「臺灣文學」,並進而培養其欣賞臺灣文學的能力與素養,筆者將一學期之「臺灣文學」課程大綱與教學內容作一簡介說明,並請學者專家不吝指教。

再者,另有幾個亟需釐清與理解的觀念是必要揭示明辨的,例如:時下如火如荼進行「九年一貫鄉土教材教學」;或沸沸揚揚地提倡著「本土意識」、「本土文學」而主張所謂的「去中國化」,在這些行為的背後究竟是否有合情合理的思想支撐?抑或是另有政治寓託?筆者希冀藉由本文的探討以正大眾視聽,並就教於鴻儒大家。

二、「臺灣文學」之課程大綱與教學內容

(一)「臺灣文學」之課程大綱與教學內容

本課程共計有八個單元:

單 元	名 稱	教學時數
第一單元	何謂「臺灣文學」	2
第二單元	臺語文學與文字	2
第三單元	臺灣諺語、俗語	4
第四單元	臺灣謎猜、歇後語	4
第五單元	臺灣歌謠	4

單　元	名稱	教學時數
第六單元	臺灣小說選讀	4
第七單元	臺灣電影	4
第八單元	臺灣戲曲	4

1.第一、第二單元　（何謂「臺灣文學」與「臺語文學與文字」）

　　首要闡釋「臺灣文學」之定位與發展簡史，本單元就廣義與狹義兩方面為「臺灣文學」釋義。在廣義方面：從時間、文類、語言文字、內容部分來說明何謂臺灣文學。就時間而言，臺灣文學涵蓋明鄭、清領時期、戰前日治與戰後當代。就文類而言，則包括詩、小說、散文、戲劇、歌（民）謠、俚俗諺語等古典詩文與民間文學，其中亦包含原住民口傳文學。就文學內容而言，大凡與臺灣一切相關的人、事、物皆屬之。鄭邦鎮謂：

　　　文學是和土地相連的，臺灣文學就是指古往今來當中，一切和臺灣這塊土地有關的文學。包括作家、作品、流派、影響、思潮、興衰和轉變等等。不論它曾經被荷蘭人、西班牙、鄭成功、滿清或日本，甚至中國國民黨統治，只要是描寫臺灣這塊土地上的自然景觀、人物活動、價值觀、人生觀等種種文化現象，就可稱之為臺灣文學。（《臺灣文藝‧臺灣文學的八仙過海》，155，頁5-6）

該說法相當周延，具有包容性，使得初次接觸「臺灣文學」課程的學習者有比較客觀的認知[3]。因此，在本課程的開宗明義篇裡，筆者即引述該界定作為臺灣文學之正名。

就語言文字而言，筆者個人以為「臺灣文學」之精彩在於其語言的豐富性，它包含了漢語（華語）、閩南語（馬祖人說閩北話）、客家語（山線、海線）、原住民語（平埔與九族）以及來自於山東、四川、湖南、上海、浙江、雲南……的南腔北調，所使用之文字載體應為中文漢字。

而在狹義的界定上，亦有必要讓修課學生瞭解以資比較。葉石濤說：

> 所謂臺灣鄉土文學應該是臺灣人（居住在臺灣的漢民族及原住民）所寫的文學；儘管我們的鄉土文學不受膚色和語言的束縛，但是臺灣的鄉土文學應該有一個前提條件；那便是臺灣的鄉土文學應該是以臺灣為中心寫出來的作品；換言之，它應該是站在臺灣的立場上來透視整個世界的作品。（參見其《臺灣文學史綱》，頁 144）

由此可見葉氏將臺灣文學界定為臺灣人所寫的文學，而所謂的「臺灣人」則是有較寬泛的界說，只要是「居住在臺灣的漢民族和原住民」都是臺灣人。如此之說法與鄭邦鎮相較之下，其

---

3 對於「臺灣文學」的定義向來有諸多說法，有所謂的「作者論」，即認為作者是臺灣人，其作品就是臺灣文學；有所謂「作品的出版地論」，即認為只有臺灣出版的文學作品才是臺灣文學；有所謂「文字別論」，即認為必須以中文所寫的作品才是，更有主張以「臺語」書寫者方可定位為臺灣文學；還有所謂的「意識型態論」，也就是依據其愛臺灣與否的意識認定為原則。

釋義上是狹隘了一些，但仍不失為中肯的定義。

在第二單元裡的「臺語文學與文字」，因涉及較為深奧的語言文字學之範疇，而本校修習該通識課程的學生基本上皆是自然組出身，對於「小學」（即文字學、聲韻學、訓詁學）的認知非常有限，換言之，要對這類學生解釋何謂古漢語、中原音韻……恐怕得大費周章卻效果不佳，甚至對課程學習產生排斥感。有鑑於此，筆者把握住兩個重點觀念：

（1）何謂臺語？臺語就是閩南語嗎？

（2）臺語文學如何以書面文字傳達？

學習一門課程的首要工夫必然從觀念著手，何謂「臺語」？就狹義的層面看來，可以說是「閩南語系漢人所操之語言」。然而這樣的說法卻不符合於現實，因為臺灣島上所居住的族群相當多元，除了原住民外，從明朝時期移民臺灣的閩南人以及鄭成功帶領三萬七千多名將士與其家眷來到臺灣，理所當然引進了閩南母語，此時的「臺語」與閩南方言維持等質性。但是，後至臺灣的族群還有客家與中原各省，他們所使用的語言即呈現多彩多姿的樣貌，在這塊島上並非所有的人皆以「閩南語」來溝通，故而產生不少「雞同鴨講」的糾紛。直至國民黨政府入臺領政，實施推行「國語運動」（或稱北京話），訂定了一種官方語言讓每個族群能夠相互溝通與瞭解彼此。

由於臺灣曾經受到西班牙、荷蘭與日本的殖民治理，使得臺語雜揉了西方與日本等外來詞彙，誠如現在所謂的「雪文」（香皂──荷蘭語）、「甲萬」（袋子──荷蘭語）、「三貂角」（西班牙語）、「便當」、「料理」、「起毛誌」（情緒、感覺──日語）……。再加上國際文化交流、商業活動頻繁，促使臺灣

島上所使用的語言益形多元豐富。換言之，臺語的定義應該是指所有住在臺灣島上的人所使用的語言，它涵蓋了閩南語、客語、原住民語、國語、中原各省方言、外來語（如：荷蘭語、西班牙語、日語、英語）等。

　　此外，有一個觀念也是必要澄清的：目前國人所使用的官方語言（或謂「國語」）並不完全等於是「北京話」。語言是有生命的，會有發展與改變，它必然隨著人們在生活中的需求和使用上而有所改變或注入新的語彙。例如：原住民用來溝通的語言係屬南島語，由於閩南人的遷入，使得南島語（平埔族）和閩南語有所交流。又如：我們現在所使用的語彙字詞當中就有許多音譯或意譯的外來語，以及所謂的 e 世代流行語[4]……等；至於一些生活上不再需要或使用的字詞彙，自然而然就會消失[5]。換言之，語言有其孳乳代謝的現象。所以，臺灣光復後由國語推行委員會所推動的「說北京話」當然也會產生變化。其次是，國人所說的「北京話」也鮮用兒化韻；況且兩岸因政治問題僵持隔絕四十多年，人民的生活環境與思想自有其落差與迥異，許多原本概念相同的詞彙發生演繹，或各自為了

4　e 世代語言與校園流行詞彙相當多，例如：「粉」不錯、很「機車」、「醬子」、「莊孝為」、「撇條」、「馬子」、「水昆兄」、「SYY」、「LKK」、「2266」、「1314」……等數字譯音的詞彙。

5　畜牧時代，先民需要使用一些文字、名詞來區別牲畜的顏色，例如：駹（面額白色的馬）、驪（黑色馬）、驒（黃脊的黑馬）、騢（赤毛白腹的馬）、騜（黃白色馬）、騮（黑鬣黑尾的紅馬）、騧（身黃嘴黑的馬）、騂（赤色馬）……等。但是，進入工商業時代後，這些字彙已然在我們日常生活裡逐漸消失不用。另外，關於親屬之稱謂在將來也有不需使用而消失之虞。由於獨生子、女日趨增加，其子女便沒有伯叔姑母或姨舅。

因應生活所需而創造出新的詞語[6]。根據黃沛榮〈兩岸語文比較〉所整理出來的詞彙有：

一、同形異義，如：

1. 工讀生（大陸指接受改造、教育或職業訓練的失足青少年）

2. 高考（大陸指高等院校招生）

3. 黑道（大陸指以從事學術研究、著書立說的發展途徑）

4. 土豆（大陸北方指洋芋，即馬鈴薯）

5. 行、列（在資料組成的矩陣中，大陸指水平的集為行，垂直的集為列，臺灣恰好相反）

6. 茶點（大陸指以茶葉為原料加工製成的糕點）

7. 考季（大陸指考 GRE，即研究生入學考試）

8. 高姿態（大陸指對他人採取寬容、不計較的態度）

亦有舊詞增加新的義項，因而造成差異的，臺灣詞彙如：

1. 掃街

2. 空中飛人

大陸詞彙如：

---

6 馬森於〈「臺灣文學」的中國結與臺灣結——以小說為例〉一文中說道：「大陸的作者和臺灣的作者，雙方在極不相同的政經環境中從事創作，不可能具有相同的意識型態和人生觀，甚至於遣詞用字上也必定有所差異。……」（《聯合文學》81，8（5），頁172-193）

1. 緊張（大陸泛指供不應求，如：每逢假期，車票跟旅館都很緊張）
2. 文體（大陸指文娛及體育）
3. 黃道（大陸指從商做生意的發展途徑）
4. 逃生、偷生、超生（大陸指違反生育的婦女逃到別地偷偷生育）

二、近形異義
1. 時間差　不等於　時差
2. 擦黑　　不等於　抹黑

三、異形同義（前面為大陸詞語）
1. 工齡──年資
2. 過塑──護貝
3. 廠校掛鉤──建教合作
4. 骨質增生──長骨刺
5. 信息──資訊
6. 慈悲殺人、優死、尊嚴死──安樂死
7. 集裝箱──貨櫃
8. 多介質──多媒體
9. 伴侶動物──寵物
10. 丁克夫妻──頂克族
11. 輸液──打點滴、吊點滴
12. 硅──矽
13. 斯威士蘭王國──史瓦濟蘭王國

14.特立尼達和多巴哥共和國——千里達共和國

15.老撾人民民主共和國——寮國人民民民主共和國

（以上參見 http://www.chinesewaytogo.org/waytogo/
expert/twoshor）

除此之外，還有「水平」、「水準」；「激光」、「X 光」；「方便麵」、「速食麵」「泡麵」……等同義卻不同詞彙的例子，真是不勝枚舉。所以，現行的官方語並不應該與「北京語」劃上等號。

正因為如此，對於臺語的形成與其內涵可以下圖示之：

閩南語＋南島語＋荷蘭語＋西班牙語＋日語＋原住民語
＋客語＋北京語＋英語→臺語

既然臺語的內涵如是多樣豐富，但無可否認的是有些語言是沒有文字可以記錄的，因此第二個觀念的釐清也是修習「臺灣文學」課程必須有的認知。在探討該問題之前，應先了解語言與文字的關係，其二者之間存在著一種特殊的現象：世界上有許多語言是沒有文字可以記錄的，而無法以文字來記錄的語言，其被保存下來的機會除去錄音之外，似乎別無他法。換言之，缺乏文字記錄的語言，單以口傳保留是相當有限的。例如：原住民的歌謠、傳說、故事等只能依賴代代口耳相傳下去，且口傳有其缺點，可能是記憶有限而有所遺漏；抑或是口述者加上個人的評論（加油添醋）而使原來的故事失真……。這也即是早期原住民文學較難以書寫保存的原因。相對地，臺

灣（語）文學中的另一支閩南語文學也有其書寫上的侷限，閩
南語專家吳守禮於新竹師範學院所舉辦之臺灣語言學術研討會
致辭時談到：

> 臺語（閩南語）用字不能自外於中文（漢字），但用字
> 沒有定型，以致人人都說臺語有音無字，實在如此，無
> 可否認。嚴格地說：即使中國國語的基礎方言亦不能完
> 全豁免，亦有有音無字，這不在話下。（收錄於《閩臺
> 方言研究集》2，南天，1998）

所謂「用字沒有定型」的問題使得從事文學創作者或是歌謠填
詞者對選字的方法與認定皆產生歧見，例如：閩南語歌謠的用
字就相當混亂，同音義的詞句卻以不同的中文漢字來表達——
枯不利終罔珍動　舉鋼針接西東　天河用線做橋板　全精神補
破網　（補破網），歌詞中的「枯不利終」也有人寫「孤不利
終」、「孤不二終」、「孤不離衷」[7]。又如：閩南語常用來罵人
的話「考姐」，其意係指「對方亡父亡母」，是很惡毒的言詞，
然而現行文字也有人寫成「哭背」……。

　　諸如此類的例子相當多，「用字沒有定型」的結果還可能
造成為了表音而失去原來正確的文字使用，換言之，捨原漢文
不用而隨意大量濫用拼音詞句，使得原意盡失，其影響所及將

7　事實上，「枯不利終」、「孤不利終」、「孤不二終」、「孤不離衷」，其正確用字應是
　「糊不離漿」。意思是說黏綢物不能離開溶水狀態，否則它就不再保持黏綢，簡而
　言之，所指的就是「漿糊」。「糊不離漿」與「秤不離錘；錘不離秤」同有相依為命
　之意思，但是，後來卻把它引申為「無可奈何。」（參見 http://www.cico.com.tw/
　new_page_67.htm）

令閩南語走向毀滅的道路[8]。

基於上述之考量，筆者認為將現存正式的閩南語書面文字加以推廣使用，再配合張未之主張，他在〈臺灣文學與臺語新詩〉一文中言道：

（臺語）文學創作不應只是在一灘死水中泅泳，也因此筆者主張在文字的選用上仍應兼顧到語言的活用與變遷這一現實面，雖然洪惟仁前輩在其《臺語文學與臺語文字》一書中曾主張漢字乃是一種落後的文字，應以仿效韓國的諺文來替臺語未來製造一套標準化文字，這樣的論述並非晚輩我所認同的，但他在書中對擬用漢字的問題所說的：「我們的用字都只是一種試探，大膽試寫，拋磚引玉，如果跟的人多，我們就繼續用，跟的人少，我們就跟隨別人……。」這樣的觀念卻是個人非常支持的，雖然每個人對選字的方法或認定不同，但是要能書寫活用，在創作的實踐中「約定俗成」，這或許是在山頭林立的臺語文研究落實於文學創作上唯一且有效的權宜辦法。……因此，個人是較偏愛以通篇漢字來書寫臺語（文）詩的，除非真的找不到本字與沒有合適的擬字，則該字詞才暫代以綴音，這意味著就個人的觀點來說，不應為了「臺灣意識」而去排斥我們所使用、擅長且熟稔的文字或語言……。

---

8 同前。

如此一來，無論是閩南語、客語以及吳守禮所謂的「中國國語的基礎方言」，皆可以書面文字記錄文學。但是原住民語就祇得譯為中文漢字方能保存其文學、文化資產。

2.第三、第四單元　（臺灣諺語、俗語；謎猜、歇後語）

臺灣諺語、謎猜、歇後語是民間文學的菁華之一部分，在此兩個單元裡，筆者的教學目標是希望藉由對臺灣諺語、謎猜以及歇後語的介紹，讓修習學生能夠認識先賢前人的智慧結晶與通俗文學之美，而且更進一步地將這些文化寶藏承傳下去。

首先必要說明諺語、俗語、謎猜與歇後語的定義和區別：

所謂的「諺語、俗語」即是長期流傳下來文詞固定的常言，並提供人們建議或教訓。諺語的由來主要是先民透過對宇宙自然萬物的觀察與現實生活歷練的體會，而用一段簡短的文字話語來表達；換言之，一句不過十來字或者更簡潔的諺語，其背後實隱含著一番大道理。除此之外，這些諺語、俗語具有叶韻、對仗與口語化的特質，以方便記憶及使用。

臺灣傳統諺語、俗語源於古中原文化，而隨先民自閩南地區傳遞到臺灣，蘊涵著民族文化生活價值觀，在臺灣三、四百年的歷史中，集合了群眾的智慧而發展衍生出諸多鄉土色彩濃厚的諺語，句句深富哲理，詞藻淺顯，能以簡單之「一語」譬喻複雜的人間事象，其佳妙之處往往令人拍案叫絕或發出會心一笑。本單元將所要介紹的諺語、俗語略歸納為九大類[9]：

9　要把諺語、俗語做恰當的分類實在有其困難之處，語言專家李赫說：「因諺語在使用上是多元化的，很多狀況、環境都可使用，它是很靈活的，其意義可多方向延

（一）與家庭倫理、教育相關者

　　1. 嚴官府，出厚賊；嚴父母，出阿里不達。

　　2. 大狗盤牆，小狗看樣。

　　3. 公媽疼大孫，父母疼細囝。

　　4. 生的，請一邊；養的，恩情較大天。

　　5. 在生一粒豆，較贏死後拜豬頭。

　　6. 習（ciap8）罵毋聽，習扑袂痛。

　　7. 囝仔人，有耳無嘴。

　　8. 是不是，罵家己。

（二）與金錢財物相關者

　　1. 一個錢，扑二四個結。

　　2. 三代粒積，一代傾（皆）空。

　　3. 臺灣錢，淹腳目。

　　4. 僥倖錢，失德了。

　　5. 未肥假喘，未有錢假好額人款。

　　6. 好田地，不如好子弟。

　　7. 有錢人，乞食性命。

　　8. 一分錢，一分貨。

　　9. 忍氣生財，激氣相刣。

（三）與男女、夫妻之間相關者

　　1. 無冤無家，不成夫妻。

伸，很難去分類。」因此，本單元之諺語分類係依據筆者個人教學之便利性為考量。

2. 尪仔某，吃菜脯。

3. 臭耳聾尪，青暝某。

4. 睏破三領蓆，掠君心肝袂得著。

5. 一好配一歹，無兩好通相排。

6. 一蕊好花，插牛屎。

7. 一尪一某無人知，一尪二某卸四代。

8. 尪仔某是相欠債。

9. 做到壞田望後冬，娶到歹某一世人。

（嫁到歹尪一世人）

10. 一個某，較好三個天公祖。

11. 聽某嘴，大富貴。

12. 尪生某旦，每日相看。

13. 驚某大丈夫，打某豬狗牛。

14. 枕頭神，上靈聖。

（四）與命運相關者

1. 心思無定，抽籤算命。

2. 算命嘴，糊累累。

3. 落土時，八字命。

4. 看命無褒，吃水都無。

5. 千變萬化，毋值得造化。

6. 未注生，先注死。

7. 趁小錢，靠扑拼；趁大錢，要運命。

（五）與宗教信仰相關者

1. 也著神，也著人。

2. 神會成人，也會敗人。

3. 有食著有行氣，有燒香著會有保庇。

4. 沒想貪，著免信神。

5. 北港媽祖，鯤鯓王爺。

6. 勸人做好代，較贏吃早齋。

7. 舉頭三尺有神明。

（六）與工作態度相關者

1. 一年換二四個頭家。

2. 十二生肖變透透。

3. 雞是討食礁的，鴨是討食澹的。

4. 甘願做牛，免驚無犁通拖。

5. 賺錢有數，性命愛顧。

6. 無行，袂出名。

7. 在職怨職，無職思職。（做一行，怨一行。）

8. 鐵扑的，也無雙條命。

9. 戲棚跤（khia7）久就是汝的。

10. 加減賺，較昧散。

（七）與環保概念相關者

1. 近水，惜水

2. 天生萬物予人，人無半項予天。

3. 人吃魚，魚吃水。

    4. 人飼人，一支骨；天飼人，肥律律。

(八) 與人際關係相關者

    1. 人情留一線，日後好相看。

    2. 海水闊闊，船頭也會相遇著。

    3. 汝看我噗噗，我看汝霧霧。

    4. 好歹在心內，嘴唇皮相款待。

    5. 人情世事陪到到，無鼎甲無灶。

(九) 其他

    1. 無錢薰，大把吞。

    2. 人牽毋行，鬼牽蹓蹓走。

    3. 三日無餾，爬上樹。

    4. 少年袂曉想，食老毋成樣。

    5. 生贏雞酒香，生輸四片棺材板。

    6. 好天，著存雨來糧。

    7. 好歹粿著愛會甜，好歹查某著愛會生。

    8. 有狀元學生，無狀元先生。

    9. 有看見針鼻，無看到大城門。

    10.笨港種芋。

    11.過時賣曆日。

    12.新婦教大家剖臍。

    13.歕鼓吹，累死扛轎。

    14.未吃五月節粽，破裘不干放。

誠如眾人周知，臺灣諺語、俗語非常多，然而在有限的教學時間內，只能提出部分使修習學生瞭解其特色與內涵。源自於生活體驗而形成的諺語、俗語深具人文精神且富有教化警世的意義。例如：「也著神，也著人」即相當具有人本思想，與孔門儒家精神「務民之義，敬鬼神而遠之」[10]是一樣的。所謂的「務民之義」是說「專心致力於人所應當做的事」；而「敬鬼神而遠之」就是「尊敬鬼神而遠離鬼神，不被迷惑」。人的命運應該由自己來決定，如果只想依靠神祇的保佑或諂媚鬼神以交換好處……，恐怕會令人失望。因為將個人的未來託付於渺茫莫測的神鬼實在不理性，同時也使個人喪失學習、成長的機會，這不是智者的行徑。事情的成敗應當與人的有無意志和努力相關，盡其所能後再祈求神明加助一臂之力才是！

又如與環保概念相關的諺語亦充滿惜福感恩與對自然關懷的精神。人類仰賴自然資源維生，理應與自然和諧共存且更要珍惜善用之。否則單單憑恃人力來養人，許多人恐怕就要瘦骨嶙峋，如同諺語所言「人飼人，一支骨」；而大自然的變化對人類的影響可多了，如果風調雨順便得以五穀豐登，糧食不予匱乏就能養活眾人，故謂之「天飼人，肥律律」。然而使人汗顏的是為數不少的臺灣現代人過度濫墾濫伐，造成水土保持不良，每每不雨成旱，下雨成災，如是剝削大自然而招致其反撲，受害的還是人類甚至禍延子孫。

不懂從諺語、俗語中去擷取老祖先的智慧實在可惜，是故，闡述臺灣諺語、俗語的教學工作益發有其必要。筆者特別

---

10 語出《論語‧雍也》：「樊遲問知。子曰：『務民之義，敬鬼神而遠之，可謂知矣。』問仁。曰：『仁者先難而後獲，可謂仁矣。』」

於教學上側重道理的詮釋並結合現今生活實例，促進學生瞭解，使臺灣諺語、俗語真正走進現代生活，為人們提供建議或教訓，發揮其參考價值。其次是引導學生用閩南語來朗讀諺語、欣賞其語言的音韻之美。例如：「少年袂曉想，食老毋成樣」，句型結構與五言絕句相同，詞性、平仄的對仗與押韻自然和諧，富有節奏感。當然，諺語的形式不全是如此，也有不規則的句式，或上三字下四字；或上六字下五字……，其變化可謂多端精彩。

至於將謎猜、歇後語置入同一單元的原因是該兩者有其相近之處。所謂「猜謎」亦或稱之為「謎語」係訓練智慧的一種語言藝術，主要是利用隱喻、雙關語與暗示的方法設計問題或者難題，使人從文字語言上所提供的線索來臆測答案。謎語的內容可分成三大類[11]：

(一) 事謎——以人的行為、動作為謎底

　　1. 我手攬汝腰，汝尻川予我放火燒。

　　　（答案：　　　　　）

　　2. 兩個姊妹仔，平懸平大，一個在內，一個在外。（答案：　　　　　）

　　3. 有聲無影，有味素，無鹹 ciann2。

　　　（答案：　　　　　）

　　4. 四目相眐，四跤相叉，一個咬牙根，一個歪喙 phue2。（答案：　　　　　）

11　參見台語教育學院「謎猜」單元之分類。
　　網址：http://www1.twcat.edu.tw/webmaster/wwweng/t_edu/indexz.htm

5. 肉孔鬥肉 sun2，一個抱尻川，一個抱領頸。

（答案：　　　　　　　）

(二)物謎——以具體的物件為謎底，包括人體器官、動
物、植物、礦物、自然天象、生活用
品……等。

1. 池外起柳絲，池中小孩兒，心清池無水，心煩水滿地。（猜一人體器官）

2. 頂石合下石，會生根，袂發葉。（猜一人體器官）

3. 一個黃罐貯黃蜜，放佇壁跤二十日，會生跤，也會發翅。（猜一生物）

4. 有翅飛袂起，無跤走千里。（猜一生物）

5. 頭圓尾直，六枝跤，四枝翅。（猜一生物）

6. 頭刺刺，尾拖帆，在生無血色，死了遍身紅。（猜一生物）

7. 紅布包白布，一喙食，一喙呔。（猜一水果）

8. 白花矸，插青花枝。（猜一蔬菜）

9. 青皮白腹，剖開空殼。（猜一植物）

10. 一個囡仔穿戰甲，問伊欲佗去，欲去予人刮肉。（猜一水果）

11. 一項物仔，四四角角，較大皇帝，伊都敢摸伊的頭殼。（猜一物品）

12. 一坵園仔，鬆鬆鬆，三蕊花仔，紅紅紅。（猜一物品）

13. 出來活跳跳，入去死翹翹。（猜一物品）

14. 一塊四角四角，欲食毋免剝殼。（猜一食物）

15. 看會到，用袂著；用會到，看袂著。（猜一物品）

16. 頭光尾鬚，倚壁拖塗。（猜一物品）

17. 銅船載險貨，綢緞做路過。（猜一物品）

18. 穿長衫，疊馬掛，吃點心，腹肚破。（猜一物品）

19. 出門一蕊花，入門一條大菜瓜。（猜一物品）

20. 二兄弟仔，平懸平大，日時分開，暝時相chhua7。（猜一物）

21. 兄弟七十二，有的上山，有的水底泅。（猜一物）

22. 大姆樓頂khin khong叫，二姆拿火出來照，三姆落地掃，四姆跟著哭。（猜四種自然現象）

(三) 字謎

1. 衛生發達。（猜《孟子》名言）

2. 兩人十四個心。（猜一字）

3. 雨後春筍。（猜一地名）

4. 山明水秀。（猜一地名）

5. 開張大吉。（猜一地名）

6. 四季如春。（猜一地名）

7. 九塊碗十個人。（猜一地名）

而所謂的「歇後語」也就是閩南語所說的「激骨話」，又稱為
「孽畜仔話」，在修辭學上即是歇後法構成的語句，前一句像
謎題，利用雙關語、近似音或比喻等來提供線索，然後才拐彎
抹角地說出真正的意思。與猜謎不同的是激骨話並非由人發
問，再讓另一人猜想說出答案；而是由說激骨話者一氣呵成講
出前句與後句。以下即介紹一些相當具有趣味性的「孽畜仔
話」：

1. 一二三五六七八九十──無寫四（無捨施）

2. 一個一斤，一個十六兩──兩個相當

3. 一個田螺煮九碗湯──無味

4. 七月半鴨（仔）──毋知死（活）

5. 二三五六七八九十──無一無四（無意無思）

6. 二十兩──近視（斤四）

7. 十二月肉湯──穩凍（穩當）

8. 十八歲查某囡──夠嫁（夠格）

9. 十五支柺仔舉做兩手──七拐八拐

10. 乞丐揹葫蘆──假仙

11. 大兄無坐正──歪哥

12. 大某扑細姨──大出手

13. 六月芥菜──假有心

14. 火車坐到基隆──盡磅

15. 火燒目睫毛──目孔赤

16. 北港香爐──眾人插

17. 北港廟壁──畫仙（話仙）

18. 半暝仔記數——暗算

19. 四兩雞仔半斤頭——大頭家

20. 外省人食柑仔——酸（suan）即溜走

21. 奶母抱囝——別人的

22. 尼姑做滿月——無彼號代誌

23. 幼稚園招生——老不收（老不修）

24. 甘蔗歸枝嚙——無斬節（無站截）

25. 田中起廟——種宮（正經）

26. 白矸仔貯豆油——看出出

27. 尻川門掃帚——好攑人（好額人）

28. 曲痀（khiau ku）拄著大腹肚—ba7 a2 ba7

29. 曲痀跋落海——彎泅（冤仇）

30. 死蛇—袂翻身

31. 老人食麻油——老熱（熱鬧）

32. 囝仔穿大人衫——大 su （大輸）

33. 囝仔跋倒——媽媽敷敷（馬馬虎虎）

34. 兩角找五仙（sen2）——角五（覺悟）

35. 金仔山查某——礦區女（控固力）

36. 阿公娶某——加婆（雞婆）

37. 阿婆生囝仔——很拼

38. 阿婆仔食蟳—管無效（講無效）

39. 阿婆泄（chua7）尿——答答滴滴

40. 阿婆生查某囝——生姑（生菰）

41. 青盲食圓仔——心內有數

42. 便所彈吉他——臭彈

43.保護三藏去取經——著猴

44.剃頭店公休——無理髮（無汝法）

45.查某人嗏齒——女牙（汝的）

46.胡蠅戴龍眼殼—蓋頭蓋臉

47.苦瓜燉鱧魚——苦鱧（可憐）

48.食滷蛋配高粱酒—穩死毋活

49.烏人食火炭——黑吃黑

50.茶壺破孔——漏茶（洩題）

51.接骨師傅——鬥跤手（幫忙）

52.鳥鼠無洗身軀—有鼠味（有趣味）

53.麥芽膏罐——愛人撬（愛人譙）

54.棺材內伸手——死要錢

55.棺材底放炮——驚死人

56.棚頂的皇帝——做不久

57.黑矸仔貯豆油——看袂出

58.傳家佛經——世世念（碎碎念）

59.圓仔炒大麵——膏膏纏

60.溪砂埔扑干樂——周轉不靈

61.煙筒破孔（鐵管生鏽）——歹管（歹講）

62.煙筒 kham3 kua3——袂 ching

63.路燈——一葩火（一腹火）

64.跤底抹粉——妝跤（鄉下）

65.銃子扑入肚臍孔——註死的

66.墓仔埔放炮——吵死人

67.澎湖菜瓜——十稜（雜念）

68. 賣碗盤的車倒擔──缺了了（去了了）

69. 賣鴨蛋的車倒擔──看破

70. 擔肥去市場──賣屎（袂使）

71. 獨眼的看戲──一目瞭然

72. 貓爬樹──毋成猴

73. 頭殼上插葵扇──出風頭

74. 隱病死過年──袂直

75. 歸叢好好──無剉（沒錯）

76. 田蛙展氣功──膨風

77. 藥店甘草──雜差

78. 蛇仔叮牛角──無彩工

79. 籠床蓋勘無密──漏氣

80. 關公喝燒酒──看不出來

81. 火燒豬頭皮──面熟

82. 頷頸生瘤──拄著

83. 矮人爬厝頂──欠梯（欠揍）

84. 臭頭包布──封蠅（封神；愛出風頭）

85. 阿伯仔爬山──邊仔喘

基於教學時間有限，故只能整理出以上不過是其中之一二的歇後語，希望能藉此引起年輕學子的學習興趣，未來在課程結束後能夠繼續自學、研究老祖先所遺留下來的語言文化資產和無價的智慧經驗。而在這兩個單元的教學過程中，筆者發現同學們相當投入於教材內容的學習，尤其是猜謎，從謎題文字的提示去激發思考能量，想出正確答案時所獲得的成就感的確是筆

墨難以形容，更重要的是語文教學的目標也因此而達成，頗有
寓教於樂的效果。

3.第五單元　（臺灣歌謠）

本單元裡所著重的在於：一、臺灣歌謠的界定、發展簡
史；二、強調歌詞的文學性賞析；三、臺灣歌謠的價值。

在界定上，筆者首先引用簡上仁所提出的說法，他認為老
祖先的臺灣歌應具備五個要件[12]：

一、孕育或再生並流傳於臺灣土地之上

　　臺灣民謠的產生有兩種——一種是在臺灣土生土長
　　的；另一種則是由大陸傳入再產生改變的。

二、使用臺灣族群的母語

　　臺灣有福佬、客家及山地三大傳統族群，臺灣民謠
　　就是以該三大族群的傳統母語來傳唱的歌謠。

三、民眾的集體創作

　　民謠的產生，通常是由民間大眾集體創作而來。起
　　始的民歌雛形產生後，由於受到歡迎而到處傳唱，
　　在傳唱中經過無數人不斷的潤飾、改訂，逐漸孕育
　　成熟，成為人人耳熟能詳，歷久傳唱不歇的民歌。
　　所以民歌應是集體的創作，作者大都無從考據。

---

12 許多歌謠來自於民間，也稱之為民歌。胡紅波認為這些歌曲應包含七個特點：口傳
　的、鄉土的、雜者的、樸素的、集體的、自然的、流傳的。參見其〈由民間文學觀
　點看《思想起》的演化〉《思與言》84，33（2），頁 335。與簡上仁的說法可互為
　補充。

四、經由代代口耳相傳且流傳久遠

歌謠係長期經由眾人集體創作累積而成。在形成過程中或甚至是完全定型後，其歌曲和旋律並沒有一個固定的曲譜及歌詞，而是在一個基本的曲調結構及精神下，透過人們口耳相傳，最典型的例子如「臺東調」系列的歌曲：先從平埔族的歌調轉變成福佬的吟誦調，再演變成「恆春調」、「臺東調」、「三聲無奈」，在七〇年代更演變成「青蚵仔嫂」。

五、產生的年代與緣由甚難考究

民歌的作者既非個人，又歷經長久流傳，其產生年代與緣由自然也難以考究。且民謠在不同的時空背景下也常具有不同的意義。如發源於宜蘭的「丟丟銅」，有人說它是一種民間遊戲；有人說是描寫開火車隧道的奮鬥開拓故事；也有人說它是在描寫男女間的愛情故事，眾說紛紜。（參見其《臺灣福佬系民謠——老祖先的臺灣歌》，漢光，頁 18-20）

上述之要件應是「臺灣歌謠」狹義的界定。個人以為該定義適合用來說明早期臺灣歌謠之特質，而後來知道其作詞、作曲者的閩南語、客語流行歌謠以及一九四九年國民黨政府遷臺，各省的移民隨之來臺後所傳唱的國語歌曲，如：藝術歌曲、愛國歌曲、卡通歌曲、電影主題曲與電視連續劇主題曲或片尾曲、校園民歌、新世代創作等等，都應該列入，此為「臺灣歌謠」廣義的界定。

臺灣歌謠的發展簡史係就清代以前的歌謠、清領時期的歌

謠、日據時代的歌謠與光復後的歌謠做較為詳細的舉例說明，
至於後續的臺灣歌謠之發展介紹則因受制於時間而簡略帶過。
而歌謠的賞析部分，係以日據時代與光復後的歌謠為主，除了
選擇幾首代表性歌曲讓學生聆聽外，同時亦進行歌詞賞析。聆
聽曲調可以讓人配合歌詞而更容易地領會其欲表達的感情和意
境，音樂的魅力再加上文字的演唱，使歌謠得以充分抒發人類
的喜、怒、哀、樂與悲、歡、離、合，導引學生回到時光隧
道，緬懷前人奮發的精神並追尋那曾經遺忘了的情愫與悸動。

歌詞賞析舉隅：

〈望春風〉

孤夜無伴守燈下	清風對面吹
十七八歲未出嫁	看著少年家
果然標緻面肉白	誰家人子弟
想要問伊驚歹勢	心內彈琵琶
想要郎君做尪婿	意愛在心內
等待何時君來採	青春花當開
聽見外面有人來	開門甲看覓
月娘笑阮憨大呆	被風騙不知

該首歌謠是典型的情歌，以平易的語句描述一位十七、八
歲少女對愛情的期待，同時也表達其擇偶的觀點。〈望春風〉
的絕妙之處在於「疑是玉人來」的情思讓擬人化的月娘看穿而
嘲笑她被風兒欺騙的生動寫法，的確是一首佳作。

〈雨夜花〉

雨夜花　雨夜花　受風雨吹落地　無人看見每日怨嗟
花謝落土不再回　花落土　花落土　有誰人通看顧
無情風雨誤阮前途　花蕊那落欲如何
雨無情　雨無情　無想阮的前程　並無看顧軟弱心性
乎阮前途失光明
雨水滴　雨水滴　引阮入受難池　怎樣乎阮離葉離枝
永遠無人通看見

　　〈雨夜花〉以四段運用不同韻腳的歌詞，採詩六義中「比」的技巧寫出一位失意女子無助，甚至看不到未來的無奈心聲，這種用「夜裡飄搖於風雨中的花朵」之形象來作為譬喻的描寫手法，實在是非常貼切且成功。

〈河邊春夢〉

河邊春風寒　怎樣阮孤單　抬頭一勒看　幸福人做伴
想起伊對我實在是相瞞　到底是按怎　毋知阮心肝
昔日在河邊　遊賞彼當時　實情恰實意可比月當圓
想伊做一時　將阮來放離　乎阮若想起　恨伊薄情義
四邊又寂靜聽見鳥悲聲　目睭看橋頂　目屎滴胸前
自恨歹環境　自嘆阮薄命　雖然春風冷難得冷真情

　　以詩六義中「興」的技巧寫作，從眼前河邊春寒料峭與儷影雙雙，興起內心無限的感慨──自己形單影隻，而陷入對往日甜蜜戀情的追憶。回到現實後，雖能接受愛人離去的無情，

然而為情傷落淚，四周景物也感染其哀怨的愁緒。

〈心酸酸〉

我君離開千里遠啊　　放阮孤單守家門

袂吃袂睏腳手軟啊　　暝日思君心酸酸

無疑一去無倒返啊　　辜負青春暝暝長

連批連信煞來斷啊　　給阮等無心酸酸

一時變心袂按算啊　　秋風慘淡草木黃

風冷情冷是無奈啊　　光景引阮心酸酸

典型的「七字調」歌詞，是描寫離散夫妻的閨怨之作。以獨守空閨的妻子作為第一人稱自述夫婿離家又失去音訊的憂心與猜疑，如此的心境用「心酸酸」做總結，透過「酸」這種味覺形容女性的情緒與哀怨是相當具體的描摹。

〈白牡丹〉

白牡丹　笑紋紋　妖嬌含蕊等親君

無憂愁　無怨恨　單守花園一枝春

啊　單守花園一枝春

白牡丹　白花蕊　春風無來花無開

無亂開　無亂水　不願旋枝出牆圍

啊　不願旋枝出牆圍

白牡單　等君挽　希望惜花頭一層

無嫌早　無嫌慢　甘願給君插花瓶

啊　甘願給君插花瓶

　　同樣是以「花」來自況，但是用白色的花中之王「牡丹」
作為主角就有另一層涵意：等待愛情滋潤的少女應是大家閨
秀，有美貌且兼具貞潔婦德。該首歌謠的填詞者善用顏色做象
徵，以「白色」喻指少女的純潔與專情。由此可見創作者的巧
思與其文學修養。

〈港邊惜別〉

戀愛夢　被人來拆散　送君離別啊　港風對面寒
真情真愛　父母無開化　不知少年啊熱情的心肝
自由夢　被人來所害　快樂未透啊　隨時變悲哀
港邊惜別　天星像目屎　傷心今晚啊要來分東西
青春夢　被人來打醒　美滿春色啊　變成黑陰天
港邊海鳥　不知阮分離　聲聲句句啊吟出斷腸詩

　　作詞者以三層夢境寫出追求自由戀愛的年輕男女，為父
母、環境所逼而被迫分手的無奈與感傷。歌詞於平易淺白中見
其所要表達的真心真愛與離情別意，讓聆聽者感同身受。

〈補破網〉

看著網目眶紅　破甲這大孔　想要補無半項
誰人知阮苦痛　今日若將這來放　是永遠無希望
為著錢途鑽活縫　尋傢司補破網
手拿網頭就重　悽慘阮一人　意中人走叨藏
那無來門幫忙　枯不利終罔珍動　舉鋼針接西東
天河用線做橋板　全精神補破網

魚入網好年冬　歌詩滿漁港　阻風雨駛孤帆

阮勞力無了工　雨過天晴魚滿港　最快樂咱雙人

今日團圓心花春　從今免補破網

　　〈補破網〉原是作詞者李臨秋為織補感情的破網而寫，但是推出該曲之際正是臺灣戰後，一切百廢待舉，若以〈補破網〉這首歌來詮釋當時的重建工作，是相當妥帖的。歌詞富有樂觀積極進取的精神：面對殘破的漁網令人眼眶泛紅，然而這樣的情緒並無法解決問題，歌詞裡的主角決定勇於改變困阨的現狀，拿出工具來補救破了的網。「網」的閩南語音和「望」、「夢」相同，作詞者運用「諧音」之便，語帶雙關，勸慰失意的人不要失望、放棄夢想，為了前途應該全力以赴，圓夢之日是可期的。整首歌謠充滿奮進向上的基調，堪稱是臺灣歌謠中的傑作。

　　此外，筆者也對所謂的「混血歌曲」[13]略作介紹，使修習學生瞭解日本、西洋曲風之於臺灣歌謠的影響。

　　而臺灣歌謠的價值方面，個人相當認同簡上仁的主張：

13　「混血歌曲」係指由外國曲調填入臺語歌詞所形成的歌曲，這可能是唱片公司為降低流行歌曲的製作成本而使用的策略。一九五〇年至一九七〇年前後，當時所流行的歌曲有不少是將日本曲填上閩南語歌詞而直接對外發行。這些被稱為「混血歌曲」的翻唱歌曲，成為當時閩南語歌曲的主流，雖再度熱絡了閩南語歌曲的流行風氣，但也間接壓抑了本土作曲者創作空間。因此，許多學者認為這些歌曲不能稱上正統的臺灣歌謠，因為正統的臺灣歌謠需要詞曲都由臺灣人所創作。所以在文獻上也就很少出現有關這些歌曲的記載，甚至貶低這些填詞者（如葉俊麟、文夏、莊啟勝為此類歌曲最多產的作者）在臺灣音樂史上的地位。「混血歌曲」中極受歡迎的作品有：〈可愛的馬〉、〈黃昏的故鄉〉、〈孤女的願望〉、〈臺北發的尾班車〉、〈媽媽請您也保重〉、〈苦海女神龍〉、〈悲情的城市〉、〈離別的月臺票〉、〈可憐戀花再會吧〉、〈送君情淚〉、〈再會夜都市〉、〈淡水河邊〉……等。

一、代代相傳的精神糧食

　　臺語歌謠曾是伴著老祖先篳路藍縷，以啟山林，開墾臺灣的精神食糧，讓先民們能樂天知命地面對饑餓、疲憊、病痛的折磨，無懼於環境惡劣的考驗，依然前仆後繼，奮勇向前。農業社會時代，民謠小調是老前輩們閒暇之餘抒發情感的慰藉，給予他們樂觀奮鬥的力量。如今，臺灣歌謠是勾起人們思古幽情以及緬懷先民的文化寶產。

二、寓教於樂的特殊功能

　　昔日教育尚未普及，民謠兼有教化的功能，尤其是從事職業彈唱的「歌仔仙」所推銷的「歌仔簿」，不僅為民眾提供娛樂，更能使人們認識些許文字，明白我國大略史蹟，瞭解忠孝節義及立身向善的道理。

三、民族精神依附的所在

　　民謠是孕育自民族文化的產物，有豐富的民族精神和情感。它具有與民眾共鳴的浸染力，能鼓勵勤勉的生命、慰藉悲苦的靈魂，並且教育著群眾，導引民族心的團結與情感的凝聚而形成大家共同的意識，更是奠定民族自信心、自尊心與自決心的依託所在。

四、漢文古語的文化寶庫

　　臺語中有不少漢文古語，還保留了一些周朝雅言以及唐代官話，尤其是許多古代詩詞的文化語言。以臺語為主的臺灣歌謠有著中華傳統和中原文化的內

> 涵與精神，在語言學研究上實為不可忽略的領域。從復興中華文化的角度而言，是值得我們去研究、探討並吸取其菁華的文化資產。（參見其《臺灣民謠》，省府新聞處，頁 24）

由此可知臺灣歌謠其寶貴之處。至於後出的歌謠則反映其時代的思潮、群眾的情感與社會現象……等，同樣能夠為當代文化留下紀錄與見證，讓後世子孫得以從中認識、瞭解前人的思想和生活。

4.第六單元　（臺灣小說選讀）

本單元所選讀的小說以日據時代的賴和、楊華、王錦江與楊松茂四位作家的短篇小說為主：賴和——〈善訟人的故事〉；楊華——〈薄命〉；王錦江——〈老婊頭〉；楊松茂——〈鴛鴦〉。

除了作家的基本介紹外，還搭配「作家身影」系列如：「臺灣新文學之父——賴和」為補充教材，一方面通過影音媒材加深學生的印象[14]；一方面使得課程的教學較為活潑、生動[15]。

而選擇短篇小說作為單元教學的動機也是出自於時間有限

---

14 大陸知名作家阿城在論及影像魅力時，他以蒼鷹目窮千里，聚焦獵物本能為例，說明人們天生對於活動的影像就有著生物性的敏銳，不經學習就能理解。

15 在文學教學的方法運用上，若純粹是書面文字和口頭講述似乎已讓許多老師感到「技窮」，甚至是力不從心。因為面對所謂的 E、F 世代學生時，傳統的教學方法恐怕不能完全激發他們的學習動機與興趣。因此，嘗試以多元化的教材、教具和影視媒體來增進學生學習動機應是有助於教學品質的提升。

的考量；再就學生的閱讀而言，應較不至於造成其負擔。

　　針對這四篇小說，筆者設計了四個問題：

（1）試討論〈善訟人的故事〉所蘊含的主題思想。

（2）試討論〈薄命〉、〈老娼頭〉與〈鴛鴦〉此三篇小說所描繪的女性形象。

（3）在〈薄命〉故事中，反映了哪些舊社會的陰暗面？

（4）〈鴛鴦〉一文所突顯的是當時農場監督者之淫虐醜態；在現代的都會叢林裡，你如何面對職場上的性騷擾或性侵害？

其教學目標即希望透過學生的閱讀、分組討論與心得分享來達到理解日據時期的社會問題，並進一步培養學生關懷生命、人群與社會的人文意識。

5.第七單元 （臺灣電影）

　　以四個小時來認識臺灣電影實在是不得已，也確實無法讓學生充分瞭解臺灣電影的歷史與發展。在有限的上課時間裡，只能採取「入門式」的介紹與賞析。筆者選擇「桂花巷」、「徵婚啟事」兩部電影做為教學內容，這兩部電影皆有文本之依據：「桂花巷」係由蕭麗紅原著《桂花巷》改編拍攝；「徵婚啟事」則改編自陳玉慧的《徵婚啟事》[16]。本單元的學習目標有二：一是讓學生比較原著與電影，換言之，文字如何以影像來

16　作者於一九八九年十一月在報紙刊登徵婚啟事，並根據與四十二位徵婚男子的對話而寫成這部小說。該書除了被拍成電影外，也以舞臺劇的表演方式來呈現。

呈現？影像的傳達是否能為原著加分？都是修習學生應該瞭解的；一是藉由兩部電影的故事使學生體會在過去與現代臺灣社會裡的人事和生活。

在觀看電影之前一週，筆者要求修習學生先閱讀本單元的教學提綱，如：原著作者生平、故事簡介以及已設計好的相關問題。學生有了這些基礎認識後，就方便引導他們從影片中去觀賞人物、劇情、演技與鏡頭之運用等，然後再就其所觀察到的現象繼續挖掘主題的內涵。

設計的相關問題如下：

「桂花巷」——
（1）剔紅的一生係因斷掌紋造成，還是傳統思維與社會環境使然？
（2）該影片的拍攝手法有何精彩之處？
「徵婚啟事」——
（1）就電影《徵婚啟事》而言，你覺得現代兩性在愛情、婚姻的追求和執著上，有哪些不同？
（2）電影裡令你印象最深刻的對話與旁白是什麼？

本單元亦如同臺灣小說選讀，在影片觀賞結束後進行分組討論與分享報告，同時訓練其表達能力。這樣的教學活動能夠使學生投入學習情境，參與感增強，一掃由老師唱獨腳戲的枯燥與無奈。最後並推薦其他值得觀賞的優質國片[17]，冀盼學生

---

17 推薦影片：〈悲情城市〉、〈戲夢人生〉、〈我這樣過了一生〉、〈兒子的大玩偶〉、〈無言的山丘〉、〈多桑〉、〈春秋茶室〉、〈魯冰花〉、〈戀戀風塵〉、〈殺夫〉、〈光陰的故事〉、〈海灘的一天〉、〈汪洋中的一條船〉、〈油麻菜籽〉、〈超級市民〉、〈超級大國

們能以此模式來賞析評述臺灣電影,而不只是感官的刺激、休閒的娛樂。

6.第八單元　（臺灣戲曲）

本單元以臺灣本土劇種「歌仔戲」為主題,介紹其起源、演變、演出型態、角色、戲臺結構以及劇本。在戲曲欣賞方面則選擇河洛、明華園與楊麗花歌仔戲等劇團的演出作品讓學生聆賞,以配合理論的認知。

（二）教學活動實施之檢討

筆者於設計「臺灣文學」課程之際,已然覺察幾點缺失,在實施教學活動後亦發現了些許問題。目前要檢討與修正的部分臚列如下:

1. 教材內容礙於授課時間有限,僅得以教學者個人所選擇的教材為原則,實在較難以讓修習學生對於每個單元都能有全面性的認知。這也是筆者感到莫可奈何與需要再調整設計之處。

2. 由於筆者無法使用客語和原住民語授課,使得學生不能認識該語言的音韻之美以及呈現其文學的「原汁原味」,甚是可惜!針對此項缺失,筆者已有改善之方,準備採取「協同教學」來補救個人語言能力上的不足。例如:延請對客語（文學）、原住民語（文學）學有專精的老師來講授相關課程單元。

民〉、〈超級公民〉(萬仁的臺灣三部曲)、〈小畢的故事〉、〈冬冬的假期〉、〈原鄉人〉、〈青梅竹馬〉、〈我們都是這樣長大的〉、〈恐怖分子〉、〈愛情萬歲〉。

三、兼論「去中國化」

論及「去中國化」此一問題時,當從臺灣正名運動、中華民國不存在、國家考試考科名稱大幅更改,將所有應試科目名稱的「中國」改為「本國」,以及高中歷史教科書改編……等一連串事件談起。這些事件引發了「中國」與「臺灣」兩個名詞的對立,而多數的社會大眾自然而然將它視之為「政治問題」,以政治的角度來解讀或討論。然而,誠如眾人周知,看待一個事件或問題的角度不是只有一種,更不是一刀兩斷式的截然劃分法。若就文化與文學的面向來討論「去中國化」的命題,應該可以見到另一個視野。

討論該命題之前,有三個觀念是需要釐清的:

(一) 何謂「中國」?

始於殷商終至滿清王朝歷經四、五千年歲月的民族是封建帝制的「中國」,在　國父孫中山先生建立民國之後,即將邁入民主時代的「中國」卻因國內紛擾四起而使人民再度陷入戰亂動盪之中。最後,國共相爭造成兩個「中國」──「中華民國」與「中華人民共和國」。國民黨政府撤守臺灣是為「中華民國」;共產黨於大陸執政是為「中華人民共和國」。就國際上現實政治層面來看,被接受承認的「中國」是「中華人民共和國」;就中華文化道統傳承而言,真正為嫡傳繼承者是「中華民國」。

　　大陸共產黨執政後進行「文化大革命」，這是一場意識型態領域裡的文化思想革命，他們主張打倒孔家店，認為傳統文化阻礙民族的進步，必須徹底改造。又如簡化傳統固有文字，使得大陸年輕一代無法閱讀古典文獻，不能普遍地認識中華歷史、文化、文學以及諸子百家思想[18]……，諸如此類的政策未必能促使國家「大躍進」，反而有「拋棄傳統優質文化繼承權」之遺憾。政大社會學系教授顧忠華於〈教育國際化的文化衝擊〉一文說道：

> 毛澤東發動的文化大革命可謂是否定自身傳統的最高峰。弔詭的是，文革十年卻重蹈清朝的「鎖國政策」，直到鄧小平於 1978 年推動改革開放的作法後，中國才重新與世界其他文化恢復交流。
>
> （參見 http://www.inpr.org.tw/inprc/pub/jounals/150-9/m159）

而「中華民國」不僅保存許多文化重器資產，更繼續發皇固有之文化，將優良傳統精神內化於民心，使忠孝仁義融入日常生活當中，以正體字學習、認知典章制度，宣揚大國文化之美善……，論及中華文化道統的承繼，捨我其誰！

---

18 曾經有位來自臺灣的大學教授在美國和幾位東方人談論中國歷史，他寫「蕭何」的名字在黑板上，韓國人、日本人都知道「蕭何」是何許人物，只有一位大陸來的博士班女孩不明白。教授請問她貴姓，她把名牌給他看，上面寫「肖○」，教授又問女孩百家姓裡有「肖」嗎？她說不是唸「肖像」的「肖」，要唸成「吹簫」的「簫」。教授說那應該就是「蕭何」的「蕭」，被改寫成簡體字的「肖」了。女孩竟然問教授：「蕭何很有名嗎？她在臺灣是幹什麼的啊？」由此例可見使用簡體字讓歷史文化的傳遞發生了斷層，也讓年輕一代無法認識自己的祖先。

（二）何謂「臺灣本土化」？

　　所謂「本土化」一詞本是用來形容「外來者」移入後對「移入地」的認同與同化。簡言之，本土化是指「外來者的內地化」[19]。由此定義出發的話，那麼四百年來移入的閩南人及其他族群應該向原住民同化，然而，該說法顯然與提倡本土化運動人士的立意不相吻合，筆者認為不少提倡本土化的人士其實是從政治的角度來宣傳其理念、推行該運動。誠如宋國誠所言：

> 本土化來源於「中國」[20]對臺灣之政治壓抑和地理吞併的反抗。中國壓抑這一論述斷言臺灣是一個「非存在實體」，把臺灣視為無力的、無地位、消失中的地域空間。從初始的意義來說，本土化源自於擺脫中國霸權的壓制，期望重建具有「法格」地位的臺灣實體。

　　的確，大陸（中共）和臺灣是兩個分離獨立的國家，但是在國際舞臺上，臺灣卻一再受到中共的輕視與打壓，中共的行徑確實讓臺灣島上的人民難以接受——本是同根生相煎何太急！在處處備受委屈之後，必然激化某些群眾的不滿情緒，再加上臺灣是一個民主的國家，思想言論相當自由，不同的政治主張與聲音便隨之產生。其中包括主張不與中共說同樣的官方語言，

19　參見宋國誠〈這就是我們要的本土化嗎？〉一文。
　　（http://www.oceantaiwan.com/wwwboard/posts/4048.html）
20　筆者認為宋氏所說的「中國」若改為「中共」會更貼切。

而提倡所謂的「臺灣母語」，如此一來方能達到其所謂的「本
土化」，換言之，「本土化」就是要說臺灣話、喝臺灣水、吃臺
灣米、做臺灣人（鬼）……。然而，讓筆者質疑的是，該群人
士所謂的「臺灣母語」其定義為何？我們看到國考國文試題有
「閩南語化」的偏失，此舉忽略了其他族群考生，似乎有排擠
非閩南族群之嫌；國會殿堂以閩南語發言質詢政府官員；甚至
有民意代表強烈呼籲「立法院問政，除特定原住民語言有其特
殊困難外，所有問答，民代或官員應儘可能使用其母語」[21]；
現行之「鄉土語言教學」在班級裡受制於閩、客、原住民或其
他群族的學生比例，而有偏重「閩南語」教學的現象……。從
這些情形看來，不難發現某些人士已將「本土化」視為「閩南
化」。事實上，就筆者教授「臺灣文學」課程對「臺語」所作
的詮釋而言，它的內涵應是「**閩南語＋南島語＋荷蘭語＋西班
牙語＋日語＋原住民語＋客語＋北京語＋英語→臺語**」，換言
之，「本土化」是多元化而非一元化。

（三）「臺灣文化、文學」與「中國文化、文學」的關係如何？

文化與文學的關係密不可分，文化影響文學的創作；文學
呈現文化的樣貌。文化與文學的起源應是可以追溯的，「臺灣
文學、文化」也有其淵源。張健於〈臺灣文學研究的問題〉一

---

21 參見鄭國忠等諸位立法委員所發表的文稿〈痛論臺灣母語處境與前途〉，除了上述
之呼籲外，還有其他相關的四點聲明。所謂「所有問答，民代或官員應儘可能使用
其母語」，可能造成雞同鴨講的情況，例如：行政院長使用的母語是閩南語，而質
詢立委所說的母語是客語，那麼雙方的問答應對恐怕有問題。

文中明白指出：臺灣文學應有四個淵源，即中國（中華民族）淵遠流長的文學傳統及文化傳統、所謂「臺灣文化」或臺灣傳統、西方文學及日本文學[22]。而周慶華亦有類似的看法，他認為臺灣文學中作為養分的，其淵源有來自東方與西方的文化體系與文學傳統[23]。張、周二人的說法可以從臺灣群眾的生活，諸如：民間信仰、年節習俗、家庭倫常觀念、婚喪喜慶的禮儀、戲曲劇目的故事取材，文學作品裡的引經據典，甚至是中草藥醫療理論……，無一不是傳承或受到中國（中華民族）文化的影響而得到印證。所以，「臺灣文化、文學」與「中國文化、文學」有著相當程度上的關聯，這是不容置疑或否認的。

當吾輩釐清該三點觀念後，就可以進入所謂「去中國化」的命題。首先要提出第一個問題是：去掉哪一個「中國」？答案很明顯，臺灣人民要唾棄的是「霸權中國——中共」——雖然它為國際社會所認同，但是，它的子民——也是與吾輩流著相同血液的族群——沒有真正的人權，無法像「民主中國——臺灣」的群眾過著文明、自由、人性化的生活。因此，吾輩要「去」的應該是「中共化」，不要讓傳統中國文化在大陸被專制落後與老大帝國的劣根所困[24]。

提倡「臺灣本土化」是另一正面的文化宣示主張，由於臺灣人民承繼了優質的中華文化，又雜揉東洋與西方文明文化，

---

22 參見《文訊月刊》（84），122，頁 57-60。

23 參見其〈臺灣文學與「臺灣文學」〉，《臺東師院學報》（88），8，頁 177-191。

24 龍應台於〈五十年來家國　我看臺灣的「文化精神分裂症」〉說道：「我們要在國際上生存唯一的辦法是讓世界看見：傳統中國文化在中國被專制落後與老大帝國的劣根所困，在臺灣民主自由與現代理性的環境中卻能異樣地煥發燦亮，生命力充沛。這就是『臺灣特色』。」筆者認為將其中的「中國」易之為「大陸」應該更貼切。

雖然曾付出被殖民的慘痛代價，但也顯現出臺灣先民的韌性與
有容乃大的胸襟，這才是兼容並蓄的「臺灣文化」。然而，在
少數懷有政治企圖或一時思慮滯礙的人士推動下，卻使得此一
正面的文化宣示誤入了「本土一元化」的歧路。南華大學哲學
研究所副教授陳德和如是說：

> 本土化並不等於本土一元化。因為一元化原本就不健
> 康，它充斥著封閉性而不樂意成人之美，也不肯敞開胸
> 懷去與人為善，本土化的理想既然是要參與全世界、做
> 世界的公民，當然就不能走這種一元化的死胡同。本土
> 化的重點一開始是在承認在地觀點的基礎性、合理性和
> 特殊性，接著根據此一觀點去尋求與非本土之間之「視
> 域的融合」以擴充內在、放大自我，這時候或許總不免
> 有個輕重緩急、本末先後的次序，卻千萬不能夠出主入
> 奴地心存驕傲，苟不其然的話，本土化就很容易產生自
> 我悖離，變成狹隘的地域化。（參見其〈開放的臺灣教
> 育人文 —— 以語言和文化的反思為例〉，刊載於
> http://www.nzni.com.tw 新講義教育雜誌）

筆者認為提倡「臺灣本土化」不等同就要「去中國化」，而主
張「去中國化」者，吾人寧可相信是出自於對「中共霸權」的
厭惡，然而「中華人民共和國」並非中國文化的嫡傳，換言
之，「中華人民共和國」文化不等於中國文化，真正的中國文
化在臺灣；中國傳統文化再造的唯一可能在臺灣。吾輩不應該
將「政治」上的去中國化（去中共化）與「文化」上的去中國

化混為一談，我個人認為宋國誠的見解頗有一番道理，他說：

> 由於臺灣與大陸的關係既是一種政治對抗與文化依賴交
> 織融合的狀態，又是敵對與經濟合作矛盾的狀態，那就
> 是臺灣與它的殖民主宰者共享著同一語言和文化源流的
> 困境，這就註定「去中國化」的愛恨交織、難分難捨
> 的。然而，共享的困境和重疊的張力，這種「去中國」
> 之不可切割性，並沒有使臺灣新知識分子尋求在更高層
> 次上謀求超越性解惑，正好相反，在臺灣主體性的焦慮
> 不得伸張或宣洩之下，「去中國化」經歷了第三次蛻
> 變，那就是在無力對抗外部霸權之下轉向從內部建立
> 「族群霸權」，從建立次級霸權的帝國主義享樂中尋找
> 主體焦慮的出口，將一種民族自決的高尚思想退化為黨
> 派爭權的籌碼。於是國民黨被視為中國霸權的代理者，
> 國語被訂上政治愛恨的標籤，血統被冠上忠奸二分的代
> 號；本土化變成「閩南化」，連帶也變成「去客家化」、
> 「去原住民化」，乃至「去混血」、「去經國」、「去大陸
> 新娘」等等，本土化走向「排異納同」、「非我則去」的
> 河洛霸權。（宋國誠〈這就是我們要的本土化嗎？〉）

是的，就筆者前述所謂的官方語言，也正是「國語」，它是經
過融合與創新的語言，即便「臺灣與它的殖民主宰者共享著同
一語言和文化源流」，然而大陸的「普通話」也在分隔四十多
年的情境之下與臺灣的「國語」各自發展出不近相同的用語、

措辭[25]。因此，將不講或不會閩南語的人歸類為不愛臺灣或不是臺灣人，實在有待商榷。

綜言之，中華民國臺灣沒有「去中國化」的問題，在文化道統傳承上，臺灣是嫡傳正統；在政治上卻有其「去中共化」的神聖使命。

四、結　語

將「臺灣文學」列入通識教育課程應是可行的，雖然授課時間相當有限，但是如果能夠進行協同教學，讓修習學生學習、認識每個單元以及欣賞各家語言之美；並且將上課學生調整至適當人數俾便分組討論與分享報告，相信是可以提升教學品質，使文學素養與人文精神真正植入年輕學子的生命，然後以此感性直觀幫助自己認真生活、瞭解體貼他人、關懷家國與其他社會族群，並珍惜愛護自然萬物。

透過「臺灣文學」課程之教學，筆者衷心期盼學生得以明瞭臺灣民眾的生活狀態與感情世界，學習效法先民的純善本色、堅強勇敢與生命韌性，進而關照現今富庶的民主生活，使新世代懂得感恩惜福而更願意為臺灣這塊土地付出、貢獻己力。

---

25 張耒於〈臺灣文學與臺語新詩〉一文中亦有相同的看法，他說：「個人寧願逕自將以漢語為其主要文化載體的諸朝代文化統稱為「漢文化」，而中國（此指中華人民共和國）文化與臺灣文化則視為共時並行的兩支漢文化，但有必要附註的是，這兩個國家之中又各自包含著其他語系的文化。」

　　此外，中華文化的希望與臺灣文學的出路就仰賴吾輩挑起此一重責大任，我們不應使政治上「本土化」與「去中國化」合而為一的意識型態削弱了民族文化的自信心，更不可以因此而自廢武功，放棄優勢的華文使用權。世界上有六十億的人口，以華文為溝通語言的族群即佔了五分之一，未來勢必為強勢語言之一，也是職場上必須的工作語言[26]。假使為了某種政治企圖而全盤否定國語（華語）的使用，那麼臺灣文學的發展將會受到阻礙，因為把某個臺灣族群的母語制定為國家語言[27]，再用以書寫文學作品，恐怕將造成臺灣文學被邊緣化，難以躋身世界文學之列，這是吾輩十分憂心的。

　　檢視許多優秀的臺灣文學作家，其作品內涵多能呈顯國族文化與懷仁精神，例如：賴和、楊華……等人，他們的漢學基礎相當紮實，能以其深厚的語文涵養表現豐沛的情感，傳達愛國、愛家、愛人的悲天憫人思想與信念。現在，吾輩要勇於承擔接棒，站在「中華文化」這個巨人的肩膀上，才能讓我們看得更遠，臺灣文學才能繼續發展茁壯，可以預見的是：文化正統的嫡傳──臺灣──將感化中共領導放下意識型態之爭與政治恩怨，使大陸回歸「中華文化」的懷抱，讓所有的華夏兒女光榮地立足於世界且傲視群倫。

26　就職場能力而言，語言溝通能力是相當重要的。諸如：英文、中文、法文、德文與西班牙文，由於其使用人口眾多，故為強勢語言，同時也是工作語言。以最貼近臺灣人民生活的現象來說，外籍女傭與勞工，甚至是想嫁給臺灣郎的外籍新娘，都必需略諳諸華語。又如從事國際貿易活動就必須具備商用英語能力……。

27　參見鄭國忠等諸位立委所發表〈痛論臺灣母語處境與前途〉一文。

∽ 參考書目 ∽

吳守禮《閩南方言研究集》1，臺北：南天，1995。

吳守禮《閩南方言研究集》2，臺北：南天，1998。

吳瀛濤《臺灣諺語》，臺北：臺灣英文，1975。

呂自揚《臺灣民俗諺語析賞探源》，高雄：河畔，1994。

李　赫《臺語的智慧》，永和：稻田，1987。

李　赫《臺語的趣味》，永和：稻田，1992。

周長楫《臺灣閩南諺語》，臺北：自立晚報。

洪惟仁《臺語文學與臺語文字》，臺北：前衛，1992。

葉石濤《臺灣文學史綱》，臺北：春暉，2000。

簡上仁《臺灣民謠》，省府新聞處，1983。

簡上仁《臺灣福佬系民謠——老祖先的臺灣歌》，臺北：漢
　　光，1998。

周慶華《臺東師院學報·臺灣文學與「臺灣文學」》，8，1999。

胡紅波《思與言·由民間文學觀點看〈思想起〉的演化》，33
　　（2），1995。

馬　森《聯合文學·「臺灣文學」的中國結與臺灣結——以小
　　說為例》，8（5），1992。

張　健《文訊月刊·臺灣文學研究的問題》，122，1995。

鄭邦鎮《臺灣文藝·臺灣文學的八仙過海》，155，1996。

沈添鉦〈從文化交錯觀點省視臺灣文學／文化研究〉。

http://www.ncyu.edu.tw/~hatcs/new_page_18.htm

宋國誠〈這就是我們要的本土化嗎？〉。

http://www.oceantaiwan.com/wwwboard/posts/4048.html

黃沛榮〈兩岸語文比較〉。

http://www.chinesewaytogo.org/waytogo/expert/twoshor

張 耒〈臺灣文學與臺語新詩〉。

http://www.olddoc.idv.tw/chiaushin/ssjang-3.htm

陳德和〈開放的臺灣教育人文——以語言和文化的反思為例〉。

http://www.nzni.com.tw 新講臺教育雜誌

鄭國忠等〈痛論臺灣母語處境與前途〉。

http://www.twsociety.org.tw/00a011.htm

龍應台 〈五十年來家國 我看臺灣的「文化精神分裂症」〉。

http://rain.prohosting.com/dio2000/cgi-bin/topic.cgi?forum

顧忠華〈教育國際化的文化衝擊〉。

http://www.inpr.org.tw/inprc/pub/jounals/150-9/m159

〈淺談臺灣新文學〉，傳統中國文學電子報第二十期 1999。

〈為徐敬業討武曌檄〉一文
的教學設計

方靜娟　輔英科技大學講師

摘　要

　　一個木材商人的女兒，竟一躍而為天下之主，成為中國歷史上獨一無二的女皇帝，開創了嶄新的局面；一個懷才不遇的文學家，也因為這位女皇帝，寫下了一篇傳誦千古的文章。

　　武則天（武曌，曌音照），一位極富話題的女皇帝，她上承唐太宗「貞觀之治」，下啟唐玄宗「開元之治」；她以強人之姿，建立了自己的周朝，較太宗、玄宗，亦不遑多讓。但也由於她的女性身份及政治野心，牴觸了傳統以來的男尊女卑，所以為了捍衛李唐天下，於是而有討伐行動；為了師出有名，於是而有駱賓王的〈為徐敬業討武曌檄〉一文，為討伐武氏提供了一個名正言順的理由。

　　〈為徐敬業討武曌檄〉，儘管語多詆譭、文多誇飾，但結構完整、文字精彩，極具煽動人心的效果，也因此，徐敬業的討伐行動雖然失敗了，但〈為徐敬業討武曌檄〉一文卻能在文學史上佔有一席之地。

關鍵詞：駱賓王、武則天、女皇、徐敬業

中國傳統男尊女卑的父權制度之下，出現了一位前無古人、後無來者的女皇帝──武則天，在男性圍繞的政治環境之中，她憑藉著長袖善舞的手段及冷酷果斷的性格，舞出了她自己的一片天地，掙得了中國歷史上尚無人超越的地位。

她的才能野心，威脅了當時的唐朝君臣；她的心狠手辣，嚇壞了當時的天下百姓。於是為了維護李唐天下，柳州刺史徐敬業號召十數萬兵馬率先於揚州發難，宗室琅玡王李沖在博州，越王李貞在豫州也相繼舉兵討伐；但這些叛亂很快平息，徐敬業、李沖、李貞等主要發難者，或死於戰場，或被捕殺。這些人在政治上是失敗了；但在文學上，駱賓王為徐敬業所寫的討伐文字〈為徐敬業討武曌檄〉，卻成了千古絕唱。

以下擬就〈為徐敬業討武曌檄〉一文，從本文教學及延伸教學兩部份予以探討。

一、本文教學

（一）作者簡介

駱賓王（約 626－684 後）與王勃、楊炯、盧照鄰合稱「初唐四傑」。幼即聰慧穎悟，七歲時寫的〈詠鵝〉詩：「鵝、鵝、鵝，曲項向天歌。白毛浮綠水，紅掌撥清波。」全詩充滿童趣，清新可愛。在高宗時任侍御史，因上書論事得罪了武則天，遭到誣陷，以貪贓罪名下獄；第二年，遇赦而獲釋。武則天掌握朝，使他棄官而去。而他在獄中所作的〈在獄

詠蟬〉：「西陸蟬聲唱，南冠客思深。不堪玄鬢影，來對白頭吟。露重飛難進，風多響易沉。無人信高潔，誰為表予心。」是詠物詩中的名篇。

〈為徐敬業討武曌檄〉一文，駱賓王在此篇檄文中對武氏盡情的批判，但武氏卻對他的文筆十分讚賞。《唐書・列傳第一百二十六・文藝上》記載討武檄文傳到武則天手中，當她讀到「一抔之土未乾，六尺之孤安在」時，驚呼「誰為之？」有人告訴她是駱賓王寫的，她竟責問道：「宰相安得失此人？」認為有此人才卻淪落於外，是宰相之過，可見其對駱賓王確有惜才之心，也可了解本文的藝術感染力。

（二）國學常識

檄，是一種徵召曉諭的公文，古代出征前頒發討伐檄文，用來振作人心，激勵士氣，並說明自己出征的目的，以聲討敵人的罪行，證明自己是替天行道。為了達到這個目的，通常執筆者會羅列敵人眾多罪狀，以引起讀者的同聲指責。

《尚書・泰誓》及〈牧誓〉可以算是最早的檄文。武王在〈泰誓〉上篇文中指責紂王「今商王受，弗敬上天，降災下民。……皇天震怒……商罪貫盈，天命誅之。予弗順天，厥罪惟鈞……」說明了他討伐紂王是天命所趨；而在下篇中他又說紂王「郊社不修，宗廟不享」，也證明自己伐紂，實乃無罪。在〈牧誓〉中又指紂王「商王受惟婦言是用，昏棄厥肆祀弗答，昏棄厥遺王父母弟不迪，乃惟四方之多罪逋逃……」，說他聽信婦人之言，說他輕蔑地廢棄了對祖宗的祭祀不問，是以伐紂一舉實乃「恭行天之罰」。

由上可知，以一篇檄文陳數對方罪狀，可激起臣民的情緒，讓起義師出有名、名正言順。而〈為徐敬業討武曌檄〉一文也承此風格，歷數武氏罪狀，以表明討伐武氏乃順天之意。

（三）段落大意分析

本文共分四段，現分述如下：

(1)首段：自「偽臨朝武氏者～識夏庭之遽衰」，全以貶語描述，旨在表明武氏出身低微、性格毒辣，李唐天下岌岌可危，以引起天下人的憤慨。

本段從武氏本性、出身[1]、行為等各方面層層描繪，說她「性非和順」，接著歷數武氏淫亂弒逆之罪，目的是塑造武氏的一個負面形象：她是一個天地不容、人神共憤的人物，以引起天下人對她的反感，造成對她同聲指責的效果。

(2)第二段：自「敬業皇唐舊臣～以清妖孽」，承續首段武氏之惡，引出徐敬業之好。

本段主旨在說明徐氏乃忠良之後，而此次起義乃順應民意，名正言順，絕非謀逆不敬，以引起天下人的認同。

(3)第三段：「自南連百越～何功不克」，文氣一轉，描寫敬業的軍容壯盛，以增加天下人的信心。

首先以軍隊之盛、糧食之豐、士氣之旺來營造勝利在望的前景，並以十分肯定的語氣，強調成功不遠，使此次起義的氣勢達到高潮。

1　唐代十分重視門第，武氏之父追隨高祖開國有功，拜為光祿大夫，封太原郡公，但他原是一位木材商人，兼以武氏生母並非是元配，因此駱賓王以「地實寒微」攻擊武氏。

（4）第四段：「自公等或居漢地～竟是誰家天下」，恩威並施，呼籲內外諸臣共同勤王，恢復李唐天下。

動之以情、誘之以利、脅以之禍，層層逼進，籲王公大臣共襄盛舉；最後以自負、期許的語氣作結，情緒達到沸騰，為本文畫下一個完美的句點。

四個段落依次鋪敘，段落分明，氣勢逼人，頗能撼動人心。

（四）寫作技巧欣賞

本篇文章篇幅並不長，約五百字左右，卻運用了許多技巧，使伐武聲勢達到極至，這也是它能傳誦千古的原因：

1. 人物刻劃

駱賓王以負面形象刻畫武氏，以正面形象描寫徐敬業，以武氏的惡對比徐敬業的忠，造成人民對武氏的指責及對徐敬業的認同。

對於武氏，駱賓王可謂盡批判之能事，他以狐媚、麀、虺蜴、豺狼等動物來比喻武氏，最後逼出「妖孽」二字，以說明武氏的心性及行為之狠毒。而「入門見嫉，蛾眉不肯讓人」、「掩袖工讒」這些舉動更突顯她的工於心計。

至於徐敬業，是「公侯冢子」、是「皇唐舊臣」，他有宋微子、袁君山之忠心，是國之忠臣。兩相比較之下，兩位人物優劣立顯。

2. 修辭技巧

（1）對比

武氏出身卑賤；徐敬業是公侯冢子。武氏曾是太宗後宮；敬業是皇唐舊臣。武氏淫亂弒逆，無所不為；敬業是因天下之失望，順宇內之推心。武氏如褒姒、趙飛燕，是紅顏禍水；敬業如宋微子、袁君山，是忠心耿耿。

駱賓王從出身、經歷、行為、歷史類比等四方面，運用對比技巧來描繪武氏及徐敬業，令讀者對兩者的善惡形象，一目瞭然。

（2）誇飾

為了增加人民的信心，營造勝利在望的前景，駱賓王運用了誇飾的技巧來突顯徐敬業軍力的強大。「南連百越，北盡三河；鐵騎成群，玉軸相接」是描寫軍隊之盛；「海陵紅粟，倉儲之積靡窮」是誇大糧食之豐；「班聲動而北風起，劍氣沖而南斗平。暗嗚則山岳崩頹，叱吒則風雲變色」是形容士氣之旺，既有如此壯盛的軍容、豐富的糧食及如虹的士氣，因此他肯定的說「以此制敵，何敵不摧？以此圖功，何功不克？」。

（3）比喻

為了表現武氏的心狠手辣，駱賓王使用各種動物來比喻，狐、魅、虺蜴、豺狼，把她喻為動物，不僅具禽獸之心，更具禽獸的行為，惑主、亂倫、殘害忠良、殺姊屠兄、弒君毒后，這些行事真到了「神人之所共嫉，天地之所不容」的地步。

3.游說技巧

在春秋戰國時期，許多受過教育的策士，憑藉豐富的知識及如簧之舌對各國國君進行游說，他們運用各種技巧：動之以情、誘之以利、明之以害、曉之以理……，是為了得到富貴或達到目的；而駱賓王為了打動百姓的心及鼓動李唐舊臣，也善用了各種游說技巧，試加說明分析如下：

（1）舉證以明武氏之惡

文章一開始即列舉武氏的許多淫亂弒逆的行為「昔充太宗下陳，曾以更衣入侍。洎乎晚節，穢亂春宮……殺姊屠兄，弒君鴆母」，而這些行為歷史是真有其事[2]，並非虛構，以增加文章的說服力。

（2）曉之以理

「公等或居漢地，或協周親；或膺重寄於話言，或受顧命於宣室。言猶在耳，忠豈忘心。」駱賓王以傳統君臣之義來曉諭諸臣，諸臣或是李唐舊臣、或是國姓皇親，身受先帝重託，因此皇室興衰，負有重任，討伐武氏更是責無旁貸，這是曉之以理。

（3）動之以情

「一抔之土未乾，六尺之孤何託？」以高宗崩逝不久及新君堪憂的處境，來引起諸臣對先帝的追懷之情、對新君的不忍之心，這是動之以情。

---

2 見諸《舊唐書》和《新唐書》的「則天皇后本紀」及《資治通鑑》。

（4）誘之以利

「倘能轉禍為福，送往事居，共立勤王之勳，無廢大君之命，凡諸爵賞，同指山河。」若討伐有成，則將來論功行賞，共享榮華富貴，這是誘之以利。

（5）脅之以禍

「若其眷戀窮城，徘徊歧路，坐昧先幾之兆，必貽後至之誅。」若仍執迷不悟，待日後討伐成功，必定論罪責罰，不留情面，這是脅之以禍。

駱賓王或情或理、或利或禍，層層逼進，令百姓及王公大臣無招架餘地，力道十足。

二、延伸教學

除了文章本事的教學之外，武氏一生傳奇，極富戲劇性；而身為女子，她在政治上的成就也值得予以探討。

太宗貞觀十一年（西元六三七年），武氏以美容止被召入宮，立為才人。太宗崩，入感業寺為尼，後高宗復召入宮成為昭儀，後為宸妃，進而皇后，接下來與高宗並稱「二聖」；高宗崩，武氏成為皇太后，臨朝稱制，接著登基為帝，國號為周，這一連串的行事，曲折起伏，足以突顯她從政之路的野心。而武氏的治國，有功也有過。

（一）武則天的功與過[3]

1.功

武氏稱帝後，在文治武功上頗有建樹。她重視人才的選拔和使用，她認為「九域之廣，豈一人之強化，必佇才能，共成羽翼」。因此為了招攬人才，她發展和完善了隋以來的科舉制度，舉用許多人才，像狄仁杰、婁師德、姚崇、宋璟、張柬之……等人[4]，這樣的見識與舉動，豈非明主胸襟？

武氏對於提升人民經濟也不遺餘力，她十分重視農業生產，她認為：「建國之本，必在務農」、「務農則田墾，田墾則粟多，粟多則人富」。據當時統計，永徽時全國戶數為 380 萬戶，到則天臨終的神龍元年，漸增為 615 萬戶，幾乎增長一倍。僅此一點即可看出這一時期的農業經濟發展情況。

而在武功方面，她治軍有方，敗高麗，解除唐朝在東邊的隱患；安定西方的吐蕃，攘外有成。

武則天文治武功之盛，可謂上承太宗「貞觀之治」；下啟玄宗「開元之治」，她的強人之姿，較唐太宗、玄宗，亦不遑多讓。

---

3 在文治方面，曾婉綾《女中英主──武則天》認為有以下三項成績：（一）改科舉制度，大量引用新進人才；（二）與民安息，實行均田制 ；（三）勸課農桑，興修水利。而在武功方面則有：（一）治軍有方，不拘古法、（二）得失各半的對外關係。

4 關於武則天的用賢，可參考「大紀元文化網」之〈武則天的知人與納諫〉一文。

2. 過

武氏為實現她的政治野心，陰狠毒辣，殘害忠良及無辜；而稱帝後，為消除異議，她獎勵告密、任用酷吏索元禮、周興、來俊臣等人，羅織罪名，陷人於罪[5]，使朝臣們人人自危；兼以一人分事父子，既為太宗才人、又是高宗後宮，稱帝之後，寵愛面首，種種不倫淫亂，這些都是後世史學家所不齒的行為，也成為眾人攻詰的目標。

(二) 視聽教學運用

雖然駱賓王在〈為徐敬業討武曌檄〉一文中對武氏極盡詆毀之能事，但武則天既身為歷史上唯一的女皇帝，故事本身就十分引人注意，加上她行事、施政的爭議性大，評價正負極端，因此歷來屢屢被搬上螢光幕。礙於教學的時間限制，無法從容欣賞影片，但由金佩珊所演唱的「一代女皇」一歌，旋律動人，詞意亦能貼近歷史事實及人物心境，十分適合運用於教學上。茲將歌詞引錄於下：

一代女皇

作詞：李靜婷　　作曲：張勇強　　演唱：金佩珊

娥眉聳參天　　豐頰滿光華

氣宇非凡是慧根　　唐朝女皇　　武則天

美冠六宮粉黛身繫三千寵愛

5　參看《舊唐書·酷吏列傳》。

善於計謀城府深　萬丈雄心難為尼

君臨天下威風凜凜　憔悴心事有誰知憐

問情何寄　淚濕石榴裙　看朱成碧　癡情無時盡[6]

縱橫天下二十年[7]　深宮迷離任憑添

兩面評價在人間　女中豪傑　武則天

　　前三行描寫了武氏的外貌及聰慧，第四行則道出了武氏入宮後的野心，第五、六行則描述了武氏人前威風、人後憔悴的的矛盾，最後兩行則將她的功過留給歷史去揮灑，但不管人們如何評價，能在男性政權中脫穎而出，武則天的確是堪稱「女中豪傑」。

　　這首歌曲，在旋律、氣勢都能撼動人心，而且短短的歌詞卻能將武則天的外貌、一生、心境予以交代，立場客觀，加上簡單又容易朗朗上口，運用於教學上的效果是很不錯的。

　　在駱賓王的筆下，武氏被批罵得體無完膚，雖然文中所述確有其事，但觀看歷來宮庭內的政權轉換，不乏勾心鬥角，唐太宗李世民不也歷經玄武門之變，殺害自己的兄弟，才能登上九五之尊嗎？駱賓王為文，極盡詆毀，不免帶有懷才不遇的情緒吧！

6　看朱成碧：把紅的看成綠的。語本南朝梁・王僧儒〈夜愁示諸賓詩〉：「誰知心眼亂，看朱忽成碧。」後比喻心思迷亂，目眩而不辨五色。唐・李白〈前有一樽酒行〉二首之二：「催弦拂柱與君飲，看朱成碧顏始紅。」而此句之意應指武氏以女性之姿行男性之權。

7　二十年，指的是自高宗駕崩，光宅元年（西元六八四年），她以皇太后之姿臨朝，至天授元年（西元六九〇年）登帝位，直到西元七〇五年中宗李哲復位，武氏掌握大權約二十年上下。

武氏在臨終為自己立下一塊「無字碑」，對於她的「牝雞司晨」，是非曲直，或許她是想讓後世的歷史來評論她的功過！

大學國文教學設計

以學生生命的成長為主軸

蔡忠道　嘉義大學中文系教授

摘 要

當學生國文程度低落，已成為所有老師的憂慮，大學國文，當然有其重要性。然而，在他系師生的眼中，大學國文的效能卻持續受到質疑。本篇論文提供個人在大學國文課程設計的一些經驗。筆者以學生成長為主，設計了包括大學新鮮人、離家、交友、愛情與生死等單元，並配合各系的專長，規劃分組報告的主題。希望教學回到學生本位，以其成長經驗相關的文章，引發學生的學習興趣，並透過師生討論，啟發學生思考生命。在課程單元的規劃與實際的教學之中，筆者獲得成就，也受到挫折，本文對此省思，並提供可能的解決。

關鍵詞：大學國文、生命、成長

一、前　言

　　大學國文的課程存廢從來就是爭議的話題，主張廢除（至少是減少學分數）者，認為大學國文成效不彰，學生學習意願不高……等理由；力主保留者，強調大學國文是整體語文教育的一部份，而語文是所有學習的基礎，因此，當我們憂心學生語文程度適意低落之際，卻又要主張廢除（或減少）國文教學，這是相互矛盾的作法。而這樣的爭議也一直持續，未能獲得解決，前一陣子教育部修訂高級中學課程大綱時，減少高中國文課程中文言文的篇數，而引起文壇者老余光中等人的憂心，發起「搶救國文聯盟」，反對減少篇章；最近，考試委員建議廢除國家考試的國文，理由是文言文對多數公務員以非必要，而考題深奧，多數考生都看不懂。其實，關於國文教學的爭議，可以分為幾個層面，首先，是國文教學的必要性；再者，國文教學應該教什麼。第一個問題在中、小學以前都不成問題，到來大學卻顯得迫切；第二個問題則是國文教學普遍的問題。其實，大學國文的必要性無庸置疑，因為，不論情義涵養的高層次，或者語文訓練的基本能力養成，現今的大學生都普遍缺乏者這兩種能力。問題是，既然學生有這方面的需要，為什麼質疑大學國文存在價值的聲音卻又持續不斷呢？這與第二個問題有關，也就是大學國文應該教什麼？怎麼教？才讓教學有成效、學生有收穫。

　　筆者在大專任教十餘年，對大學國文情有獨鍾，任教從未

間斷，其中有感動、有收穫，也有挫折，本文主要是將個人摸索的心得，野人獻曝，希望能拋磚引玉，與關心大學國文的同好一起思考國文的新道路。

二、設計理念

國文的教學目標最少有三：培養同學流利而精確的語文表達能力、深化同學文學欣賞的能力、增進學生人文素養。在中學以前，以基本表達能力的訓練為主，到了大學階段，應該著重在文學的欣賞與人文精神的涵養。然而，古今之文學作品汗牛充棟，該從什麼角度選文呢？

筆者以為，選文應該讓學生產生共鳴。這就必須站在學生的角度來思考，中小學十二年的國文（語），都是以範文教學為主，而範文的選擇又必須遷就教育部頒佈的課程綱要以及編選者的主觀好惡，鮮少以學生的成長與需要為主的選文，最多是立志與勤勉等文章，早期還有政治意識型態的選文；再加上上課的方式多是老師唱獨腳戲，學生只能當聽眾，被動吸收老師的傳道授業，也難怪多數學生會認為國文課常是說教！

大學生剛脫離桎梏的中學生活，學習自由運用時間，是人生重要的成長階段，如果在大學國文的課程中，能夠選擇與其生活息息相關的文章，在課堂上以引導的方式，帶領同學體悟文章的情意、思索自身的成長，則大學國文將以閱讀文章為主，在師生的討論中交流彼此的經驗與體會，學生從中獲得啟發，更知道如何善用自由、安排生活、規劃人生，則大學國文

將與學生的生活結合，成為他們「生命的學問」。

至於文章的選擇，則不必執著白話或文言。可以針對學生的程度、閱讀興趣，選擇適合的篇章。

三、課程設計

嘉義大學的大學國文課程，共三學期六學分，包括大學國文（Ｉ）、大學國文（Ⅱ）、大學國文（Ⅲ）應用文，大學國文（Ｉ）由老師自由選文，採包班上課；大學國文（Ⅱ）是主題課，由老師開設主題課程，學生分學院自由選擇；大學國文（Ⅲ）應用文也是包班上課。以下的課程設計是以大學國文（Ｉ）為主，筆者今年擔任音樂系的國文教師，所以，就以九十六學年度第一學期的教材大綱為例。

單元	主　題	內　　　　　容
	相見歡	課程介紹
一	文學欣賞	〈文學概論〉
二	新鮮的滋味	張曉風〈唸你們的名字〉 張忠謀〈哈佛大學這一年〉
三	離家之後	蔡詩萍〈我們哪裡擺脫過自己像父親的那一面〉 余光中〈我的四個假想敵〉
四	以文會友	《史記‧管晏列傳》 楊牧〈六朝之後酒中仙〉
五	追尋真愛	張曼娟〈天使的咒語〉

		簡媜〈水問〉
六	思索生死	《莊子·養生主》
七	琴鍵上的精靈	馬世芳〈那時，我們的耳朵猶然純潔〉
八	期中作業	習作一篇(1000-3000字)
九	分組報告	音樂文學
十	期末考	

（一）單元介紹

1. 整學期的課程規劃扣緊學生剛從高中進入大學的身心狀態，一方面是面對新環境的緊張不安，一方面是轉換到自由學習環境的憧憬期待。

2. 本課程為大學國文（Ｉ），是以文學為本位，因此，第一單元是「文學概論」[1]，主要是整理有關文學的基本觀念，以及欣賞文學作品的方法。此一單元主要的目的在於，明確告知學生，課程的主軸是文學作品的閱讀與賞析，而非創作；再者，學生雖然從國小學習國語，理應有豐富的閱讀經驗，然而，在考試領導教學的前提之下，學生的閱讀經常落入零碎知識的記憶，而忽略了整體情意的體會與思索。因此，在進入文章閱讀之前，先講述文學欣賞的基本概念，可以幫助學生整理過去的語文經驗，明確整學期的學習主軸。若學生有興趣，還可與學生一起閱讀高行健獲得諾貝爾文學獎的受獎演說：

---

1 單元講義由筆者編寫，詳細內容請參見附錄一。

〈文學的理由〉[2]，在這篇演講詞當中，高行健以「冷的文學」、「自由書寫」兩大主軸，闡述文學創作的理念，發人深省。

3. 第二單元「新鮮的滋味」，主要是針對學生進入大學之後，面對新的學習環境，在自由的學風中，如何安排自己的時間，以及更重要的，當我們有更多時間面對自己的時候，確立自己的價值。因此，在這個單元中選讀了兩篇文章：張曉風〈唸你們的名字〉[3]、張忠謀〈哈佛大學這一年〉[4]，張曉風的文章是以陽明醫學院醫學系的學生為對象，整篇文章從學生的名字引發，期許學生在自己的專業上專心學習，成為一位稱職的專業醫生；更進一步，讓自己成為一位有感情的心靈醫師，醫人也能醫國。整篇文章在諄諄教誨中，有深切的期許，並引領學生思索，如何立足自己的專業，開創生命的價值。而這個部分就不限於醫學系的學生，而是可以啟發所有的大學生。張忠謀的文章則以自身的經驗，帶領學生如何融入新環境、安排大學生活，讓自己的學習自由而有規律。張忠謀借用海明威「可帶走的饗宴」一詞，總結其哈佛大學一年的學習。當一九四九年，張忠謀到美國留學，在哈佛的新生中，來自亞洲的只有他和一位日本

---

2 參見高行健〈文學的理由〉，刊登在《聯合文學》196 期，2001 年 2 月號，頁 16-24。

3 參見張曉風《曉風散文選》（台北：道聲出版社，1976）頁 372-389。

4 參見張忠謀《我的自傳‧上冊 1931-1964》（台北：天下文化，1998）第二章〈哈佛大學與麻省理工〉。標題是劉智濬等人編選之《大學國文選》（台北：立誠書局，2000）所立。

人，然而，同學的熱情與友善，卻很快消除他心中可能被歧視的想法，他結交許多個具才華的朋友，透過這些朋友，他們一起看電影、聽音樂會，以及參加各種社交活動，很快融入陌生的環境。然而，張忠謀的生活重心並非五花八門的活動，而是課業的學習，他選修了五門課，在其中，不但大量閱讀西方的經典，也從中加強自己的英文能力、深化對西方文明的瞭解。這些經驗都可提供學生規劃大學生活的重要參考。

4. 第三單元「離家之後」，主要是探討學生離家求學之後，反思家庭與自己的關係。根據筆者課堂上的詢問，大部分的學生都是第一次離家，因此，生活上從茶來伸手到凡事都得自己打理，學生都會經過一番調適，也能適應良好。這個單元的設計是針對學生這樣的經驗，帶領學生思索自己和家庭的關係，因為離家之後，有了什麼變化？選讀的文章有蔡詩萍〈我們哪裡擺脫過自己像父親的那一面〉[5]、余光中〈我的四個假想敵〉[6]，蔡詩萍的文章從兒子的角度，看父子關係的轉變：從小學的依賴孺慕，到中學之後的疏離，最後是瞭解與體諒。文章將父子之間相互關愛又難以表達的親情，刻畫得入木三分；而對父親處境的瞭解，以及其小心謹慎、抑鬱不樂性情的體諒，轉出父子關係的和解，更是令人動容。余光中的文章以輕鬆幽默的筆調，寫出父親對女兒成長的喜悅與擔心，尤其女兒結交男友之後，逐漸離家自立

---

5 參見蔡詩萍《男回歸線》（台北：聯合文學，1997）頁111-119。
6 參見余光中《記憶像鐵軌一樣長》（台北：洪範書店，1987）。

的成長,更是讓父母憂喜交加。

5. 第四單元「以文會友」,是與學生討論同儕交友的問題。朋友,在大學階段是最重要的人際關係,如果與朋友的關係緊張,大學生活也難以完善,而同儕之間的影響也反映在學習成果上。這單元選讀的文章包括《史記‧管晏列傳》[7]、楊牧〈六朝之後酒中仙〉[8],前者指出朋友之間的交往重在相互瞭解、信任,就像鮑叔牙對管仲的包容與欣賞、晏嬰對車夫的拔擢。後者則是楊牧以酒為主軸,串連出不同的朋友,在不同的對飲中,散發出醇厚的友誼與濃郁的文藝。

6. 第五單元「追尋真愛」,是以愛情為主題,與同學共同討論愛的真諦。愛情的追尋是人生重要的課題,大學生在戀愛中嘗試親密關係的建立,也經常受到傷害。本單元選讀張曼娟〈天使的咒語〉[9]、簡媜〈水問〉[10],簡媜的作品是以自身大學的戀愛經驗,以水為喻,說明愛情的發生就像水之發源,在適宜的時空下,有其「不得不」的必然,愛情中有甜蜜的回憶、相應的默契,也有歧異的爭執,然而,當愛情讓人停留在兩人封閉的世界,必須以另一人的好惡為生活重心之時,簡媜選擇終止,離開愛情去探索生之奧義。張曼娟的作品是一篇有趣的短篇小說,她以愛情中常見的三角關係,對照愛情

---

7 西漢‧司馬遷著、韓兆琦選注《史記選注匯評》(台北:文津出版社,1993)頁155-165。

8 參見楊牧《搜索者》(台北:洪範書店,1982)頁107-120。

9 參見張曼娟《喜歡》(台北:皇冠文化,1997)。

10 參見簡媜《水問》(台北:洪範書店,1985)頁125-135。

的兩種關係，一是完全掌控與完全依賴，一是瞭解愛惜
與尊重自由。愛情是一種獨佔，因此，愛情常發展成兩
人世界，身陷其中者將身心都託付對方，對另一人是完
全的依賴，然而，身心全然託付之時，又有一種不安全
感，所以，又會形成一種全然掌控的關係；依賴與被依
賴、掌控與被掌控都是非常辛苦，這樣濃烈而緊密的愛
情關係經常無法持久，就像烈酒無法多喝，作品中祥祥
與馮凱的愛情就是如此。另外一種愛情關係是瞭解欣
賞，又能尊重，因此，在獨佔的愛情關係中，有一種自
由，這樣的關係張曼娟稱為「守護的天使」，就像文章
中阿尉與祥祥的關係。祥祥在白天看見星星、在教室聞
到海水味道，這不是一般人容易瞭解的特質，阿尉不但
能欣賞而且全然接受，對於祥祥別有所屬，阿尉也默默
祝福，待祥祥與馮凱情感告一段落，兩人再度相遇，祥
祥才領悟到：真愛是能欣賞彼此生命的特質，並在交往
過程中，被瞭解、包容與引發。這樣的體悟是對愛的本
質省思，如果愛情是在追求這樣的對待，那麼，外表、
財富、才華都是其次的，愛情也就不會陷入盲目與錯
亂。

7. 第六單元「思索生死」，是透過《莊子·養生主》[11]的
閱讀，介紹道家對生死的深刻反省：生命的誕生是氣的
偶然遇合，死則是回歸於道。因此，道家主張，萬物由
道而生，死則復返於道，生死就像春夏秋冬的一體循

---

11 參見黃錦鋐著《莊子讀本》（台北：三民書局，1974）頁39-44。

環,死亡不是一無所有,而是回家;回家,是平安,不必恐慌。現代生死學追求善死而善終、生死兩無憾,道家這樣豁達的生死觀,對現代人有相當的啟發。因此,希望透過這樣的課程,讓學生能對自我生命產生終極關懷,對生命根本的大問題,有自己的思考,追尋自己的答案。

8. 第七單元「琴鍵上的精靈」是結合學生報告的課程設計,音樂系的同學常在其專業學習中,閱讀樂評、音樂家的傳記、看音樂家的影片,其實都有接觸音樂文學的經驗,然而,對於音樂文學的界定、分類、現況,缺乏整體的概念與深入的瞭解,因此,在課程中安排了「音樂文學」的分組報告,為了讓大一同學對報告的範圍、形式、內容有較明確的把握,老師先做一示範,選擇的文章是馬世芳〈那時,我們的耳朵猶然純潔〉[12],馬世芳出身音樂世家,母親是知名廣播人陶曉清女士,父親是知名散文家亮軒,馬世芳承繼母親的音樂素養與父親的寫作能力,在音樂文學的創作上別具意義。七0年代,校園民歌興起,陶女士邀請民歌手到他的節目彈彈唱唱,推廣校園民歌,讓這一群單純自己寫歌自己唱,卻缺乏社會奧援的大專青年找到舞台,因此,假日陶女士家的客廳,就成為民歌手聚會的場所,馬世芳見證了這段民歌發展。在這篇文章中,他以一個旁觀者的角度,看這些大哥哥、大姊姊對音樂單純而執著的熱情,

---

12 參見馬世芳《地下鄉愁藍調》(台北:時報文化,2006)頁 102-117。

以及在後來的發展上，有人繼續音樂的道路、有人放棄
音樂，改從他途，在期間，有單純的感動、失落理想的
沒落以及世故的諒解。

9. 本學期有一篇習作，以「自己的成長」為範圍，學生自
訂題目；期末考則以筆試為主。

(二) 實施方式

1. 整個課程分為兩大主軸，一是語文能力的訓練，一是文
學作品的閱讀。語文能力的訓練重點在於培養同學口語
與書面的表達能力，口語方面以報告為主；文字的表達
有文學創作等。文學作品的閱讀則以主題閱讀的方式，
涵括現代與傳統的作品，引導學生領會古今文學家的款
款深情與對生命的深刻體認。

2. 課程原則上分成兩個部份：一部分是課程講授，主要是
範文教學；另一部分則是習作與討論，主要是同學的報
告與討論活動。

3. 請學生配合確實預習課程講義，並注意後面的「問題與
討論」 [13] 。

---

13 為了讓學生閱讀文章更能把握重點，也順利課程的進行，選文最後都會附上「問題
與討論」，例如，〈天使的咒語〉之「問題與討論」：
(1) 本文的主題為何？
(2) 本篇如何分段？各段的重點？
(3) 本篇的敘述觀點？
(4) 祥祥與馮凱、祥祥與阿尉兩段情感有何不同？最主要的差異何在？
(5) 本文美中的不足的地方？
又如，〈我們哪裡擺脫過自己像父親的一面〉之「問題與討論」：
(1) 你和父（母）親相處的過程中，最深刻的經驗是什麼？

4. 上課的方式是以講述與討論穿插進行：現代文學的部分，預設同學都已經閱讀文章的前提之下，先由「問題與討論」引發同學自由發言，再由教師深入分析文章的內涵、意象、主題等，最後由同學與老師分享個人經驗；文言文的部分則由教師先講授課文大意，其餘則和白話文的上法一樣。

（三）分組作業設計──音樂文學作品導讀[14]

1. 分組：七（八）人一組，全班共分六組。
2. 選材：任選音樂文學作品（詩、散文皆可）一篇。
3. 報告內容：作者簡介、作品分析（音樂、文學及兩者如何結合）。
4. 報告形式：形式不拘，可採口頭報告、演戲、相聲，或交錯運用。
5. 報告時間：五十分鐘為原則。
6. 報告日期：十二月。
7. 書面報告與 ppt：口頭報告後一週，以電子檔 e-mail 至 islandtjt@gmail.com。

（2）從小至今，你和父（母）親的關係有何變化？
（3）可否談談你的離家經驗？離家前後，你和家人關係有何改變？
（4）你在自己身上發現父（母）親哪些特質？喜歡或排斥？
（5）你對父（母）親的了解是什麼？
（6）父（母）親如何形容你？
14 這部分以學生的口頭報告為主，可針對學生的專業與文學結合設計相關主題。本學期教授音樂系，故設計音樂文學的主題。如果在農學院，可設計「生態文學」；理工學院可設計「知性散文」。

四、檢討與建議

　　整體而言，大部分的課程都能引發同學的學習與思考，多數文章頗能引發學生共鳴，例如第二單元的張忠謀〈哈佛大學這一年〉、第三單元蔡詩萍〈我們哪裡擺脫過自己像父親的那一面〉、第五單元張曼娟〈天使的咒語〉等，這表示這樣的課程設計以及選文獲得同學認同，而這些選文在討論時也特別熱烈。然而，學生對有些篇章則缺乏興趣，例如第四單元的《史記‧管晏列傳》、第六單元的《莊子‧養生主》。這其中原因，可能是單元的選定、選文的問題，以及課前學生的預習、老師帶領的技巧……等原因，茲分析如下：

（一）單元的選定

　　本課程從文學觀照人生，以「生命的學問」為主軸，配合學生的成長設計課程，在一學期的課程中，涵蓋大學新生活、親情、友情、愛情、生死等主題，並在同學報告方面，將文學與其專業結合，希望能藉此讓同學更瞭解文學的特質，擴展其閱讀視野，深刻其人情體悟，因此，單元的設計並非隨意雜湊，而是有其整體性與有機性，這也獲得學生的認同。在第一次上課時，向同學介紹整學期課程綱要時，多數學生都非常期待，也覺得這樣的安排讓他們耳目一新。

（二）文章的選擇

　　各單元的文章選定並未設定，然而，整體而言，以現代散文為主，古典文學也都是散文，散文的閱讀比較沒有困難，也符合課程以討論為主的型態。詩與小說較少，並非缺點，然而，若能在課程中加入詩，以詩豐富的意象、精簡的文字、深刻的內涵，在課程的講授與師生的互動上，一定可以加分不少。此外，《史記‧管晏列傳》以及《莊子‧養生主》兩篇文章，同學在高中都已讀過，尤其是《史記‧管晏列傳》被普遍選入各版本的高中國文課本，學生對重複高中的選文較無興趣，也難怪這兩篇的上課效果較差，這兩篇選文可斟酌抽換。在上課的教材方面，可以安排一次相關的電影欣賞，例如在「思索生死」的單元，學生會覺得比較深奧嚴肅，就可以電影引發學生的興趣，例如「羅倫佐的油」、「飛越生死線」等電影都很適合。

（三）學生的態度

　　當大學教育從菁英變成普及之後，大學教育高中化的情況就不免發生，再加上網路普及，學生知識來源增加，傳統的上課方式對學生的吸引力正逐漸降低。然而，學生的學習態度，教師也要負相當的責任，當這門課給學生的感覺是嚴謹的，具啟發的，學生對課程與教師自然產生尊敬，學生的惰性有時是長輩寵出來的，教師在專業上讓學生信服，又能秉著關愛與體諒的角度，關懷學生，與學生一起成長，相信就能營造出優質的學習情境，少數怠惰的學生就不會成為課堂的主角。

（四）帶領的技巧

整學期的課程都是以討論為主，這樣的設計真是考驗老師的帶領能力。筆者的經驗是不能一成不變，引導的方式或以個人經驗、或以影片、小故事、時事；討論的方式或採隨問隨答、或以小組討論、或輔以書面、或採口頭報告……等，要能隨課堂學生的反應靈活調整，不過，這些調整都是透過師生的互動，共同討論每個單元的主旨，因此，教師要明確把握主軸，也就是在討論過程中，不是隨意發揮，而是有明確的主題。此外，在教材的準備方面，power-point、音樂、影片都可斟酌選用，以增進學生的學習興趣。

五、結語

大學國文是一門有意義的課，不過，它的價值卻一直被質疑，質疑來自兩個面向：一是教學成果不彰、一是授課內容不符期待。因此，擔任大一國文的教師們也都一直在思考、調整上課的內容與方式，希望能增進學生的語文能力與人文素養，也更符合學生的期待。本論文是筆者近年來上大學國文的一點心得，將大學國文與學生的成長結合，透過單元的設計、文章的閱讀與討論、習作等方式，與學生共同討論、分享大學階段的成長與喜樂，這或許是大學國文可以思考的方向。

附錄一

文學概述

一、文學是什麼——文學的本質

清葉燮《原詩》:「作詩者實寫理、事、情,可以言言、可以解解,即為俗儒之作。惟不可名言之理、不可施見之事、不可逕達之情,則幽眇以為理、想像以為事、惝恍以為情,方為理至、事至、情至之語。」

文學透過語言表現情感與想法。因此,

(一) 文學性的語言,只表現情緒感受、只為了音調文字之美感而存在。「在心為志,發言為詩。」

(二) 在文學作品中,我們看得到作者經營語言的苦心。

二、文學語言的特質——象徵的語言

所謂象徵,是指使用具體的意象與符號,來表達抽象的觀念與感情。

例如:劉禹錫〈烏衣巷〉。

(一) 曲折的——人的心志感情,往往需要靠一種迂曲不直的語言,來貼合、揭示,以曲盡其妙。

(二) 想像的——「文徵實而難巧,意翻空而易奇。」想像是文學最重要的生命

例如:〈荊軻傳〉、侏羅紀公園、鐵達尼號、金庸的武俠小說。

(三) 多義的——文學因多義而豐富。

　　如蔣捷〈虞美人〉:「少年聽雨歌樓上,紅燭昏羅帳。壯年聽雨客舟中,江闊雲低斷雁叫西風。　　而今聽雨僧廬下,鬢已星星也,悲歡離合總無情,一任階前點滴到天明。」

　(四)意象鮮明而突出──文學的張力

　　　1. 何謂意象──文學作品中,傳達抽象情感的具體事物。

　　　2. 舉例─余光中〈守夜人〉

　　　　　五千年的這一頭還亮著一盞燈

　　　　　四十歲後還挺著一隻筆

三、欣賞文學作品

　(一)遊戲

　(二)欣賞圖解

　　　作者 →（創作）　作品（欣賞）　← 讀者

　　　1. 欣賞的困難

　　　　「美人有幽恨,含情知是誰?」

　　　　賈島:「兩句三年得,一吟雙淚流;知音若不賞,歸臥故山丘。」

　　　2. 欣賞是一種再創造,性質與價值都與作者創作作品一樣。

　(三)何謂欣賞──人面對他所遇到的事物,因情感的投注與感通,使自我生命得到充實的一種狀態。

　　　　　王羲之〈蘭亭集序〉:「當其欣於所遇,暫得於己,快然自足。」

當莊子寓言變成了四格漫畫

談大一國文〈寓言文學〉的創意教學

翁麗雪 嘉義大學中文系副教授

摘 要

　　本論文乃就國立嘉義大學大一國文〈寓言文學〉之教學課程，針對農學院學生上課作品〈莊子寓言四格漫畫〉為設計範疇，探討分析學生創作中莊子寓言與漫畫特質之表現手法，從而歸納莊子寓言經由誇大、變異、濃縮、改組之過程，藉以產生「變形」、「誇張」、「諷刺」、「怪誕」、「機智」之文學效果，此與漫畫荒謬虛構之特質，實若合符節。此種以漫畫形式注入傳統制式教學型態之模式，為現今多元教學之嘗試與建立，亦為教學之創新與開拓。

關鍵詞：莊子、寓言、漫畫、四格漫畫

一、前　言

　　起初，只是一份作業，然細細閱讀，卻驚見莊子繁複文字中化約的精簡，起—承—轉—合，四格畫面，看似簡單，有時是精彩的人我對話，有時是自我情意的抒發與闡述，有時也是無厘頭的斷簡殘編，所有的鋪陳，盡是天外飛來的驚喜。

　　雖然，仍見下筆時未經修飾的零亂與粗獷，不假思索，行文倉促，筆端恣意，是他的缺點。但，瑕不掩瑜，仍見作畫時「去其皮毛，存其精神」的精彩。

　　本文將從一、四格漫畫的起源。二、四格漫畫的基本結構。三、莊子寓言的漫畫特性與大一農學院學生「四格漫畫」作品分析；在作品前，並載錄《莊子》原文，以為對照，其中，《莊子》之寓意理趣，稍加引述以明其義。凡此，教學上之另闢蹊徑，亦見形式之不拘一元，以漫畫形式注入古典文學，在多元並陳與時俱進的現今時代而言，無疑是教學上另類造型的嘗試與建立。

二、四格漫畫的起源

「漫畫」一詞，源於中國南宋洪邁《容齋五筆》：

> 瀛莫二州之境，塘濼之上，有禽兩種⋯⋯其一，類鶩奔
> 走水上，不閒腐草泥沙，唼唼然，必盡索乃已，無一息
> 少休，名曰漫畫。[1]

故知「漫畫」最早實為鳥名，即「篦鷺」的別名。北宋晁說之《景迂生集》亦載：

> 黃河多淘河之屬，有曰漫畫者，常以嘴畫水求魚。[2]

繪畫中出現「漫畫」兩字，是清朝初年金農在《冬心先生雜話題記》：「漫畫折枝數棵，何異望梅止渴也！」漫畫之意非只繪畫形式，而為隨意而畫之意。現代漫畫，始於清朝末年（西元一九〇七年）《人鏡畫報》中的「諷刺畫」、「滑稽畫」等。民國十四年五月，《文學周報》刊載豐子愷的創作，並名為《子愷漫畫》，因以單純的線條、趣味的構圖，描寫家庭瑣事與社會現象，頗受歡迎，「漫畫」一詞方才確立[3]。

---

1 洪邁《容齋五筆・瀛莫閒二禽》，卷3，頁1下。
2 晁說之《景迂生集》，卷4，頁16-17。
3 李闡《漫畫美學》，頁67-68。

　　豐子愷說:「漫畫在中國,是民國十三、四年間開始流行的,那時上海有《文學周報》。」[4]豐子愷就在《文學周報》發表漫畫,促成漫畫流行的風氣。在此之前,中國雖無漫畫之名,卻有漫畫之實。清末,陳師曾的簡筆發表在《太平洋報》,當時雖不稱漫畫,其實已是一種漫畫。漫畫重意義而用簡筆,中國古來的急就畫、即興畫,都已含有漫畫的分子[5]。

　　臺灣漫畫在廿世紀初日本統治時代,即受日本「潑克」[6]文化影響而發行《台灣潑克》期刊。《國語日報辭典》、《王雲五小辭典》皆提到「漫畫為含有諷刺、幽默、教育意義的簡筆畫。」漫畫在形式上包含「單幅漫畫」、「多格漫畫」、「連環漫畫」;從過程而言,最早是單幅的,為作家隨筆趣味之作,其後乃衍為四格漫畫,至於長篇的劇情漫畫更在其後。日本漫畫之神手塚治虫在劇情漫畫之推展,有其一定之地位與影響力,尤其能將電影元素與漫畫結合,為現代漫畫敘述手法奠基,可謂居功厥偉。

三、四格漫畫的基本結構

　　四格漫畫的基本結構承襲傳統的作文寫作格式,分為起、承、轉、合。

4　豐子愷《豐子愷漫畫文選集》下冊,頁728。
5　同註4。
6　所謂「潑克」即指英國二十世紀初受歡迎的諷刺刊物,在英國展開近代漫畫的序幕,其後法、德、日以至中國,漫畫誌風靡一時。

（一）起——文之開頭，重在能引人入勝，匠心獨運。《文章例話・寫作篇・開頭》引王葆心云：

> 魏善伯（際瑞）謂韓（愈）文入手多特起，故雄奇有力；歐（陽脩）文入手多配說，故逶迤不窮。相配之妙，至於旁正錯出，幾不可分。[7]

王氏指出韓文開頭多奇峰特起，故雄奇有力；歐文開頭多陪襯疊出，故委婉曲折，可見文章開頭變化多端，無一定規矩繩墨，端視文章的事理需求而定。

（二）承——著重情節發展之醞釀與推進，人物衝突越尖銳，主題思想轉趨深化。《文章例話・寫作篇・承轉》云：

> 古文接處用提法，人所易和，轉處用駐法，人所難曉。凡文之轉易流便無力，故每於字句未轉時情勢先轉，少駐而後下，則頓挫沈鬱之意生。[8]

承是承接開頭轉入全篇之主旨，意即開頭先提出一種論點以承接發揮此一論點，為避免重述之平庸與累贅，故而將此論點推進一層，此所謂「接處用提法」[9]。承接之要，在使文章「情勢之先轉」，有助於文情之頓挫沉鬱，跌宕生姿。

7　《文章例話・寫作〈二〉・開頭》，引（王葆心《古文詞通義・文家格法之分析》），頁 99。

8　同註 7，引（魏禧《日錄論文》），頁 103。

9　同註 7，周振甫云：「接處用提法」，即先提出一個推進一層的說法，頁 104。

（三）轉——人物角色與主題思想決定之關鍵，衝突劍拔弩張，一觸即發，是故事高潮之集中展現。《文章例話·寫作·承轉》

> 此法即文字過脈也，貴空而不貴實，如山岩巉絕之際，飛梁而行。貴輕而不貴重，如江河浩蕩之中，一葦而過。貴隱而不貴顯，范香暗度而人不知。此文字之妙也。[10]

「過脈」即文章之轉折，經由轉折，以豁醒主題。其中，或虛實互用、反正交融；或開合奇變、峯巒起伏；或欲擒故縱，盤旋作勢；用筆行文之際，具見轉折頓挫之妙。轉折貴在「空」、「輕」、「隱」，忌用「實」、「重」、「顯」，意即重於銜接自然，互相貫通，不因文字之質實，重濁，顯兀，而影響文字之生動靈活，圓轉自如。孟子云：「觀水有術，必觀其瀾。」[11]當風水相遇，激起波瀾，正可從波瀾起伏中見其自然形成之「天地至文」。

（四）合——故事的結尾，總括大意，與前相應，以寓其微旨，要在言有盡而意無窮。《文章例話·寫作篇·結尾》：

> 大家之文，於文之去路，不惟能發異光，而且長留餘味。[12]

10　同註7，引〈李騰芳《山居雜著》〉，頁109。
11　見《孟子·盡心上》。
12　同註7，引林紓《春覺齋論文·用收筆》，頁129。

　　寓言的結尾有其必然性，有時出人意表，然幾經思考與推敲，其中，深藏作者的寄託與用意，必有所謂「於結束垂規戒意」之用意存焉。

　　總之，四格漫畫就是利用「起、承、轉、合」四個步驟的佈局將情節濃縮串連於四格漫畫，配以簡單的旁白敘述，巧妙地表現內容主題。

　　除了傳統的構想與表現方式外，四格漫畫的寓言呈現，可利用接駁故事的方式讓學生集體創作，學生的創意常會令人驚喜與動容。從「起」——提出疑問，「承」——加強心中的疑問，「轉」——意外發展，「合」——意外的收尾。擺脫寓言經典的故事框架，天馬行空不受羈勒，卻在出入之間不離方圓，收攝主題。無論人生的悲喜，在故事的結局，一切事理終歸得到解決。

四、莊子寓言的漫畫特性與大一農學院
學生「四格漫畫」作品分析

　　《莊子》一書神妙超絕，不同凡響，令人愛不釋手，主要在於他獨特的寓言藝術。莊子寓言，據陳蒲清統計，書中有近 200 則寓言[13]。《莊子・寓言》篇云：

　　寓言十九，藉外論之。

13　鄭世明《河南大學學報》，〈試論莊子的寓言世界〉第 36 卷，第 1 期，1996 年 1 月，頁 22。

《天下》篇云：

> 以謬悠之說，荒唐之言，無端崖之辭，時恣縱而不儻，
> 不以觭見之也。以天下為沈濁，不可與莊語。

　　所謂「寓言」，許慎《說文解字》：「寓，寄也。」「寄，託
也。」寄與託互訓，故寓言即託言，托別人說或托別人所說的
話。春秋戰國之世，王室衰微，諸侯並起，爭雄天下。政治、
社會、經濟皆處變革時期，文化思想百家爭鳴，衝擊尤大；當
是時也，儒墨徒眾勢力，充滿天下。道家理論既與之扞格難
入，所謂「以天下為沉濁，不可與莊語。」[14]故不得已而「藉
外論之」、「寄辭於其人」[15]，托之古人而自隱其名，司馬遷
曰：「其學無所不闚，然其要本歸於老子之言。故其著書十餘
萬言，大抵率寓言也。」又云：「皆空語無事實……其言洸洋
自恣以適己，故自王公大人不能器之。」[16]莊子擅長把思想蘊
含於寓言的形式，讓讀者意會其中不盡之意。古往今來，文人
作家多借寓言凸顯生硬的理論，「而莊子以幻想的形式創作寓
言，是莊子的大膽嘗試。他突破了寓言創作固有的題材，用升
天入地的奇妙想像代替了對現實社會的如實描寫，擴大了寓言
的表現力。」[17]借此論彼，借小喻大，借寓言曲折見意。所謂
「謬悠之說，荒唐之言，無端崖之辭」，不僅將其蔑視禮法，

14　見《莊子‧天下》篇。

15　見《史記‧老子韓非列傳》卷六十三《索隱》引《別錄》云。

16　同註15。

17　張琦、張炳成《蘭州大學學報》，〈試論莊子寓言個性〉1996，24 (4)，頁94。

不願與世俗思想相融，值得注意的是寓言中的「變形」、「誇張」、「諷刺」、「怪誕」與「機智」特徵，透過漫畫的形式表達，更能將其內蘊體現得更為鮮明突出，引人入勝。

《中文百科大辭典》〈百科文化版〉對漫畫的定義是：「含有諷刺、幽默、教育等意義的遊戲畫。筆法簡單，不拘形式，題材自由變換，描繪人物時，抓住某些特點，用誇張或歪曲的手法表現。」其中所謂「筆法簡單，不拘形式，題材自由」與「誇張歪曲」的手法，及含有「諷刺、幽默、教育」意義，與《莊子》寓言特徵相較，實若合符節，不謀而合。《莊子》寓言中有不少堪稱絕妙的漫畫作品，值得我們注意。

（一）變形

1. 變形寓言

漫畫經作者之加工、改造，利用變形的藝術，展現作者對事物之體悟。熊憲光、何宗美云：

> 寓言是一種典型的變形藝術，它以變形手段曲折地反映人類社會的現實生活，包裹著某種深刻的政治主張或思想觀念。變形增強了寓言故事的虛構性、假定性和喜劇感，使之成為寓教於樂，寓諷於笑，極富審美感染力的藝術形式。[18]

寓言是真實現象的託喻，利用變形手法曲折反映人生遭

18　見熊憲光、何宗美《棗莊師專學報》，1994 年，第 3 期，頁 55。

際。現代文學家卡夫卡（F・Kafka）《變形記》藉由人變形為大蟲，隱含現代人所承受的壓力與逼迫感。莊子〈莊周夢蝶〉將自我變形而為蝴蝶，藉由蝴蝶來比喻莊子的「自適其志」，並提出「物化」[19]的觀念，闡說物我齊一，身與物化，物我兩忘的觀點。夢是荒唐、無稽的，然而，在莊子的寓言中，夢是心理現象的投射，這些寫夢的寓言，托夢者有神靈、死者、髑髏，甚至動物、植物、非生物，藉由聖人、明君、賢士、匠人之夢境，莊子得以抒發憤懣，擺脫現實，諷喻社會，實現理想。

其他變形的寓言，不一而足，如〈大宗師〉寫泉水乾涸，魚「相濡以沫，不如相忘於江湖」，藉由魚的變形類比，表達對太平盛世之渴望。〈秋水〉寫埳井之蛙與東海之鱉交談，藉以諷喻孤陋寡聞而又妄自尊大，目光短淺卻又沾沾自喜者之世態。〈外物〉「涸轍之鮒」，以身處乾涸車轍中的鮒魚作為莊子困窘飢荒之變形自喻，並對假仁假義、見死不救、大言欺人之偽善者加以諷喻。〈逍遙遊〉「斥鴳笑鵬」，寫出大鵬志向遠大而不矜誇自傲，鴳雀安於現狀卻自鳴得意，小智不及大智，斥鴳笑鵬，足見其愚昧與渺小。〈則陽〉「蝸角之戰」，在莊子筆下，血雨腥風，殘酷貪婪的諸侯戰爭變形為蝸牛角上的「觸蠻之爭」，不僅批判統治者生靈塗炭的罪惡，也諷刺爭地奪利之不義。

婉曲達意，不露聲色，是變形手法成功的轉化。此外，變

---

19 《莊子・齊物論》：昔者莊周夢為胡蝶，栩栩然為胡蝶也，自喻適志與！不知周也。俄而覺，則蘧蘧然周也。不知周之夢為胡蝶與？胡蝶之夢為周與？周與胡蝶，則必有分矣。此之謂物化。

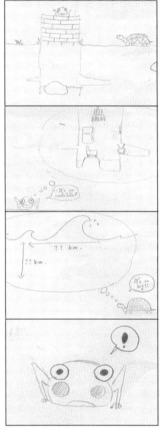

井底之蛙

園藝學系　呂紹維同學

說明：井拘束了蛙，讓它閉目塞聽，自鳴得意，以為井中之樂，所以窮盡天下之樂。直到東海之鱉振聲發瞶，才知井外有海，天外有天。瞧！井蛙瞪大眼睛驚訝之神態，繪得可十分傳神。

形手法既以動物、植物或無生物為題材，也常運用擬人手法，賦予其人格特徵，將人類社會變形為自然世界，並注入人的性格精神，用以寓託事理，影射現實，亦莊亦諧，實與漫畫以遊戲的包裝寄寓嚴肅的本質類似。

2.變形寓言的四格漫畫

（1）埳井之蛙　〈秋水〉

埳井之鼃……謂東海之鱉曰：「吾樂與！吾跳梁乎井榦之上，入休乎缺甃之崖；赴水則接掖持頤，蹶泥則沒足滅跗；還虷蟹與科斗，莫吾能若也。且夫擅一壑之水，而跨跱埳井之樂，此亦至矣，夫子奚不時來入觀乎！」東海之鱉左足未入，而右膝已縶矣。於是逡巡而卻，告之海曰：「夫千里之遠，不足以舉其大；千仞之高，不足以極其深。禹之時十年九潦，而水弗為加益；湯之時八年七旱，而崖不為加損。夫不為頃久推移，不以多少進退者，此亦東

海之大樂也。」於時埳井之鼃聞之,適適然驚,規規然
自失也。

（2）涸轍之鮒　〈外物〉

莊周家貧,故欲往貸粟於監河侯。監河侯曰:「諾。我
將得邑金,將貸子三百金,可乎?」

莊周忿然作色曰:「周昨來,有中道而呼者。周顧視,
車轍中有鮒魚焉。周問之曰:『鮒魚來!子何為者
邪?』對曰:『我,東海之波臣也。君豈有斗升我之水
活我哉?』周曰:『諾,我且南遊吳越之王,激西江之
水而迎子,可乎?』鮒魚忿然作色曰:『吾失常與,我
無所處。吾得升斗之水然活耳,居乃言此,曾不如早索
我於枯魚之肆!』」

園藝學系　郭家惠同學

園藝學系　蔡宜倫同學

說明：莊子家貧，難以度日，向監河侯借糧，監河侯推說只要收到采邑稅糧，再借給他。這則寓言，生動描繪監河侯「金玉其外，腐臭其中」的醜陋本質，見死不救，還用慷慨動聽、冠冕堂皇的空話掩飾自己的虛偽。「鮒魚」喻指莊子飢餓窘迫的困境，辛辣地揭露監河侯吝嗇可憎的面目。四格畫中運用擬人手法，以莊子與鮒魚的對話，配合情境而推展，其中角色的表情、動作都有豐富的呈現。

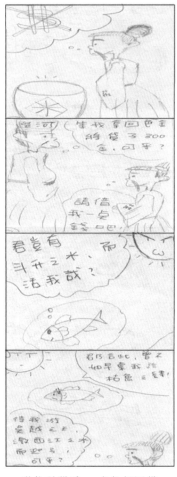

動物科學系　李依儒同學

（3）莊周夢蝶　〈齊物〉

　　昔者莊周夢為胡蝶，栩栩然為胡蝶也。自喻適志與，不知周也。俄而覺，則蘧蘧然周也。不知周之夢為胡蝶與？胡蝶之夢為周與？周與胡蝶，則必有分矣。此之謂物化。

生農學系　林慧玲同學　　　　農藝學系　賴姿岑同學

林產科學系　何春蓉同學　　　　林產科學系　陳錦範同學

動物科學系　胡文溱同學　　　　園藝學系　楊荷婷同學

說明：〈齊物〉論，旨在破除有我之見，而與萬物混為一體。「物化」就是自然的變化，從自然的變化看生死，融死生的對立於和諧之中，生命才得自在。畫作中

借「夢」與「覺」闡明物我齊一的論點，亦見人物時空之置換，以「狗」代蝶的安排，構思新穎，是漫畫中常見喜劇效果的運用。其中一幅，以上課教學畫面入手，雖無關主題，亦不合寫作繩墨，然其置身事外的觀察，別具一格，令人莞爾。此外，蝴蝶與人合為一體之變形描繪，具有神話內涵之深意。

（二）誇張

1. 誇張寓言

寓言的誇張在掌握特徵予以誇大，能給人意外明確的印象；漫畫亦復如是，將人或物的特色及重要部分，予以誇大渲染，以達到窮形盡相的目的。王充云：「實事不能快意，而華虛驚耳動心」（《論衡・對作篇》），意謂作品須加文飾，突出形象，以達到神采頓異之功效。〈逍遙遊〉「鯤鵬變化」：

> 北冥有魚，其名為鯤。鯤之大，不知其幾千里也。化而為鳥，其名為鵬，鵬之背，不知其幾千里也；怒而飛，其翼若垂天之雲。是鳥也，海運則將徙於南冥。南冥者，天池也。

陳鼓應《莊子哲學》：

> 莊子託物寓意，以鯤鵬意示他心中的理想人物——莊子稱為「至人」——首先要行迹隱匿，自我磨礪。……由此可知莊子的理想人物實具有鯤鵬兩者的性格：如鯤一般的深蓄厚養與鵬一般的遠舉高飛。

又云：

> 「北冥」、「海運」、「積厚」，意指人才的培育是需要優
> 越的環境與自我準備。[20]

　　鯤鵬展翅，一經起飛，在九萬里高空的渾然蒼茫境界，要
憑藉大風才可以徙於南冥。而寓言之「託物寓意」，其深層思
維可以深入主題跌宕縱橫地多元解讀，故鯤之化而為鵬，原為
神話色彩內涵，也可以落實為理想人物的性格與建構，賦予其
新的含義。其中，九萬里之展翅高飛，實為「誇張」手法之運
用。

　　此外，〈天運〉「東施效顰」，寫東施仿效西施捧心蹙眉，
忸怩作態，益形其醜，肢體形貌之誇張，耳目清晰可見。〈徐
无鬼〉「匠石運斤」，寫莊周與惠子純厚任真之友誼，一死一
生，交情乃見，文中流露莊子寂寞之情，令人浩嘆。其中引用
石匠竟揮動大斧，將郢人鼻尖上薄如蟬翼的白泥削得乾淨俐
落，形象之塑造，渲染誇張的想像，真可謂出神入化。〈外物〉
「任公子釣大魚」，描寫任公子用五十頭大牛做釣餌，大魚食
其餌，「牽巨鉤錎没而下，鶩揚而奮鬐，白波若山，海水震
盪，聲侔鬼神，憚赫千里」，聲勢之浩大，令人毛骨悚慄。任
公子既釣得此魚，製成魚乾，從浙江以東，到蒼梧山以北，此
間中人皆得以飽食其魚肉。此種高度誇張的雄潤與奇壯氣勢，
令人驚心動魄，嗟嘆不已。

20　陳鼓應《莊子哲學》，〈鯤鵬和小麻雀〉，頁43。

漫畫的製作，往往誇張人物的面貌姿勢，作滑稽可笑的表現，豐子愷云：

> 漫畫宜用簡筆，把物象的特點捉住，或再加以誇張，然後易於動人。故漫畫家必懂得物象簡化與特點誇張的方法。[21]

特點誇張與寓言的誇張，皆重在以簡筆描繪人世之奇怪相、可笑相、醜陋相，從形象之建立歸納凸顯更深層的寓意。

2. 誇張寓言的四格漫畫

（1）東施效顰　　〈天運〉

西施病心而顰其里。其里之醜人見而美之，歸亦捧心而顰其里。其里之富人見之，堅閉門而不出；貧人見之，挈妻子而去之走。

彼知顰美，而不知顰之所以美。

21　豐子愷《豐子愷漫畫文選集》下冊，〈漫畫〉，頁734。

園藝學系　蔡慧潔同學　　　　　景觀學系　陳璿真同學

說明：本意在闡明一切禮義法度，應隨時推移，以變為常。譏孔子行道救世，意欲恢復周禮，不知變通，實如推舟於陸、東施效顰，反弄巧成拙。畫作中，東施醜女之誇張設計，與旁人之反應，形成強烈反差，主題展現的誇大手法，為漫畫習見的幽默方式。

（2）邯鄲學步　〈秋水〉

壽陵餘子之學行於邯鄲與？未得國能，又失其故行矣，直匍匐而歸耳。

說明：壽陵餘子學別人走路而忘卻自己如何走路，落得只好爬行回家，此寓言意謂讀書目的在追求大道，以恢復自然本性，若迷失於文字之歧義，本末俱失，反而一無是處。邯鄲學步，在現實中為絕無可能之事，作者運用誇張手法，藉由乖訛悖謬，有失常理之舉，構成鮮明的矛盾現象。畫作中爬行的滑稽形象塑造鮮明，令人解頤。

農藝學系　洪笙容同學

（三）諷刺

1.諷刺寓言

先秦寓言承繼《詩經》的諷刺傳統，並突破「主文譎諫」、「止乎禮義」的侷限，其內容更為廣泛與深刻。其中最辛辣最徹底的諷刺莫過於《莊子》，他運用婉曲機巧的方式，以旁觀者的身分出現，冷眼看世界，揶揄局中人，透過表面現象，揭露政治、世態的腐朽黑暗，讓讀者認清其本質上的愚蠢、虛偽和卑劣，以達到諷刺的目的。

《莊子·秋水》「鵷雛與鴟」，將功名利祿視為「鴟得腐鼠」，莊子以鵷雛自喻，闡明淡泊為本，超然物外的心境，鴟與腐鼠對比形象鮮明，讀之足令貪功殉名者為之汗顏。〈列禦寇〉「曹商使秦」，寫為求富貴利達之徒不惜「破癰潰痤」、「舐痔得車」，其阿諛奉承，極盡醜態，諷刺對比，辛辣鮮明。〈天道〉「輪扁斲輪」，將聖人之言嘲弄為「古人之糟粕」，莊子以為讀書應突破語言文字的表層，自我確證體悟，才是真正的學問之道。而本篇安排一巍巍乎堂上之君，與一卑下鑿輪之匠人相互論辯；匠人泰然自若，終陷桓公於瞠目結舌，窘迫難堪之境，深刻諷刺君王色厲內荏之本質。

此外，〈外物〉「詩禮發冢」，諷刺身穿儒服，滿口詩書禮儀、仁義道德的偽君子，外表道貌岸然，實際上卻做出掘墓盜寶的卑鄙行徑。「詩禮」與「偷盜」原不相容，卻交織其中，正襯托其口是心非與表裡不一之本質，人物辛辣的諷刺流露無遺。〈人間世〉「不材之木」，諷刺有用有為必招致災禍，無用

無為才能避害得福。才智之士，要能高瞻遠矚，不自我顯現或炫耀，更不可恃才妄作，否則一如有材之木，必遭砍伐之命運。〈胠篋〉「盜亦有道」，莊子提出「竊鉤者誅，竊國者為諸侯，諸侯之門，而仁義存焉」，諷刺諸侯名為王侯，實則形同「大盜」，利用「仁、義、聖、智、勇」為掩飾，以遂其偷盜之目的。大盜殺人，畢竟有限，仁義如被盜用以殺人，百姓之禍患真可謂無窮無盡矣。

諷刺寓言可以借古諷今，可以含沙射影，旁敲側擊，就像「小小的顯微鏡，它照穢水，也看膿汁，有時研究淋菌，有時解剖蒼蠅」[22]。漫畫利用諷刺的手法擴大衝突，藉外諷之，實具有強烈的針對性與現實性。

2. 諷刺寓言的四格漫畫

（1）不材之木 〈人間世〉

匠石之齊，至乎曲轅，見櫟社樹。其大蔽牛，絜之百圍，其高臨山十仞而後有枝，其可以為舟者旁十數。觀者如市，匠伯不顧，遂行不輟。

弟子厭觀之，走及匠石，曰：「自吾執斧斤以隨夫子，未嘗見材如此其美也。先生不肯視，行不輟，何邪？」

曰：「已矣，勿言之矣！散木也，以為舟則沉，以為棺槨則速腐，以為器則速毀，以為門戶則液樠，以為柱則蠹。是不材之木也，無所可用，故能若是之壽。」

---

22 《魯迅全集》第 8 卷，人民文學出版社，1981 年版，頁 376。

農藝學系　葉淑娟同學　　　　獸醫學系　吳靜權同學

說明：櫟樹以不才得全，而人游世間，必須和光隱耀，寄跡無用，才能免禍得福，蓋諷刺有賢才之人，不為世用，並反映天下沉濁之現實。畫作中一幅以樹之對比構思，並增列人物以為襯托，想像豐富，饒有趣味；一幅以窮人之處境構思，無用無為，反助人為善，主題之聯想與創作，另類形象之塑造，頗具創意。

（2）螳螂捕蟬　〈山木〉

莊周游乎雕陵之樊，睹一異鵲自南方來者，翼廣七尺，目大運寸，感周之顙而集於栗林。莊周曰：「此何鳥哉，翼殷不逝，目大不覩？」蹇裳躩步，執彈而留之。覩一蟬，方得美蔭而忘其身；螳螂執翳而搏之，見得而忘其形；異鵲從而利之，見利而忘其真。莊周怵然曰：「噫！物固相累，二類相召也！」捐彈而反走，虞人逐而誶之。

螳螂捕蟬

說明：蟬得美蔭而螳螂伏其後，螳螂執翳而異鵲乘其後，異鵲惑利而莊周窺其後，莊周執彈而不知虞人隨其後；真是危機遍伏，環環相扣，輾轉禍福相生，逐物為利，必致亡身之災矣。此寓言諷刺黑暗社會之危機四伏，弱肉強食，恐怖殘酷之畫面，令人不寒而慄，畫作中不見隻字片語，卻從表情與動作之細膩表現，井然有序呈顯主題，螳螂與蟬描繪畫筆精巧細緻，具體生動而令人省思。

林產科學系　傅信偉同學

螳螂捕蟬

林產科學系　周修宇同學

螳螂捕蟬

景觀學系　王韻涵同學

（四）怪誕

1. 怪誕寓言

重神輕形，以醜為美，強調內在的精神美，莊子寓言中模樣奇怪，形體異常的人物幾乎俯拾皆是，活畫出一幅怪誕式的漫畫。〈人間世〉寫支離疏，頭彎到肚臍下面，兩個肩膀高過頭頂，髮髻朝天，五臟不正，腰夾在兩肢（大腿）中間（頤隱於臍，肩高於頂，會撮指天，五管在上，兩髀為脅），殘廢駝背，畸形殘體，在亂世因而得以免除征役，得到救濟，遠離禍害。〈德充符〉描寫三位跛者（兀者）──王駘、申徒嘉、叔山無趾，面貌醜陋者（惡人）──哀駘它，拐腳、駝背、缺嘴者（闉跂支離無脹），頸項長出碩大如盆的瘤癭者（甕㼜大癭），此四人形骸殘缺，醜陋無比，又「無君人之位以濟乎人之死，無聚祿以望人之腹」，無絲毫權位爵祿可免除百姓災難，「又以惡駭天下」[23]；然其身體之醜正足以烘托其德性之美，所謂「德有所長，而形有所忘」[24]，其道德充實，使人感化，令人忘卻其形貌之醜惡。莊子為戰國時宋人，家貧，靠借貸度日，而宋君偃「淫於酒、婦人，群雄諫者輒射之」[25]，其以嚴刑峻法加諸百姓，受害者終身殘廢。莊子寓言中描寫外形醜陋不堪之人物，無疑是當代殘酷刑法之真實寫照，對其不幸遭遇，除寄予同情外，並賦予其崇高之德性。魯哀公曾讚美哀駘它：

---

23 《莊子・德充符》。
24 同上註。
25 《史記・宋微子世家》。

丈夫與之處者，思而不能去也。婦人見之，請於父母
曰：「與為人妻，寧為夫子妾」者，十數而未止
也。……寡人召而觀之，果以惡駭天下。與寡人處，不
至以月數，而寡人有意乎其為人也；不至乎期年，而寡
人信之。……卒授之國。[26]

　　常人重外貌而忽道德，莊子則極力破除形貌之執著，強調
以內在德行來感化他人。〈德充符〉一篇創造許多形體醜而心
靈美的人物，顛覆世俗美醜之審美價值，也塑造獨特的怪誕理
想人物的典型。

　　此外，〈至樂〉「鼓盆而歌」，闡明莊子以為生死是「相與
為春秋冬夏四時行也」，四時自然更替，為氣之聚散現象，本
無悲歡可言。雖然，生死事大，一旦妻死，反而箕踞鼓盆而
歌，實屬反常怪誕之舉。〈至樂〉「髑髏」，寫髑髏托夢，告以
死亡之樂：「無君於上，無臣於下，亦無四時之事，從然以天
地為春秋，雖南面不能過也。」髑髏之樂，純屬「荒誕之
言」，莊子不直接寫出社會之黑暗，卻從「死比活更痛快」的
荒謬論點，揭示人民所遭受之戰亂之苦、亡國之患、凍餒之
憂、老無所養與盜賊橫行之災禍。正言反說，論點怪誕，充滿
寓意。

　　〈至樂〉「魯侯養鳥」，寫魯侯「以己養養鳥，非以鳥養養
鳥」，違背鳥之生活習性，雖以太牢、美酒、奏樂享之，海鳥
終憂懼而亡。魯侯愛之適足以害之，呆板僵硬，違反常情，終

26　同註23。

至於弄巧成拙，徒勞無功。〈應帝王〉「鑿七竅」，儵和忽為酬答渾沌之德，為之鑿七竅，使之能「視聽食息」，七日而渾沌死。謬誤的行為雖出自善意，究其本質，仍不能擺脫其空洞愚蠢，凡事不能「依乎天理，順其自然」，終究是白忙一場，物我兩傷。

怪誕式漫畫的趣味，來自於性格的矛盾分裂，形體與本質的分離，也可能是人物與時代環境的錯位與反差所形成的異常現象，讀者不會因為故事的荒誕而視為無稽，不屑一顧；反而會再三咀嚼故事之外的無窮韻味。透過莊子寓意的內容，乖訛悖謬的形象塑造，令人感觸莊子對現實社會的憤激之情，亦讚嘆莊子對於美醜之深入解剖與認識，其獨特的審美觀察，對後代有其不朽的影響與貢獻。

2. 怪誕寓言的四格漫畫

（1）莊子鼓盆　〈至樂〉

莊子妻死，惠子弔之，莊子則方箕踞鼓盆而歌。

惠子曰：「與人居，長子老身，死不哭亦足矣，又鼓盆而歌，不亦甚乎！」

莊子曰：「不然。是其始死也，我獨何能無慨然！察其始而本無生，非徒無生而本無形，非徒無形也而本無氣。雜乎芒芴之間，變而有氣，氣變而有形，形變而有生，今又變而之死，是相與為春秋冬夏四時行也。人且偃然寢於巨室，而我噭噭然隨而哭之，自以為不通乎命，故止也。」

生農學系　賴丁銓同學

獸醫學系　魏鵬儒同學

森林學系　張博超同學　　　園藝學系　黃晉信同學

說明：生死事大，無常迅速，樂生惡死，本人之常情；莊子妻死，鼓盆而歌，反常怪誕之舉，令好友惠子生怒。莊子將個體生命與自然交融，視死生如四時之更迭交替，生與死，屬於氣之自然流轉之現象而已，故不必為生而樂，也不必為死而哀，哀樂不入于胸次，名曰至樂。畫作中，或借哲人、狗之死敘述生死之理，或以氣之生成變化解讀死亡之意義，人物之生動，宇宙自然、飛花落葉之描繪，頗具哲理。

（2）肝膽楚越　　〈德充符〉

　　自其異者視之，肝膽楚越也；自其同者視之，萬物皆一也。

說明：此寓言重在重神輕形，強調德性之美，就如肝、膽，形貌有其異，然二者本在一體之內。形貌之美，稍縱即逝；德性完美，一切形體之殘缺反不足為累；若德行有虧，雖體周形全，容貌姣好，適足以為德之累，莊子所謂「德有所長，而形有所忘」也。畫作中以實質對比手法呈現，楚越、肝膽、天秤，大小之兩兩相對，物態具體清晰，栩栩生動，頗具思想性。

動物科學系　　林佩萱同學

（五）機智

1. 機智寓言

　　寓言的主題是嚴肅深刻，寄託教訓；而其表現的手法為談笑風生，妙語疊出，詼諧從容而別有一番情趣。機智寓言擅長以輕鬆靈變的方式，處理莊嚴的主題，或巧施反語，化險為夷，而合於大道，使能造成「寓莊於諧」的效果。如《莊子·秋水》「濠梁之辯」，寫莊子移情於物，神與物游，惠子卻出人意外的反詰，語言狡黠犀利，引人入勝；莊子不甘示弱，順勢回擊，「以子之矛攻子之盾」，奇正相生，循環無端。此番論辯，波瀾層疊，環環相扣，推理嚴密，論者之機智慧黠，善於辯論，形象鮮明，令人嘆服。

　　其他莊子寓言的美學魅力還在於深刻睿智、耐人尋味的智慧哲理，人生真諦的感悟與體現。《養生主》「庖丁解牛」，在生動、形象地表現「以無厚入有間」、「恢恢乎游刃有餘」、「緣督以為經」的養生自然妙理，必至目無全牛，處事乃能得心應手。〈達生〉「佝僂承蜩」，寫學習由技巧入道，心意須專注而不為外物所役，所謂「用志不分，乃凝於神」，久之，儘管萬象入心，自然也無所動心。

　　〈逍遙遊〉「不龜手之藥」，寫同樣是預防皮膚凍裂的藥方，有人不會使用，免不了世世代代漂洗絲絮；有人會變通使用，便能裂地封侯，出將入相。有用與無用，會用與不會用，都是相對的，要在心不受拘泥執著，才能在絕對自由的境界中得到逍遙解脫。

　　漫畫的智慧之美，在於掌握形象之準確鮮明，情節之引人入勝，並經由巧妙機敏的結合，形成智慧之美感與真理的領悟。以圖畫為載體，化深奧為淺顯，化抽象為具體，化腐朽為神奇，結局，常令人忍俊不住，低徊再三。

　　總之，漫畫是以圖畫做表情，配以文字之解說，畫龍點睛，將故事情節的某種特徵放大、凸現，經由誇大、變異、濃縮、改組之建構，藉以產生變形、誇張、諷刺、怪誕、機智的效果，成功地實現嘲諷惡陋、闡幽顯微、痛下針砭的目的。

2.機智寓言的四格漫畫

（1）濠梁之辯　　〈秋水〉

　　莊子與惠子遊於濠梁之上。

　　莊子曰：「鰷魚出游從容，是魚樂也！」惠子曰：「子非魚，安知魚之樂？」莊子曰：「子非我，安知我不知魚之樂？」惠子曰：「我非子，固不知子矣；子固非魚也，子之不知魚之樂，全矣！」

　　莊子曰：「請循其本。子曰：『女安知魚樂』云者，既已知吾知之而問我，我知之濠上也。」

景觀學系　吳武翰同學　　　　　生農學系　蔡宜婷同學

獸醫學系　蔡宛庭同學

說明：惠子以為人只能自知，不能他知；莊子則以為人可以感知，萬物齊一，物我同樂。二人機鋒相對，推理細密，機趣橫生，令人應接不暇。畫作中，描繪莊、惠一問一答，表情豐富，十分諧趣。魚之出游從容，活繪出道家率性逍遙的真樸境界。其中一幅代之以男女問答，形象造型之變化，頗具巧思。另一幅以「狗之樂」設定角色之模式，並以現代題材作搭配組合，在形塑整體人物面貌與造型而言，頗具新意。

（2）紀渻子養鬥雞　〈達生〉

紀渻子為王養鬥雞，十日而問：「雞已乎？」曰：「未也，方虛憍而恃氣。」

十日又問，曰：「未也，猶應嚮景。」

十日又問，曰：「未也，猶疾視而盛氣。」

十日又問，曰：「幾矣，雞雖有鳴者，已無變矣，望之似木雞矣，其德全矣，異雞無敢應者，反走矣。」

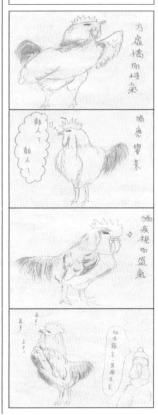

農藝學系　戴偉仁同學　　園藝學系　林芳瑜同學

說明：寓言的智慧是真實的，又具有高度的概括性，質樸凝練，藉由故事突出主題，令人品味其哲理之美。紀渻子馴養鬥雞，不因周宣王之急切而使其匆促上陣，而是循序漸進，先磨去驕悍之氣，再培養凝神能力，又化除心中火氣，形成勁氣內斂，一觸即發，全身無懈可擊之木雞，於是可以不戰而勝。養生之道亦復如是，守氣藏神，不為外物所累，則精神可以超然物外，與天地共其悠久。畫作中氣蕩神搖、趾高氣昂的鬥雞，經過生命之淬練，已成為神全而無隙可乘之木雞，此種以誇張手法寄寓人生之智慧，也是漫畫中常見的特色。

五、結　語

　　四格漫畫是當前從事媒體藝術工作者常選用的媒材設計，透過想像、劇情、編導、構思而呈現，從起、承、轉、合的結構作圖解式的推演，用滑稽、諷刺為包裝，繪畫作表情，究其本質，卻是嚴肅的人生教訓。

　　莊子思想蘊含於「謬悠之說，荒唐之言、無端崖之辭」，二百多則寓言曲折見意，不僅揭露「以天下為沉濁，不可與莊語」之嚴峻事實，實則更表達莊子超然物外、逍遙自在的心靈精神境界。莊子寓言中塑造人物形象極為豐富，有超凡入聖的神人、至人、真人，鑿七竅的神話人物—渾沌，德全而形駭天下的畸醜之人，技藝超絕的匠人，有千年古樹、蝸角小國、鯤鵬井蛙，甚至獨角獸、百足蟲、蛇、風、眼、心以及髑髏，皆可納入筆端，構成詭譎怪異的世界；此與漫畫之荒謬與虛構的屬性，實質上是相通的。

　　莊子寓言的性格，有來自社會生活的反映，而出之以「諷刺」、「怪誕」之形式，透過嘲笑諷刺、滑稽醜陋的包裝，揭露本質上的愚蠢、虛偽和卑劣。有借用故事闡明事理，而出之以「變形」、「誇張」之形式，類比推理，擬人虛構，或渲染場面，沿飾得奇，藉以寓托事理，影射現實，闡幽發微。有發人深省之哲理，而出之以「機智」之形式，或跌宕縱橫，痛快淋漓；或莊嚴深沉，冷峻峭刻，語義深長，要言不繁。此五種特徵，正符合漫畫形式與內容之表達手法。

　　莊子寓言具有幽默家的超脫、哲人的睿智與諷刺家的辯才和辛辣，構成鮮明突出的漫畫性格。學生的四格畫作，從莊子寓言脫胎換骨，除了忠於原味的質樸、凝練外，也能跨越時空，生動運用生活場景物件之搭配與組合，人物角色之置換與建構，人物情節、對話之增飾與精省，以及對比、擬人手法之運用，想像之誇張豐富，畫筆之精雕細琢，語言之簡潔諧趣，結局之出人意表，皆具漫畫基本造型與創意之基型；雖手法難免失之直率粗略，有失嫻熟，然在傳統古典文學的制式教學型態中，實為別開生面、開拓新意之舉。

☜ 參考書目 ☜

一、期刊

熊憲光、何宗美〈論先秦寓言的喜劇手法〉，《棗莊師專學報》，第 3 期　1994 年

鄭世明〈試論莊子的寓言世界〉，《河南大學學報》，第 36 卷第 1 期 1996 年 1 月

張琦、張炳成〈試論莊子寓言個性〉，《蘭州大學學報》，第 24 卷　第 4 期 1996 年

劉宗銘〈動畫的基本造型與創意——談四格漫畫〉，《藝術欣賞》，第 3 卷　第 1 期　2007.2

二、專書

司馬遷，《史記》，粹文堂（月灣），1975。

洪　　邁，《容齋五筆》，《四部叢刊廣編》，臺灣商務印書館，1981 年 2 月。

魯　　迅，《魯迅全集》，《人民文學出版社》，1981。

晁說之，《景迂生集》，〈影印文淵閣《四庫全書》〉，臺灣商務印書館，1986 年 3 月。

豐子愷，《豐子愷漫畫文選集》，渤海堂文化公司（臺北），1987 年 11 月。

李　　闡，《漫畫美學》，群流出版社（臺北），1998 年 1 月。

陳鼓應，《莊子哲學》，臺灣商務印書館，1999 年 6 月。

周振甫，《文章例話》，五南圖書出版公司，（臺北）2003 年 3 月。

口語表達之思維訓練初探

以大一國文教學活動為例

王玫珍　嘉義大學中文系副教授

摘　要

作者當今大學生，除了具備專業知識學養以外，亟需培養口語表達技能，否則不足以適應知識經濟與資訊時代的要求，因此高等教育培養學生口語表達能力成為素養提升的必要課程。

本文就通識課程「口語表達訓練」教學中，內在思維意識的表達，針對學生未來在職場上常見的四種情境，設計思維訓練的課程，讓學生就各類思維模式進行演練，以掌握思維結構的特質，達到溝通的效果。

關鍵詞：口語表達、思維訓練、國文教學

一、前　言

　　何謂「口語表達」？其義涵在於說話者借助聲音、動作、姿態等表情達意的技巧，在不同的場合、對象、心境和題目下，把思維意識轉化為口頭語言的活動。現今社會個人與個人、團體組織之間的交流互動日益頻繁，作為現代人的大學生，除了具備專業的知識學養，來面對職場的各種挑戰之外；更須培養口語表達的技能，將個人所長發揮極致，以適應當今強調競爭與創意的時代。

　　口語表達能力不是與生俱來，它需要日積月累的學習與模仿；而臺灣的語文課程一向「重文輕語」、「重寫輕說」，即便是在中小學課程目標中列有「說話教學」，卻因考試領導教學，口語訓練只是聊備一格，僅供參考的理念。目前除了國小有推動說故事、戲劇表演等課程活動，用以訓練口語表達之外，課堂上對於「聽說教學」多等閒視之，雖偶有自述形式的口頭報告，也只是靜態性的自說自話，一旦改變為動態溝通式的交際語境，學生往往張目結舌，不知所云。孰不知大學生口語表達之優劣，不單是善於表達與否的問題，而關乎大學生知識學養、品德修養、邏輯思維與溝通應變等能力的表現，因此加強口語表達課程的訓練，是提升大學生修養與素質的最佳途徑。吾人在大一國文教學中，設計「口語表達與演練」課程，其目的即在於此。

　　在安排口語表達課程時，分兩方面訓練設計：一是外在表

達形象的訓練：包括說話者如何運用語音技巧，恰如其分地訴諸聽者的感官效果；以及身體語言的輔助，以手勢、面部表情、動作等表達傳遞說話者訊息。二是內在思維意識的表達：指導學生準確地選擇話題，能在短時間內整理說話內容，並隨著溝通情境的不同，調節邏輯思辯，組織建構成有系統的口頭語言。

而其二內在思維意識的表達訓練，其實是口語表達的核心環節；在與人交流過程中，表面上是憑藉著「語態」來交流，實際上乃是「思維」在背後支撐著；舉凡口語表達流暢清晰，條理分明的人，其思維必然判斷準確、合理明暢，善於緊扣問題關鍵而反應敏捷，因此思維能力的提高，有助於口語表達的表現。而如何讓思維具有條理性、敏捷性，甚而具有開創性、新穎性，必須培養鍛鍊大腦思考問題的方式，以提高大腦的工作效率。思維意識會隨情境、對象的不同，而有不同的思維方式；以下就常見的四種情境，安排在課堂中訓練學生的思維活動，使得學生得以體會，如何針對不同的情境，展現不同的思維模式。

二、思維訓練與活動設計

在從事思維訓練活動課程之前，須指導學生自我充實，博覽群書；要成為辯才無礙的口語高手，除了具備邏輯思考的能力外，最根本乃在於深厚的學養與廣泛的知識，平時多閱讀書籍、雜誌，參酌網路資訊，與專業人士交遊吸取經驗，臨場發

揮才能旁徵博引，從容不迫。

再者多加強遣詞造句等修辭技巧，口語表達在於說話者與聽者之間口耳相傳，彼此語音的互動稍縱即逝，時間極其短促，必須做到雙向溝通，並且能隨著情境的變動，及時協調思維意識與口說耳聞的改變，因此遣詞造句的運用格外重要；遣詞力求平易自然，造句講究簡明合宜，語調抑揚頓挫，悅耳動聽，富於感染力；慎用專業術語，避用粗俗語言，方能使思維條理，明暢表現[1]。

而心理素質的提升，也是思維能力表現的最佳推手。學生在參與公開演講或口頭報告時，常會有「怯場」的情形發生，無法控制調節自己的內在情緒，言行舉止失當不合宜，造成語無倫次，不知所云。因此在平時應學習「自控」的能力，並且學會用樂觀積極的態度，客觀看待事情，才能使口語表達收放自如。而演說前準備愈充分，臨場表現愈從容；將注意力集中在演講內容的情節與結構上，排除各種雜念，才不會影響心理情緒；另外也要增加演講經驗，勇於鍛鍊以累積經驗，演講的緊張心理才會改善。最後是不要給自己精神負擔，不要有非理性負面的想法，放鬆身心，才能鎮定自若的精彩演出[2]。

以下針對學生未來在職場上常見的四種情境，設計思維訓練的課程，讓學生就各類思維模式進行演練，以掌握思維結構的特質，達到溝通的效果。

1　參見游梓翔：《演講學原理：公眾口語傳播的理論與實際》（臺北：五南圖書出版公司，2000 年二版），頁 217-237。

2　同前註，頁 33。

(一) 描述性的思維模式與演練

描述性的思維模式，是在演講或是廣電傳播時，常用的口語表達方式。大凡說話者為了敘述某個客體對象，不論是人物、或是自然環境，除了直觀的敘述方式以外，為求形象化的描摹刻劃，使聽者藉著說話者生動而形象的語言，能如見其人、如臨其境，令人印象深刻、歷歷在目。

1. 描述性的思維模式

描述性的思維表達，雖是抽象的形象思維，可是仍然有基本要訣可遵循，可使得表達內容更加鮮明生動，令聽者完整而真實地體會描述客體的形象特色。首先建立客體形象的概念，必須做到前後一致，不自相矛盾、觀點衝突的語病；任何描述多少都融入敘述者主觀的情感、理解與評價，若帶著知性、感性的口吻敘述客體，使得情景交融，更能感染聽者的情緒；對客體事物的描述，應避免大而無當，鉅細靡遺地陳述；當就其中一個特點或是幾個特徵做傳神的敘述，用幾筆勾勒，精鍊地突出物象的形象，不予人拖泥帶水的感覺，充分體現客體物象的本質。

在口語描述物象時，可選取不同的策略模式，即描述角度，使聽者進入說話者描繪的場景之中；描述時若是客體對象為所要詮釋的主要角色，則必須從描述對象做正面性的描述，可採用固定的視角，選在固定位置上進行表達，讓聽者清楚地了解客體對象細節處；也可利用「側面描述」，即是間接式的描述語言，對客體進行展示，有時為求效果，通常利用暗示法

或襯托等手法，從不同角度來描述客體。

描述的客體物象為人物時，可先做概括性的物象介紹，簡略敘述人物的概況，令聽者對於人物有一個初步或概略的印象，以作為喚起後續聆聽的興趣。概括內容可包括人物的年齡性別、職業經歷、生活習慣、性格特點以及人物主要的精神特徵等等描述。而後可就人物的外形特徵進行描述，舉凡人物的容貌、神情、身材，乃至於姿態及服飾，不同的外貌其實是在揭示人物的內心世界，因此人物的面部表情與眼神的描述尤其重要，可反映了人物思想與情緒。

景物或環境是人類生活不可或缺的場景，不同的景物氛圍成就了不同的人物心理與一切活動，因此凡是描述人物都會附加提到景物介紹。景物的描述可分動態描述、靜態描述，通常先分敘而後合而為一，達到動、靜交錯的氛圍。為了呈現主題思想或是人物塑造，描述圍繞人物活動的特定環境，借以建構氛圍，稱為「場面描述」。利用特定的場面描述，也可襯托出人物的心理活動、人物的生活與行動，在場面背景的烘托底下，充分展現出獨特的性格本質，場景氛圍的強調渲染，深化了聽者對人物的體認與感知。

2. 活動設計

描述性的思維表達，旨在說話者能形象地反映客體對象的特色，窮形盡相地刻劃出真實而生動的物象，以引導聽者體會事物的情態、神采，給予人難忘的印象。

在上課的訓練活動，設計將全班同學分組，派發一張觀察記錄表給學生，在全班同學中選出一位同學，坐在全班同學前

面，請各組就前節所言描述性的思維模式理論，運用在觀察這位同學身上，儘可能訪問、發問問題，從交談、觀察中，發掘出這位同學的特質。

待觀察訪談時間結束後，各組總結其觀察結果，派一位同學上台報告描述這位同學，比賽哪組的觀察力、描述能力最強。舉例這學期上課時，第四組同學，就與台上同學的溝通談話內容，以條例式的方法陳述其觀察：

> 一、頭髮捲捲的；二、皮膚白白的；三、有時會翹課；
> 四、對人很和善；五、在學校餐廳打工。……

這種條列式的描述方式，無法令聆聽者深刻的體會這位同學的特質，聽完陳述內容只留下模糊的印象。而第三組同學，因為與該同學為同班同學，平時相處密切，因此在描述其同學特色，極為生動。

> ＸＸＸ是一個自戀又愛漂亮的男孩子，他花很多心思保養他的面貌，包括注重養生與飲食；脾氣非常好又溫柔，因此很有女生緣。常翹課在宿舍打電玩，功力非凡。喜歡交朋友，常常到別系寢室串門子。在宿舍餐廳打工，因個性溫和做事伶俐，餐廳阿姨都很喜歡他……

第三組同學在描述過程，不時聽到台下同學爆笑聲與擊掌聲，可想見這組同學已成功地運用描述性的思維模式，將該同學特點與本質，準確而細緻地呈現出來。

活動結束後，檢討每組同學觀察的角度與方法，再多次觀察這位同學，使得各組描述比上一次更深入，從而演練領會觀察的方法與描述的技巧。

（二）說明性的思維模式與演練

對聽者解釋、說明一些事物與事理，是我們在日常生活口語表達中常見的思維活動。例如回答他人問路、業務簡報、商品介紹、示範操作等場合，均應有條理、有系統的說明分析，才能將正確訊息傳達給聽眾，達成效果與績效。

1. 說明性的思維模式

說明性的口語表達，最基本的就是定義性的說明。許多陌生的事物或概念，一經演說者以簡潔而明確的語言，把事物的本質、屬性，作有條理地揭示出來，予人清晰的概念，使聽者明確了解該事物的本質，且能與其他事物區隔開來，即是成功的定義說明。

說明事物或事理，應先蒐集資料，並將資料組合分析，運用比較說明、實證說明、引論說明或者圖表與數據，各種形式詳細解說事物的性質、形態、作用、成因，乃至於發展的過程。

說明性的思維訓練，須抓住客體對象的本質特徵，突出重點；說明內容要實事求是，準確無誤；觀點和事例應根據主題性質按邏輯順序排列，條理清楚，簡潔明瞭，以聽者的實際情況來確定內容及其深淺的程度。

2. 活動設計

　　所謂說明性的思維模式，即說話者在說明事理、解釋物象時，須要按一定的邏輯順序，有條理地安排說明內容，清楚而準確地揭示該事物本質與屬性。學生在說明事物、闡述事理時，往往難以有條理、有層次的揭示本質特色，因此在從事活動設計時，當訓練學生確切了解說明過程的技巧與邏輯。

　　在課程中可請學生選擇自己最熟悉或熱愛的事物，進行說明理由、介紹該事物的特徵，以熟練說明性的思維模式。本學期請同學模擬一位推銷「拖把」的業務員，許多同學無法精確而簡明地說明「多功能」拖把異於其他拖把之處，有些同學模糊帶過該拖把的特色；有些同學在說明過程沒有層次順序，東講一句，西說一句，造成冷場；有些同學因為事前資料準備不夠充分，講了一些說明內容，即為之語塞，無法繼續。而第三組其中一位同學，巧思建構其說明過程，開場先一段插科打諢，模仿電視節目股市名嘴張老師的口頭禪：「老師有沒有講過？」以吸引聆聽者的注意。再來該同學先就拖把的外型，作一番誇張而扼要的描述，再就其功能做深入的介紹。在說明其功能時兼以實際操作輔助其說明，令聆聽者清楚地掌握其功能特質；該生並在黑板上，虛擬製作此拖把與其他各家廠牌的比較圖表與數據，以彰顯此拖把的特異處，最後並陳述此拖把使用者的心得，引用名人形象代言，以加強其清晰的印象。

　　說明事物，必須做到簡明、清晰、準確，有邏輯順序，學生透過實際的演練活動，能確切了解進行說明的過程與規律，以後能更詳細地介紹事物，掌握說明技巧。

（三）說服性的思維模式與演練

說服性的口語表達是通過演說所傳遞的訊息來影響聽者的信念，甚至驅使聽者去做某一件事情。說服性的口語表達在公眾場合，乃至日常生活中常被使用，我們每日所接觸的媒體廣告，即是說服我們消費、購物的思維表達；政治人物的演說，也往往是為了說服選民擁護政策或爭取選票而勸說的。

1. 說服性的思維模式

亞里士多德在他的《修辭學》中提及勸說訴諸有三種方法：人品訴諸（ethos）、情感訴諸（pathos）、理性訴諸（logos）[3]三者。

所謂人品訴諸，是指說話者不僅必須使演說具有邏輯性、論證性，而且還必須使自己的性格給人良好的印象，使聽者覺得他是友好的、有道德修養的，同時使聽者處於良好的心理狀態。

情感訴諸則意謂說服他人要循循善誘，有步驟地耐心啟發，「說服」不同於「批評」，必須洞察聽者心理，以及足以對他產生影響的思想觀點。最重要的是演說者要儘量使自己等同聽者，消除對立情緒，應避免持有異常觀點而造成對立；因此在演說前，先觀察環境，進而了解哪些觀點是佔優勢可獲得支持的，哪些是不佔支配地位會遭到反對，若是屬於後者論點，則須運用語言技巧化解對方疑慮。

3　仲曉娟：〈淺析亞里士多德修辭學——西方修辭學的源原〉，《外語教學研究》（2006年12月期），頁40。

　　理性訴諸，是指在打動聽者的情感，與聽者的心理需求結合之後，應就主張觀點作理性邏輯的辯證。以理服人是說服的首要原則，空洞的說教或權勢的壓迫都很難令聽者服氣。因此針對具體問題，陳述事實，結合自身經驗，闡明事理；唯有令人信服的確鑿實情，才能讓聽者改變原來的觀點或作為，而重新思考問題。

　　說服方法可採用歸納法、演繹法、類推法、對比法、推論法、例證法、激將法等邏輯推理進行。由於說服的對象、內容、環境不同，因此說服不可能有固定的模式和章法，應在具體說服過程中隨機應變，說服的目的是要改變聽者的行為，可以針對聽者對象，在某些關鍵處隱瞞部分資料，但不可欺騙、誇大、虛報數據，否則一旦信譽喪失，再也無法說服他人了。

2. 活動設計

　　說服性的口語表達是吾人在日常生活中常使用的思維模式，藉著說服的訊息內容，改變聽者的觀念或行為。大學生未來進入職場，無論是產品的推銷、業務的談判，都必須靈活地運用說服性的思維策略，以達成目的。因此說服性的思維訓練，顯得格外重要。

　　本學期的課程活動設計，乃與學生討論目前學校有哪些不合理的措施，或是學生們覺得學校未善盡職責之處，提出問題引導學生組織內容，陳述事實，借用各種邏輯推理，申訴不平之事。例如有同學指出新設校區遲遲未有活動中心，造成學生無休閒、運動的活動空間；又有同學投訴因宿舍不夠，造成二年級以上同學，若抽籤未中，必須於校外租屋等不便。凡此問

題，學生一一條列出來，大家共同討論如何作理性邏輯的辯證陳述，令校方信服，願意針對事情提出解決。在說服過程，學生運用各類邏輯辯證，反覆推敲，並收集資料，陳述事實，揣摩校方立場與態度，說之以理，動之以情，迫使校方不得不處理諸此不合理的現狀。待投訴說服策略結束後，使學生交換為校方立場，假設自己是校方代表，該如何就投訴內容進行答覆，提出解決之道。最後再就投訴內容與答覆內容二者與學生進行討論，找出語病漏洞，改進完善。

學生在演練過程，對於問題重要性的闡述，多能掌握關鍵；然而解決問題方法的邏輯性闡述，稍嫌生澀，仍有一、二位同學，針對校外租屋一事，提供學校周邊治安案件數據，交通意外人數等論證，說明闡述問題的嚴重性，極具說服力。

（四）論辯性的思維模式與演練

日常生活或工作上，常見人們為事理而爭辯；例如商場上的談判，以有力的論證，贏得最大利益；或是法庭辯論時，以合理的辯詞，擊敗對方；甚或國家領導者，作施政演說時，為自己的政策而辯護。精彩的論述，可以使群情激憤，一擊命中要害；相反地，東拼西湊的論述，既不能自圓其說，也不能有效地化解問題。

1. 論辯性的思維模式

要如何訓練論辯性思維？論辯者對所提問題表明的看法、主張或態度，即是論辯的論點；須明瞭一個辯題只能有一個中心論點，但如果所論的問題較複雜，一次論證不能推出中心論

點，則可以「分層論證」，即在中心論點以下設分論點，先論述或證明各個分論點，再由這些分論點推出中心論點。在論辯過程中，必須始終保持著論點的對立，以及論證過程的對立；緊扣住問題實質核心，隨時抓住對方自相矛盾之處，予以攻擊。再者要歸納自己的觀點，扣住自己論辯的主題和基本問題，讓人感到層次清晰，建構嚴密，同時也要歸納對方的論點和見解，才能彰顯其要害，有效地打擊對方。

再者論據是證明論點的理由和根據，它是不能離開論點而存在的。用來當論據的材料有兩大類：第一類是事實材料，指的是現實生活中發生的或是歷史文獻中記載的具體事例等，須注意選擇事實論據要有代表性、典型性，能有力的支撐中心論點，使人信服。第二類是理論論據，包括了科學道理或辯證論據；以理服人，分析利弊，駁斥對方錯誤、漏洞，以達到樹立自己論點的目的。論辯過程要運用多種論據進行議論說理，要選取恰當可信的事實論據，合理貼切的道理論據，增加論點的說服力，讓論辯堅實有力[4]。

最後論證是運用論據來證明論點的過程和方法。論證的作用主要是使論據和論點發生關聯，以便證明論點，論證的材料不通過論證方法就不能與論點發生內在的聯繫，因此要根據己方論點、論據的特色及自身的條件，精心設計論證方式，確立最佳的邏輯思路。論證的方式不可羅數，簡而言之，要做到「立」與「破」；「立」即是「立論」，運用確鑿的事實和充分的理由，從正面闡述和證明自己觀點的正確性，從而把論點樹

4　參見王林琳：〈議論文事例及道理論據的處理〉，《西北成人教育學報》，2002 年第 2 期，頁 78-79。

立起來。「破」即是「駁論」，運用真憑實據或理論，揭露、駁斥對方觀點的荒謬性。論證的過程即是將立論與反駁融為一體，有立有破，有論有辯，形成一環環相扣的邏輯思路。

論辯性的思維訓練是富有邏輯性的論證，要揭示個人論點與事實材料之間內在的關聯；同時也要反駁對方的論點、論據，並駁斥對方對自己的攻擊，運用語言進行針鋒相對的論爭，巧妙運用邏輯證明與反駁，以理服人，才能展現論辯的邏輯魅力。

2. 活動設計

論辯性的思維演練，旨在考驗學生是否能針對某個議題，提出自己鮮明的論點，進而就此論點剖析事理、推論證明其論點，並能精心設計論證方法，以達成完整的結論；相較於議論文寫作可在草稿上反覆推敲，隨時修改；口語表達的論辯必須在短時間內構思說話內容，達到言辭縝密，無懈可擊，事先須有周全的準備，深究題目核心。

在課程活動中首先指導學生熟練奧瑞岡式的辯論規則，說明申論與質詢角色的內涵特質，交互質詢須注意的技巧與應避免的缺失。本學期課程辯論的題目為：「我國大學應廢除多元入學制」；在辯論過程中，正方一辯申論辯士表現極佳，他從公平性來批判現今多元入學制需要變革的理由，謂多元入學方案，容易造成補習的現象，有錢者可以學習才藝，走後門賄賂關說，造成社會的不公義；而對反方質詢辯士的詰難，也能一一反駁化解，主控局面；相形之下，反方辯士雖提出現今制度的優點，避免一試定終身，矯正舊式聯考制度僵化等，然而當

正方質詢者以當今呈現的弊端詰問時，卻無法澄清其爭論點，只做浮面分析，反為質詢者攻擊，反駁其誤謬，突顯反方的不堪一擊。再者反方質詢辯士未能有效強化己方立場，暴露對方論點缺失，反被對方掌握主控權，詳細舉出證據，堅定多元入學制之不可行，顯現其應變能力，終場正方以優秀的一辯表現、極佳的團隊精神，充分掌控主場而獲得勝利。

除了奧瑞岡式的辯論活動，為使全班同學能充分演練，採用電視新聞節目開放叩應方式，先標舉討論議題，將全班同學分正、反兩方辯論。本學期議題為：「教師和教官有權搜查學生書包與抽屜」、「大學宿舍不應有門禁」兩題，全班同學熱烈提出主張；綜論第一個題目，同學們或許也是「受害人」角色，對搜查學生多所批判，詳細分析其弊害、荒謬處，而支持一方顯得招架無力，意興闌珊。第二個題目的論辯，正反方攻勢相當，一來一往極為精彩，正方以大學生心理已成熟，為方便行事，主張應開放門禁；反方則謂雖有門禁，只要學生時間管理得宜，並不會造成社交活動困擾，而門禁乃是維護宿舍安全的良方。辯論過程雖然沒有交叉質詢的進行，然而某些同學尖銳問難，還是能暴露對方的困境，達到有效的反駁。

三、結　語

現今社會口語表達能力成了人們越來越重要的能力，許多場合需要人們用口語而不是書面陳述觀點，用以說服人、感動人。面試、演講、談判以及日常生活的溝通，都需要人們在有

限的時間內完整有效地，恰如其分地用口語展現自己。社會競爭的快節奏，使人們無暇瀏覽事先準備好的文稿，而口語陳述成了展示和交流的主要形式。

　　本課程思維邏輯訓練，對大學生口語表達能力進行了分析探討，如果能在實際演練中，引導學生從以上有利於口語表達的訓練從事學習，而教師在教學中也注意激發學生的學習熱情，減少由於學生自身素質及外在因素對其影響的話，則學生的口語表達能力，便可在不斷地實踐中獲得培養與提升。

∽ 參考書目 ∽

一、專書

李仲華：《即興演講的藝術》，臺北：漢湘事業文化出版公司，1996 年。

游梓翔：《演講學原理：公眾口語傳播的理論與實際》，臺北：五南圖書出版公司，2000 年。

黃仲珊、曾垂孝：《口頭傳播：演講的理論與方法》，臺北：遠流出版公司，2003 年。

二、期刊論文

王林琳：〈議論文事例及道理論據的處理〉，《西北成人教育學報》，2002 年第 2 期，頁 77-80。

王東：〈論演講說服基本模式〉，《天津成人高等學校聯合學

報》，第 6 卷第 3 期，2004 年 5 月，頁 70-74。

仲曉娟：〈淺析亞里士多德修辭學 —— 西方修辭學的源原〉，
《外語教學研究》，2006 年 12 期，頁 40-41。

大一國文課程的設計

現代小說的想像之旅

余淑瑛　嘉義大學中文系副教授

摘　要

　　大一國文教學在於培養學生對語言文學的興趣和欣賞能力，並進而增進其語文的表達運用能力，藉由文學的薰陶，開拓人生的視野及心靈的充實。本文在於提領學生對國文課程的求知意願及動力，訂定符合教學目標的教學原則及綱要，並對上課學生有所要求及規範。設計配合課程內容的作業練習，讓學生有實際寫作的經驗和訓練，再根據學生作業的優缺點做為課程內容或授課方式的修正；期能教學相長，發揮大一國文的課程功能。

關鍵詞：教學目標、課程設計、小說的改寫及續寫

一、前　言

　　針對非中文系學生所修習之國文課程，其學習動機、態度、方法和內容，都和中文系的文學課程有很大的不同，在非中文系學生的心態上，對於必修的，屬於通識性質的國文課大都抱持著輕忽、草率或無可奈何的學習態度，認為和他們的專業知識或技能毫不相干，無所助益，總是提不起興趣，無法專注，也很難融入課堂的情境，所以，對於一般大學國文課程，在教材上的設計、教學目標的擬定、教學方法的修正、課堂氣氛的培養、學習動機的提升，都是亟須思索與改進的。本文擬就大學國文課堂上的授課經驗與感想，說明課程的設計及施行的效果，同時也審視其可待加強改進之處。

二、教學目標的擬定

　　教學目標是引領教學內容及教學方法的首要條件，根據教學者的期望及要求，以及學習者的需求及不足，經過觀察、思考、了解、溝通之後所擬定的具體而切實的方針。讓學習者充分明白這門學科的重要及功能，提高學習的動機與誘因，使其主動而用心的親近探索文學的領域。

　　對於非中文系學生對語言和文學的認識和價值定位，加以了解，並清楚語言文學對他們專業知識技能的輔助及影響。對

於不同科系領域的學生，尋找切合他們需求與興趣的主題及內容。

文學著重在潛移默化之功，其影響和成效並非立竿見影。讓學生了解文學的浸潤需日積月累，方能產生心靈的化育，精神的充實，生命的啟發。若用功利的眼光審視衡量，常無法領受其真髓，因而過早放棄或產生誤解，破壞其對文學的興趣和熱忱。

教育過程中，教學的理論或實務運作，充滿著變化與挑戰。在《論語》中，孔子所提出的教育理念與態度，諸如「有教無類」、「因材施教」、「誨人不倦」的教育方式和精神，不管在內在層面上，對自我的良心道德、性格修養的培育和琢磨，在實際教學上，堅持的理念與態度，都是師者之良箴。然而，教育的進行，除施者一方的提升與熱忱，受者的自覺與主動，亦是十分重要的。若受者輕忽怠慢，消極懶散，學問之授與及傳遞亦無法完成。鑑於學生在國文課程中草率不在乎的心態，因非主科而約束力量薄弱，必須尋找另類的教育方式，給予學生當頭棒喝的警醒與自覺。孔子在《論語‧陽貨》篇中有一段話：

> 孺悲欲見孔子，孔子辭以疾。將命者出戶，取瑟而歌，使之聞之。

孺悲欲見孔子，向孔子學喪禮，但孔子卻托疾推辭，然卻在室內彈瑟歌詠，使其聞之。孔子的作為，顯然有其特殊的用意，朱熹在《論語集注》中言：

孺悲，魯人，嘗學士喪禮於孔子，當是時必有以得罪
者。故辭以疾，而又使知其非疾，以警教之也。程子
曰：「此孟子所謂不屑之教誨，所以深教之也。」

在這裡所提出的「不屑之教」，也是孔子教導不同學生，面對
不同情況，不同資質的學生所作的教誨，其不正面的教導或訓
示，而用拒絕推辭，避而不見的方式警戒暗示，主要是要「發
其蒙」、「警教之」[1]。

　　這種教育方式和一般的「愛的教育」、「有教無類」的傳統
儒者形象有所差異，其對學生的求知熱誠和受教態度是有所要
求規範的，所謂「不憤不啟，不悱不發」(《論語》述而篇)，
學生因內心疑惑或自覺不足，而積極憤發，求師問學，這種強
烈的動機方能啟動求知的欲望，所以，教師的教導，應以學生
主動積極的求學態度為基礎，重在啟發及引導，而不是一味的
灌輸注入，卻得不到學生的投入或共鳴，於是造成課堂氣氛的
沉悶，學生各做各事的現象，空有好的教材和認真的教學，卻
一直見不到成效，所以，教育的出發點和方法，確實有待重新
思索和界定。蔡清洲先生在〈孔子教育思想之研究〉一文，將
孔子的「不屑之教」解釋為「啟發式」教學法：

教誨在於啟發，不屑之教誨在於激發；啟發使人領悟，
激發使人悔悟。領悟較淺，悔悟較深，所以「不屑之教
誨」乃所以深教之也。[2]

1　馬占山，孔子「不屑之教」的教育意涵及其現代意義，東方人文學誌第 6 卷第 2 期。
2　蔡清洲〈孔子教育思想之研究〉，《臺南師專學刊》第二期，1970 年 6 月，頁 42。

這裡提到的「啟發」和「激發」的教學方式，讓學生由被動沉默的受教客體，轉變為主動且具有決定與選擇權的主體，可以自我設定、規劃、安排，主宰自我課程的進行和變化，依其投注的心力多少及表現的優劣，得到不一的評價。「激發」乃在對於蒙昧、懶散、偏頗的意志和行為之錘鍊及琢磨，教師「不屑教之」，乃因其不具備學生的基本態度，以及對學問的敬重和虛心，所以必須先挫折其心志，警醒其作為學生的本分，也許在他們感受到追求學問的機會稍縱即逝，不是那麼輕易可以獲取，或隨時任其予取予求，才會產生把握珍惜，自我反省的悔悟之心。

所以，在教學目標的擬定上，關注學生的需求和選取與其專業相關的文學題材，讓學生明白文學隱微而深刻的心靈化育之功，並在課堂上對學生的學習態度有所規範，使其自省自重，主動的參與及具備求知熱忱。

三、學習方法的運用

在西方的教育理念中，關於「學習理論」，有所謂的「行為學派」（Behaviorism），此由美國心理學家華森（Watson）於 1913 年創立，其認為構成行為基礎的是個體的反應，而某種反應的形成是經由制約學習的歷程，個體的行為不是與生俱有的，不是遺傳的，而是在他生活環境中學得的。而另一派為「認知學派」（Theory of Cognitive Development），其主張學習者具有主動建構認識的能力，因此學習的主角是學生而非教

師，在知識傳遞與創造的過程中，教師角色由以往單向的傳輸者變成是學習情境的設計者、引導者[3]。

在國文學科的教學中，其屬於感知領悟性的材料居多，在學習理論上，可善用「認知學派」的原理及方法，強調所謂的「啟發式」教學，以學習者的認知發展為基礎，並考慮學習者的個別差異，使學生具有自我導向及主動自發的學習及思考。美國心理學者布魯納（Jerome. S. Bruner）所倡導的「發現教學法」（Discovery Method）主張，教師應安排有利於學生發現各種「結構」之情境，而且必須讓學生自己去發現這些有價值的結構，他不贊成教師採教材以最後形式完全呈現在學生面前，讓學生按照指示一步一步的學習，一點一點的累積和接受，相反的，他鼓勵學生自己去操作、探究，對照比較，尋找矛盾，甚至運用直覺思考、跳步、捷徑和策略，發現隱含的重要結構[4]。啟發式的教學，以學生為主體，讓學生在某種情境中，主動的探索問題，思考反省，懷疑詰問，尋找解釋及交流討論，完成教材的吸收與理解，並有更高層次的體會解決及再創造。

本文選取現代小說為教材，在國文課程中實驗「認知學派」的理念和學習方法，以期提升學生上課的興趣，專注力及榮譽感、責任心，並讓學生轉被動為主動，成為積極的主體，進行問題的分析評論及結局的安排和寄寓，讓學生深入小說情節的結構鋪排，並走入不同的時代氛圍，幻化成際遇不一的角

---

3 參見黃國彥《教育心理學》，心理出版社，臺北，2003 年 7 月，頁 264。
4 馬占山〈孔子「不屑之教」的教育意涵及其現代意義〉，東方人文學誌第 6 卷第 2 期。

色，投入小說的情境，再以理智清醒的觀察者眼光，去作評判和褒貶針砭，去表達心靈的悸動或情感的流洩。

四、教材的選取及作者簡介

在教材上，以現代小說為題材，選取朱天文「小畢的故事」及林海音「驢打滾兒」兩篇，在時代背景上，有迥異於今的地理環境和社會風氣與生活型態，可以讓學生對不同的時空有所了解，對人物的際遇及生命歷程有所觀察及同情，進而分析小說結構組織及情節的安排與推衍，去體味小說人物的個別特質及反應的時代性，從小人物的平凡謙卑看整個大時代的波瀾及心酸。

作家的生平介紹及生命足跡的探尋，是了解作品內涵、風格及寓意的基礎。現代作家的生活點滴和寫作歷程的介紹可以引起學生對人的興趣、欣羨、佩服，進而對他們的作品，產生閱讀和了解的動機。在介紹作家生平時，可配合作家的照片及手稿的多媒體製作使用，或作家的演講錄音及訪談影帶，使作家的形象鮮明，不管是其相貌、言談、聲音及氣質，都可在學生腦海中形成深刻而具體的印象。不會讓學生對陌生的作家產生隔閡或遙遠的刻板印象，因一份熟悉的親切感或為其神采所吸引，進而樂意且主動的賞析其作品。

在作家生平的介紹中，在其人生歷程中挑出影響性的轉捩點和屬於個人獨特的思維和作為，以及觀念上的堅持或理想的呈展，特別其在人生歷鍊上的體悟和處事的智慧，對自我責任

的承擔，對生命價值的認定，這些屬於作家生命情境的探索和剖析，可以多加著墨，並帶領學生發表看法心得，或進一步和自己的生活經驗，人生際遇作一番交融，分享其成長蛻變的甜美與苦澀。在對作家的生平和特質，人格和風采有所了解後，再進一步介紹作家的重要作品，在作品的簡介中，看出其寫作的主軸及文風的轉變，並將其作品放在時代的文風潮流中作一觀照和評價，使其文學的主旨用心，形式風格可以清楚而精要的掌握。以林海音為例，其生平的介紹及作品風格的分析如下：

（一）生平

　　林海音原名林含英，小名英子。父母曾遠渡日本經商，林海音於 1918 年 3 月 18 日出生於日本大阪絹笠町回生醫院。父林煥文，臺灣苗栗頭份人，祖籍廣東焦嶺，母林愛珍，臺灣板橋人。1921 年隨父母返回臺灣，在頭份及板橋居住。五歲隨父母至北京，定居南城。1931 年父病逝，其與寡母共同撐持家庭，1932 年，其四妹燕瑛、么弟燕璋相繼去世。1934 年，進北平新聞專科學校就讀，一邊在《世界日報》擔任記者。1939 年與夏承楹先生在北平協和醫院禮堂成婚，為當時北平文化界盛事。婚後住進夏家永光寺街的大家庭。1940 年轉入北平師範大學圖書館擔任圖書編目工作。1945 年重回《世界日報》主編婦女版。1948 年與夏承楹、三個孩子、媽媽愛珍及弟弟燕生、妹妹燕玢返回故鄉臺灣。三十一歲，在報章上發表文章，五月入《國語日報》擔任編輯。1953 年，受聘擔任《聯合報》副刊主編，此時拔擢不少人才，為培養文學新銳傾

注心血，如林懷民、七等生、黃春明、鄭清文、鐘理和等人，使其在文壇上各有燦爛的成果，並鼓勵日據時代停筆的老作家再出發，如楊逵、鐘肇政、廖清秀、文心、陳火泉、施翠峰等人，並為臺灣鄉土文學鋪路。1955 年，出版第一本散文集《冬青樹》。1956 年，「世界新聞專科學校」創立，受聘任教，同年獲扶輪社文學獎。1957 年《文星》雜誌創刊，兼任文學編輯。1958 年《城南舊事》小說集出版。1964 年受聘擔任臺灣省教育廳兒童文學讀物編輯小組第一任文學編輯，從此將筆端拓展至兒童文學。1965 年，應美國國務院邀請，赴美訪問四個月。1967 年，一月創辦《純文學月刊》，擔任發行人及主編。1968 年，成立純文學出版社。1970 年，加入國立編譯館國語科編審委員會，主稿一、二年級國語課本，直至1996 年。1985 年在《剪影話文壇》被臺灣文化出版及學術界評選為 1984 年臺灣最有影響力的十本書之一。1990 年因主編《何凡隨筆》，獲圖書主編金鼎獎，五月，隨臺灣出版界負責人訪問團到大陸，在離開北京四十一年後，首度踏上故土。1995 年，《城南舊事》繪圖本出版，獲《中國時報》開卷版最佳童書、《聯合報》讀書人年度作佳童書、金鼎獎推薦獎。1997 年，北京中國現代文學館舉辦「林海音作品研討會」。1998 年，獲頒第三屆「世界華文作家大會」頒贈「終身成就獎」。1999 年，獲頒第二屆五四獎「文學貢獻獎」，《城南舊事》德文版獲瑞士頒贈「藍眼鏡蛇獎」。2000 年，五月四日，獲中國文藝協會頒贈「榮譽文藝獎章」。2001 年，林海音因腦中風，急性心肌梗塞合併吸入性肺炎，送入振興醫院加護病房，十二月一日晚上因器官衰竭病逝，享年八十三歲。

（二）作品風格

　　林海音的創作涵蓋面極廣，包括散文、小說、廣播、兒童文學作品、遊記、文人素描、雜文、漫畫、以及文學評論等。內容觸及臺灣的社會生活、風土民情、鄉土習俗、傳說俚諺，充分反映家庭生活的溫馨和情趣。另有對北平風景人物的描摹、對兒時生活的憶念懷舊，流露了當時播遷來臺者的心聲。並涉及女性問題的探討，關懷女性的家庭地位、婚姻的自主權，也揭露舊禮教對女性的束縛及戕害，將同情的目光關注於下階層百姓辛酸的謀生經歷，並寄以悲憫的情懷。

　　1967 年以後，林海音大量創作散文，此時散文的內容著重在親情童趣、師生之愛、文壇點滴、交友聚會等歡樂親切的生活瑣事見聞，此時亦著手於兒童文學的創作與翻譯，創作適合兒童心理的故事，充實兒童童稚的心靈以及在自然、地理、動物、人文各方面的知識。

　　1981 年以後，也致力於文學史料的整理工作，其編選了《中國近代作家與作品》一書，以學術的眼光回顧三、四十年代的文壇風貌，邀請國內知名的作家學者對選錄的作家及作品加以評介論賞。

　　林海音的作品風格融合了中國女性的溫婉、沉靜以及堅毅、執著的雙重特質，以童真之心去觀察世界，展現人世間純樸善良之美，沒有說教式的道德勸說，也不濫用文字的渲染力，只是平實的呈現人世的悲歡離合、社會的現實殘酷，與小人物相濡以沫的溫情。其探索思維人生的方式是積極而深刻的，對於家庭倫理的闡發更是不遺餘力，將理性與感性深藏於

作品的結構中，充滿了靈性與童趣。

在創作的技巧上，林海音善用白描的手法，詠物寄懷，抒情寫景，並不時流露出家鄉味的語言，洋溢著活潑的生動的興味情態。以輕鬆雋永的筆觸介紹中國傳統的文化習俗、藝術文物、地方特產，豐富而有趣。大抵而言，林海音爽朗親切、寬容樸實、幽默多彩的人格特質，也正是其作品最可貴亮麗的風格。

五、課程設計──小說的改寫與讀寫

（一）小說結構的分析

小說構成的要素，包括人物、情節、環境、主題和語言等。人物是小說形象的主體，作者的思想、感情和意圖都藉由其創造的人物傳達或影射，在小說的進行中，所有的意念、情緒、氣氛都圍繞著人物流動醞釀，而人物與人物之間的交遊、對話、衝突的產生和表現是最精彩，在人物的敘述中，有所謂「概括性表現」和「戲劇性表現」[5]。「概括性表現」是指以直接概敘的方式揭示人物的身世、經歷、性格、情感及行為，而「戲劇性表現」是運用間接的表現方式，從人物外貌舉止的具體刻劃，形象表露中，人物的思想特質就像戲劇通過人物自身的行動展現出來。在「驢打滾兒」一文中，宋媽是故事中的主體，她的命運與處境，反映了當時婦女地位的低微以及受人掌

5　參見克林斯・克魯克斯等編《小說鑑賞》，中國青年出版社，1986年，頁223。

控擺佈的悲哀，作者藉由英子的眼側寫宋媽的言行態貌，本性胸懷，一位善良勤奮，包容有愛心的女性，卻因遇人不淑而子女離散，無辜與無奈的際遇，在文中表露無遺，其「戲劇性表現」的運用，使人物的形象鮮明且增加張力。

「小畢的故事」一文中，畢媽媽因感情受騙，遭人遺棄，生下私生子，又不為家庭及社會所接納寬容，為撫養稚子，曾在酒家上班，墮入風塵，身心煎熬，後為小畢的前程，委身下嫁外省人，且年紀幾可為父，但她懷抱著犧牲（為兒子有個正常的家庭和名份）和感恩（感謝畢先生的照顧和庇護）的心情，安靜而盡責的操持家務，恪守本分，其個性和情感一直隱微在她平靜而單調的生活作息中，其個人的形象在其他人物的變化成長中浮現。

就情節而言，有人物的關係就會產生情節，情結是「人物之間的聯繫、矛盾、同情、反感和一般的相互關係……某種不同性格、典型的成長和構成的歷史。」[6]在情節的使用上，有的是環環相扣，前後照應，起伏跌宕，但也可能情節發展平淡無奇，順理成章，沒有太大的衝突。「驢打滾兒」和「小畢的故事」在情節的發展上，基本上是隨時空移動，平鋪直敘，其中跌宕轉折之處在於宋媽的兒子落水而死，女兒送人不知去處，這個秘密的揭穿，那種巨大的震撼及出人意表（驢打滾兒），畢媽媽因小畢的忤逆，自責於管教不嚴，愧對畢伯伯，而引咎自殺，同樣叫讀者驚呼這種裂帛般的死諫結局（小畢的故事）。

6　高爾基《論文學》，人民文學出版社，1978年，頁335。

　　環境是人物生活的基礎和背景，包括自然環境、社會環境及歷史背景等，在小說中，藉由角色的觀察，說明及生活的樣貌，呈現環境的概況及時代的民風潮流。「驢打滾兒」中的英子，以第一人稱的角度來觀察人物並介紹環境，並自然而細膩的描摹出北京城南的地理特色，居住環境及人情百態，也側面的對城鄉的差距有所凸顯，不論在生活條件，經濟水準、教育程度、觀念視野都有顯著的差異。在「小畢的故事」中，作者以「我」的第一人稱的書寫方式，描述眷村少年小畢的成長故事，其對眷村的生活環境，屋舍場景，都有所刻劃，讓讀者感受外省眷舍的封閉及特殊的相濡以沫的人情味。眷村的時代性特色和其存在的必要及沒落的必然，讓這一遭受戰火，飽受人倫離散摧折的族群在自我集中的竹籬矮舍中，顯得孤獨而特殊。

　　小說的主題，是整篇小說的靈魂，人物的塑造和安排，是依據主題的需要而設計，而主題的呈現，貴在隱微而不顯露，有一種含蓄而豐厚的喻意，藉由人物、情節的推展、環境氛圍的烘托，自然的流洩，有不同層次及角度的推演和營造，總合成一明顯有力的主題思想。「驢打滾兒」中所要傳達的是作者對傳統女性地位卑微，婚姻不幸卻無力掙脫牢籠的悲憫之情，並凸顯舊社會的八股思想和作為，需要受教育的啟迪和改革，希冀社會注重並關懷女性的尊嚴與權益。「小畢的故事」中對眷村叛逆少年的浪子回頭，成長蛻變多所著墨，呈顯青少年因省籍、家庭、名分、身世等種種其無法選擇及改變的因素而徬徨、發洩、墮落、時代背景的沉重感及悲淒無奈，邊緣化的焦躁少年，其狂飆的意氣和衝動的性格也透顯著對特殊族群的關

注及接納的重要。畢媽媽的自殺，反映著婦女對人生的安排和選擇，是那麼薄弱而狹隘，也許她的死有破釜沉舟的死諫犧牲，孤注一擲，但總令人唏噓惋惜，因為生活的封閉和單調，面對人生的難題或心靈的挫辱，便很難重新站起，容易有偏激及毀滅性的行為。主題藉由人物的際遇與作為逐漸的清晰呈顯。

語言是小說藝術的表達媒介，作者的情思以及對社會的反映或評價，皆藉之傳達，高爾基言：「文學就是用語言來創作形象，典型和性格，用語言來反映現實事件，自然景象和思維過程」[7]小說語言是以敘述為主體，不論是作者的論談或人物的對話，在「驢打滾兒」中，我們看到其平易流暢的語言特色，並自然的使用地方語言，甚至語言背後的民風習俗，人物的性格都在語言的表達使用中流露，英子的慧黠，宋媽的仁厚，黃板兒牙的懦弱，北京城南的繁華，巷弄胡同的市井百態都躍然紙上。「小畢的故事」中，眷村中外省族群的語言，使用的詞彙表達的含義、家鄉味的口語，都呈現著時代的色彩，以及竹籬笆內新移民的孤立與徬徨。

將「驢打滾兒」及「小畢的故事」二篇小說的構成要素加以解說分析，讓學生了解小說的形式特質，並對此二篇小說的內容有所掌握，以便其具有配合自我情感與思維的看法及感觸。

---

7 高爾基《和青年作家談話》，見《文學論文選》，人民出版社，1958，頁294。

（二）小說的鑒賞

小說的鑒賞是讀者心領神會或陶醉沉迷於小說的情節內容之後，所進行的客觀而冷靜的分析評賞，讀者透過作品去鑑賞作品的結構與精神，並與創作主體產生共鳴或交流，進而激起審美的感受，而審美感受的形成，和讀者的生活經歷、性格氣質、愛好品尚、教育程度、道德價值都有很大的關係，從個人身心的感受，到文化層面的思索，或人生境界的體悟，都是鑒賞的面象層次。

小說以敘事為主，其對生活的模擬和仿造，有時可以十分的逼真，在想像的時空中，可以如見其人，如聞其聲，如臨其境，有時是內容豐富，包攝萬端，含蘊著深廣的人生，是生活智慧的凝鍊。在小說的形象上，其具有概括性、寬泛性和多義性，對形象的解釋，有確定的一面（作者給形象所賦予的含義），也有不確定的一面（讀者憑藉自己的經驗與修養對形象的體會與鑑賞）[8]。這個開放而寬闊的天地，是讀者悠遊於小說的情節、人物，甚至結局之時，可以有不同的解讀領受與再創造。

在這個過程中，讀者必須充分發揮其個人獨特的生活經驗、情感、記憶、思維理念及對社會的探索和認識，是高度的理性與感性的結合與運用，讀者更可發揮自己的想像進行審美活動，對小說人物的塑造，對情節推展的轉變，對結局的臆想或更改，在小說既有的架構和條理中，介入個人的觀感，期望

8　參見魏飴《小說鑑賞入門》，萬卷樓圖書公司，88年，頁65。

和設計。

　　學生對於一篇完整穩健的小說之創作是很難一蹴可幾的，但在對小說的結構、情節、人物、內涵、主題有所了解及體會之後，讓他們進入小說的情境中，試著在原有的故事發展中，擁有一些小小的創意和改變，順著文章的背景及氛圍，在不誇張突兀的原則下，去改寫小說的某些章節或關鍵點，或續寫小說中餘韻無窮，寄予想像的各種結局，這樣的作業模式，無非是為提起學生的興趣及參與感，並激發他們想像的啟動，在某些文學條件的規範下有所鍛鍊和琢磨，續寫的內容要突出新意，不能荒腔走板，扭轉人物性格或曲解原著精神，但在某些情節的增減或人物的心理層面，對未來的規劃和人生的發展上，卻可自由揮灑，或對於小說的某種安排有轉折性的修改，符合讀者的同情或期待。

（三）學生作品的呈現

　　在大一國文的授課主題中，有一部分關於現代文學的介紹及賞析，在小說的部分，選取「小畢的故事」及「驢打滾兒」為改寫及續寫的材料，根據學生的作業歸納出幾類改寫或續寫的內容類別，並附上數篇學生作品。

◆學生作業的分類

A、驢打滾兒

　（a）宋媽最後回到英子家。

　（b）黃板兒牙改過向善與宋媽一同生活。

　（c）黃板牙兒身亡，宋媽獨自一人掙錢生活。

B、小畢的故事

（a）小畢的媽媽沒有自殺身亡，小畢痛改前非與父母一家和樂的生活。

（b）小畢的媽媽獨自一人離家出走，小畢痛改前非。

（c）小畢的媽媽或自殺身亡，或生病死亡，小畢改過向善。

續「驢打滾兒」

園藝一甲 0951585 蕭兆良

宋媽跟著黃板兒牙回去，在回去前，他們約定一些事情，宋媽要求黃板兒牙以後不准再去賭博了，同時必須找一份正當的工作，把這個家重新撐起來，如果這樣，她願意再生兩個孩子，讓這個家變成一個完整的家，宋媽也才沒有遺憾。

過了幾天，黃板兒牙終於找到工作，宋媽很好奇，找到什麼工作，原來是「趕馬車的」。她聽到後非常高興，馬車行就是之前她曾經去打聽的那一家，心想這可能是老天要給我一個機會吧，所以鼓勵黃板兒牙，希望他把這差事能好好做，同時在馬車行多結交幾個朋友，黃板兒牙也答應了。

兩年之後，生下了兩個孩子，都是男的，黃板兒牙一股情感油然而生，此後把家庭照顧的很好，對宋媽也更體貼了，在工作上，老闆和同事對他都是讚美，宋媽看他現在真是判若兩人。

由於之前有來車行問過一個小丫頭的事情，加上現在黃板兒牙和同事都處得很好，所以同事也願意幫助他們，後來發現

之前黃板兒牙將宋小丫頭送給的那個車伕已經退休了，難怪之前他們找不著，現在終於找到了，原來他現在住在城的另一端。

隔天他們就去拜訪那個車伕，見面以後，開始說起之前的事，車伕也相當通情達理，說以後你們想看她就來，但是她現在不在，去上學了，宋媽立即道謝，這對他們來說是最好的結局了。

生農一甲　0951959　楊秀蘭

宋媽回到家以後，家中空無一人，此時有人大叫跑進來，說出事了，宋媽跑道河邊，看見丈夫溺斃的身軀。原來是黃板牙兒賭輸錢了，躲避討債人的追殺時，一失足跌入河裡淹死了。

此時宋媽心灰意冷，不知該往何處去，回京城吧，現在就只剩小丫頭一個親人了。於是她回到京城，一邊工作，一邊尋找小丫頭，但仍無消息，十年過去了，燕燕他們長大了，有一次燕燕的同學來找她玩，是個十四、五歲的姑娘，宋媽不禁悲從中來，要是丫頭還在，差不多也是這樣吧。無意間宋媽看見燕燕的同學脖子上有塊跟丫頭一樣的胎記，宋媽高興極了，自己朝思暮想的女兒就在眼前，她是我的丫頭，是我的丫頭阿。

等燕燕的同學走了，宋媽問燕燕，她住哪，家裡如何？燕燕說，小雪家住城北，家裡經營布莊，宋媽心想，不是拉馬車的嗎？燕燕說小雪很可憐，她原來父母是拉馬車的，在一次事件中，父母為了救她現在的父母而過世，他們為了報恩，收養小雪，對小雪很好。

　　宋媽此時百感交集，原來我的丫頭改名叫了小雪，難怪我一直找不到她，看她現在如此幸福，我該與她相認嗎？這一夜，宋媽輾轉難眠。宋媽始終沒和小雪相認，她不想破壞她的幸福，只想靜靜的看著她，每次小雪來時，她對小雪特別好，只為了彌補缺憾吧。

　　十年又過了，這次宋媽和燕燕去參加小雪的婚禮，看她幸福的樣子，宋媽感到滿足，因為小雪嫁到北方，所以那是他們最後一次相見，只聽說小雪生了小個小孩，很幸福，而宋媽則在燕燕家，孤獨終老一生。

園藝一甲 0951617 楊喬雯

　　外頭的雪在宋媽走後又開始飄下，弟弟醒來找不著宋媽正哭著，媽哄著他道：「宋媽回去是要給你帶個伴回來！給你個弟弟，不好嗎？」弟弟哽咽著說：「宋媽會回來，對不對？」弟弟珍珠大的眼淚從胖胖嫩嫩的臉頰滑落，要是宋媽瞧見了，定會捨不得走了。燕燕咿咿呀呀的好像在找宋媽給她餵飯吃呢，宋媽走後，誰給我綁辮子，我也真不想她走，明年這時，宋媽會回來吧？唉，今年的冬天特別冷。

　　日子就這樣過了，弟弟也長大了不少，燕燕也會開口說一些話了，前年冬天，宋媽回去了，去年沒見她回來，是忘了我們嗎？還是那裡日子過的不錯啊？小丫頭不知找到了沒？我心頭惦記著，弟弟心頭也記掛著呢！宋媽就像另一個媽似的，去年冬天來了，弟弟天天都朝外頭望著，盼著宋媽的影子，今年的冬天來晚了，比去年的暖了些，宋媽不知會不會回來？我想寫封信過去，宋媽又不識字，想想也就不寫了。

聽媽媽說黃板牙兒病了，且病得不輕呢，宋媽顧著他又得打理一切，想必可累的，今年的春天來的特別早，一早聽見鳥叫聲，想賴著不起床，怎麼，聽見外頭叮叮噹噹的鈴聲，原來是宋媽回來了，她騎著那驢回來了，「宋媽，幫我編辮子啊！」我喊著跑過去，宋媽還是一樣笑著，手裡抱個小娃娃笑著。

生農一甲 0951957 張梧宜

宋媽待在咱們家也三、四年了，小栓子的死和小丫頭的失蹤讓我也難受，可媽媽卻要宋媽跟著那黃板牙兒回去，也不知好或壞。

自從宋媽回去後，已悄悄地過了五年了，我剪了短髮，上了初中，似乎宋媽和我們的生活脫軌了，但是，那天放學後，我看見滿頭白髮的婦人坐在客廳裡，一見著我，就又摟又抱的說：「英子，長高長漂亮了，像媽媽一樣！」我才驚覺，這不是宋媽嗎？於是，我邀宋媽留下來作客，畢竟那麼多年沒見了，想知道她這段日子是怎麼過了。

原來，當年宋媽回去後的第二年，那黃板牙兒欠債不還，被高利貸的人活活打死了，宋媽無依無靠的離開鄉下，卻不想再麻煩我們，就到另一戶人家作打雜的，可是，那戶人家的主人心眼壞，老是把宋媽折磨一番才准她休息，宋媽受不了，離開了，一心想找到小丫頭，想有人陪她過下半輩子，三年過後，小丫頭依然音訊全無，宋媽想起了我們，來到我們家。此時我泣不成聲，緊緊抱住宋媽。

那晚後，媽媽請求宋媽留下來幫她顧店，因為這兩年，家

裡開了家布店，人手不足，宋媽答應了。而爸媽也發出尋找丫頭的公告，但沒讓宋媽知道，總算在我出嫁的前一個月，有了好消息，有名少女來我們家說要認親，起初我們不信，後來和宋媽查證後，確定她就是小丫頭，宋媽和小丫頭相擁而泣，原來，當初小丫頭交給了鄰居，而那鄰居剛好搬家，是這幾年回鄉聽到有人在找小丫頭，才知道宋媽的故事，婚禮上，小丫頭還當了我的伴娘呢！

森資一甲　0951643　鄭仲良

宋媽回去之後，我們有好一陣子沒有再聽到她的消息，倒是家裡的生活混亂了一陣子，畢竟之前都是她在打理家務，少了她自然不太習慣，漸漸的我們習慣了沒有宋媽的日子，但我總是掛念著她，沒有了小栓子、小丫頭，宋媽會怎樣呢？弟弟也常向媽媽抱怨，說宋媽什麼時候回來，媽媽總是說：「她或許不久之後就會回來了。」

不知過了多久，在一個飄雪的清晨，爸爸從外面回來時大嚷了一聲：「宋媽捎信來了。」大家一聽又驚又喜，叫爸爸趕緊讀信，原來宋媽回去之後，分了一些錢給黃板牙兒，便與他分道揚鑣了，宋媽在靠近京城的地方，找了棟小茅屋住下，掛牌做起替人縫補衣服的生意，她說，她要好好重新過自己的日子，她說到了過年，一定會來看我們的。

晚上媽媽來到我房裡，拿給我一個漂亮的毛窩，說：「宋媽已經給你做好了，可要好好珍惜！」我看著毛窩，心中十分高興，更替宋媽感到高興。

「小畢的故事」改寫

動科一甲　0951757　鄭涵妮

畢伯伯氣顫道：「我不是你爸爸，我沒這個好命受你跪，找你爸爸去跪！」畢伯伯說完這句話，全家沉靜許久。

過了一段時間，小畢掙開畢媽媽的手大叫：「我要離開這個家，反正我本來就不姓畢。」原本只想結束爭吵的小畢，又不小心因為自己的魯莽傷了畢伯伯和畢媽媽的心，這下更不能待在這個家了，小畢心裡想著，於是就奪門而出，只聽到畢媽媽用冷靜的口吻說：「就當沒這孩子……」

小畢一個人離家出走，實在不知要去哪裡，只能在巷裡繞啊繞，肚子餓了只好拉下臉跟巷口賣飯的要一些剩飯剩菜，就這樣過了一個禮拜，小畢開始想家了，吃不飽睡不好，他甚至想起每天晚上畢伯伯與畢媽媽輪流講晚安故事給他聽，他慢慢了解到，畢伯伯雖非親生父親，但是對媽媽和自己很好，將自己視如己出，「我好想跟爸爸說對不起，更對不起媽媽……」他心想道。隔日，小畢決心回家跟畢伯伯和媽媽道歉，在家門口晃了許久，街坊鄰居見躲在一旁的小畢，告訴小畢說：「你爸媽很擔心你，每天都在探聽你的下落，你媽媽更是把眼睛哭腫了。」

「小畢！小畢！」剛出門找小畢的媽媽見著了小畢大喊。小畢看見媽媽憔悴消瘦的臉頰，忍不住哭了，跪在媽媽的面前，媽媽溫柔的把小畢抱在懷裡，輕聲地問：「餓了嗎，等等我煮好吃的給你，我們都很擔心你。」畢伯伯得知小畢回家的消息，趕緊請假回家看狀況，見到他們母子二人哭成一團，畢

伯伯並沒有哭，小畢見到父親說：「爸！對不起，你是我的爸爸，我最喜歡爸爸，我知道錯了……」，此時畢伯伯才紅了眼眶，說道：「傻孩子，回來就好。」

此後，小畢開始認真讀書，希望長大後也能跟畢伯伯一樣有一份公職，薪水安穩的工作，以後好照顧兩老。

過了數年，我遇見小畢，他現在已是一名區公所的主管，穩重取代了過去愛搗蛋的小畢，不變的是他的幽默。

生農一甲 0951959 楊秀簡

小畢變壞了，媽媽責罵了小畢以後便跪下，哭著說：「要不是你爸爸，早就沒了我們母子，你這不肖子，你是我全部的希望，如今你變成如此，我還用得著活嗎？」小畢嚇了一跳，也跪下了，畢伯伯趕緊扶起媽媽，一陣拉扯中，媽媽因情緒激動而昏倒了。

媽媽醒過來，見小畢跪在床邊，畢伯伯站在身旁說道：「沒事了，小畢已經認錯了，孩子畢竟還小，不懂事，以後不會了。」媽媽一手握著小畢，另一手把畢伯伯的手放到小畢手上，三人手緊緊握著，媽媽說：「我們是一家人，不管有無血緣，這都是改不了的事實，我們以後要同心協力，面對往後的困難。」

小畢自覺功課不佳，想投考軍校，但媽媽不答應，兩人僵持許久，此時畢伯伯說道：「其實軍人也不錯，孩子想做什麼就由他去吧。」但媽媽仍不答應，幾番爭辯後，小畢決定同時報考聯招和軍校，最後考上軍校，媽媽看見了小畢這段時間的努力，也就答應了。

　　後來我在同學會遇到小畢，問及他父母的情況時，小畢說：「爸媽開了間小吃店，生意好得很，兩個弟弟也上高中了。」我看著一身筆挺的小畢，難以想像他當年可是在訓導處外罰站的壞孩子呢，不過在我心中他是一個充滿正義感的「俠士」，我們互留電話，我也常去他家的店光顧，此後我們經常一起出去玩，幾年後，同學會上，小畢帶著一男一女，那兩個小孩，便是我和小畢的孩子。

森資一甲　0951378　邱于庭

挨打受罵的小畢，衝出了家門……。

　　小畢一人漫步在空蕩蕩的大街上，只有貓的叫聲陪伴著他，好強的他不願回家，只好過著流浪的生活，家裡的爸媽見小畢沒有回家著急不已，不斷徘徊走動，後來索性直接奔往大街上「小畢、小畢……」一聲一聲的呼喊著，在暗巷角落的小畢聽見父母的呼喚聲，心裡為自己的無禮頂撞父親和偷錢感到慚愧。

　　這時巷子裡傳來一個微弱的聲音：「欸，那是在找你的吧！真好，還有人會為你掛念。」小畢目光微微地照在那男孩的身上，那是個瘦弱骯髒的男孩，那男孩道出自己是個被丟棄的孤兒，因為母親愛上了有家室的工廠領班，生下了自己，母親生下自己以後便離他而去，那男孩的年紀和小畢差不多，眼神卻透著淡淡的悲傷，男孩認命地不怨恨任何人。

　　聽完了那男孩的故事，小畢深感自己的不成熟，自己的幼稚，街道上爸媽的呼喊聲早已消失，小畢向男孩道別，快速跑回家，跪在大門口向父母道歉認錯，這天以後，小畢像變了一

個人似的，成熟懂事。

畢爸爸與畢媽媽除了重新有了個懂事的兒子之外，又多了一個孩子——暗巷中那改變小畢的男孩。

景觀一甲 0951028 康瑞芬

夜真的都沉寂了下來，真正的沉，沉，沉沉的夜，睡不穩幾次醒來，嚶嚶的哭聲，聽不真，在很遠很遠的地方吧。

第二天的早晨，景象依舊，只是整個畢家多了一種詭異的氣氛，這也許是戰爭過後，帶來的平靜吧！這使得不太愛講話的媽媽變得沉默了，畢伯伯也是臉色凝重不發一語，小畢更是不敢講話，全家就在這中沉重的氣氛下，草草結束這頓早餐。

到了傍晚，這種沉重的氣氛並未退去，反而更加令人不安，媽媽依舊準備著晚餐，等畢伯伯和小畢回來，但是這一家人似乎變得很陌生，這樣的氣氛維持了一個禮拜，始終沒有散去，再怎樣不懂事的小畢也知道自己錯了，於是鼓起勇氣寫了一封道歉信，在參桌上便跑到學校去了。

媽媽起床發現小畢不見了，來忙告訴畢伯伯：「小畢不見了！」這句話打破了一個星期的沉默，後來在餐桌上發現了信，連忙拆開來看，他們發現原來這個星期小畢徹底反省了自己，字裡行間透露著小畢變懂事了，夫妻倆感動不已。

這天傍晚，小畢刻意很晚回家，踏著不安的腳步回到家，看見父母說說笑笑，小畢放下心中的大石頭，此刻，無須多作解釋，大家都已明白，全家也更珍惜彼此。

園藝一甲 0951617 楊喬雯

那天，畢媽媽自殺了，留下了不解的謎團，是因為慚愧沒把小孩教好？還是內心是十二萬分感謝畢伯伯，而小畢卻如此忤逆他們的大恩人？沒有人知道……。

那天整個村子籠罩著一股悽涼，畢伯伯老淚縱橫，是難過？是不捨？還是心酸？小畢仍靜靜地站在一旁，沒有情緒起伏波動，彷彿從他眼中看到的世界，只有無盡的黑。那樣的深秋，只聽見風颯颯的吹著將凋零的葉，捲起滿地的沙。伴著畢伯伯的哭喊，那畫面更叫人心碎，今年的寒冬似乎來的特別早。

厚葬了媽媽以後，小畢就此失去音訊，什麼都沒帶走，也沒留下，畢伯伯也變得憔悴，小畢的離家，他也不大驚訝，或是生氣，只是無力地說：「就隨他走吧！」

媽媽的走，似乎這個家也隨之支離破碎，們有人知道小畢為何離開，日子仍舊這麼過下去，傷痛還在，只是似乎不再痛得那麼錐心刺骨了，一樣的深秋，郵差給畢伯伯送了封信，是小畢寄的，厚厚的信封中，塞滿了錢和一封信。小畢似乎闖出了成就，也將論及婚嫁，即將回家。那陣子，只要外頭有些風吹草動，畢伯伯便在門口朝巷子口探呀探的，好些日子，總算盼到小畢回家了。

小畢將畢伯伯接去同住，幾年後，在一樣的深秋裡，畢伯伯也走了，風依舊颯颯地吹去，小畢的眼依舊深，可是依稀帶著點點光芒。

在作業的批改中，當然發現許多缺點和稚嫩不成熟的筆法

與情節，也有些偏離故事的主題或扭曲了人物的性格，或跳脫
不出世俗的窠臼，過於明顯的說教勸善，但是，在眾多的作業
中，也可看到些許吉光片羽，有靈活而清新的筆觸及較具深度
的情節鋪排推展。最重要的是，在實際提筆改寫或續寫之際，
讓學生真正去實驗，走入小說的情境，融入小說的時代背景，
社會百態，或化身為主角的投入，或以全知者的冷靜旁觀，以
感性的或理性的，以抒情的或敘述的方式去回顧小說的內涵與
形式，去細細的品味反芻，並表達自身的領悟，及受觸動淨化
的情感，也讓學生真正經歷寫作時構思、佈局、鍊字的技巧，
也可將自己的改寫和原著加以比較，更能體會創作之精工，實
非唾手可得。運思經營的過程，下筆描摹的斟酌，都是很切實
的體驗，也許也更能感同身受作者的用心及喻意。

六、結　語

本文以非中文系學生修習之大一國文為題，探索課程的設
計與進行，並以學生的作業成果，檢視成效，在課程進行中，
除了教材的選取和講授外，還要面對有些學生學習意願低落，
找不到學習動機和主動積極的上課態度，學生心態的懶散，上
課氣氛的沉悶，都使得課程的推展大受影響。關於這些外在的
學習問題，以及內在教材的分析賞讀，提升學生參與投入文學
的種種觀察與實作，得到以下幾點心得：

（1）教學目標應先確立，對於不同科系的學生，期望並

要求他們達到設定的目標，例如語詞字義能力的增進，文章賞析的原則面相，對文學的領悟及感受力，提升學生接觸文學的動機和興趣，並思索文學與生命情感的關係。

（2）教材選取考慮配合不同科系的相關領域，文學的主體包羅萬象，不論是科技或自然，社會及藝術皆典籍浩繁，名篇佳作不難搜羅，如農學院學生，可增加自然生態或耕讀田園，山水遊踪等篇章，與其所學相近，而互相觀照，更感貼切或彼此啟發，以不同的角度和眼光去審視感受，也可達師生互動，教學相長之功。

（3）課堂的規範及要求，學生的學習態度攸關學習成效，尤其在文學的領域中，其影響是浸潤式的潛移默化，無法立見成效，難免有人急見成果而誤為無用之學，所以對學生的心理建設，開導剖析是基本之功。苦口婆心之餘，當頭棒喝亦是一種警醒，孔子的「不屑之教」，激發學生主動積極的求知慾及深具悔悟之心，可以恪守本分自我要求。以不教之教深折之，也是另一種破釜沉舟的教育方式，值得思索與善用其功。

（4）作業的設計，為了增加學生的參與感及實際的寫作練習，又考慮學生創作的能力及經驗，於是設計小說故事的改寫與續寫，使學生在既有的理解與賞析之餘，還能化身為小說情節、結局，人物遭遇的主導者，融入原作的氛圍及情境之中，作些許的改變，進行想像力的飛行，滿足自己對小說人物的評價，呈現自己的判斷力及理念思維，發揮同情心和悲憫，藉著人物經歷人生的跌宕起伏，悲歡離合，也許基於溫厚不忍之心，給予美滿的結局，也許為了展現小說的技巧，給予撲朔迷離，耐人尋味的後續，種種嘗試和發想都是很好的實作練

習。

（5）在課程的進行及作業的寫作中，發現一些可待加強及改進的問題，學生對時代背景的隔閡，導致對人物遭遇和作為的不解及質疑，比較不能去體會那份悲劇性的無奈和壓抑，以及藉由人物的命運所激發出的悲憫或控訴的張力，這部分的講解和分析還須著力。在寫作上，想像力的發揮及情節的多樣化還可拓展，鼓勵學生多面相的思考和有所意蘊的設計鋪排，避免過於單調平庸，不見創意。

∞ 參考書目 ∞

林海音，《城南舊事》，臺北，格林文化，2000 年。

朱天文，《小畢的故事》，臺北，三三書房，1982 年。

魏飴，《小說鑑賞入門》，萬卷樓圖書公司，1999 年。

楊昌年，《小說賞析牧童文史叢書》，臺北，1979 年。

林黛嫚編著，《臺灣現代文選》，小說卷，臺北，三民書局，2005 年。

我的故鄉我的歌

從閩南語歌曲教學看臺灣方言與文化

周美慧　嘉義大學中文系助理教授

摘　要

　　大一國文「方言與文化」此課程，主要目的為培養學生對於鄉土語言的掌握能力，以及鄉土文學的熟悉度。利用很多不同的面向，提供大一新生，認識閩南語在漢語方言中的地位及其形成的過程，並從它的文獻（民俗、俚諺、歌謠、文學作品等相關作品）來了解其文化內涵。注重聽、說練習，培養其鄉土語言的運用或教學能力。

　　本文透過──我的故鄉我的歌，企圖從閩南語歌曲的教學教育學子正確面對自己的母語與認識台灣方言優美的文化背景與來源。臺灣閩南語歌曲是台灣人民傳承發展與創新的地域文化，也是共同創造的物質與精神財富的總和。透過靈活的運用，將閩南語歌曲的教學與課後作業結合，不僅讓學生學習與同班同學人際互動，亦或與家庭成員有所互動。這也是課程規劃時未能預料到額外的收穫。

　　閩南語歌曲 MV 的創作，由同學自己主唱，同組同學主演，除了表現出同學們的極高創意之外，也能在課程之餘，寓教於樂。本人也由此獲得很大的授課心得與感動。由唱歌來學習一個語言是最快速的，我們由早期閩南語歌曲這一個領域，

透過──我的故鄉我的歌，來了解台灣閩南方言之美。

關鍵詞：閩南語歌曲、方言、我的故鄉我的歌、大一國文、方言與文化

一、前　言

　　這些年配合大一國文的課程規劃，加上配合教師自己的主要研究領域的範圍，本人多以教授——方言與文化一門課程。主要目的為培養學生對於鄉土語言的掌握能力，以及鄉土文學的熟悉度。母語教材的實施，使得一般同學對於閩南語的相關知識，僅有聽說的能力，對於一些閩南語語言方面相關背景知識的認識，一般而言是很缺乏的。相對而言，國小學生對於母語能力，不僅在教材的豐富多樣性與課程的實施效果上，都有相當的成效。

　　本課程利用很多不同的面向，提供大一新生，認識閩南語在漢語方言中的地位及其形成的過程，並從它的文獻（民俗、俚諺、歌謠、文學作品）了解其文化內涵。注重聽、說練習，培養其鄉土語言的運用或教學能力。

　　無論是閩南語本字練習時，將閩南語戲劇或新聞中所出現的詞彙，與學生共同討論，例如一些新興詞彙，如高雄捷運「巨蛋站」的閩南語讀音，或是同學間戲謔，該如何唸出正確的「長頸鹿」的閩南語。這些種種的問題都使得課堂上的討論，熱烈且笑聲不斷。學習民俗時，參以臺灣人訂結婚的婚俗，很多同學都露出很不可思議的表情。這些種種不同的面向，都使得「方言與文化」此課程充滿挑戰與高度參與性。

　　其中最令學生感興趣的就是以唱歌來學習閩南語，不僅對外國人而言，這是很容易進入語言的一個門檻，就對現今大一

的新生而言，剛開始可能會有些害羞的心態，但是到後來，學生們的努力與成果發表，往往讓我有著內心無限的感動。

當然閩南語的歌曲實在是太多，無可勝數，從第一首的閩南語歌曲的創作開始至今，數量實在太多，若再加上之前民謠，數量更是龐大。本課程的規劃僅以早期閩南語歌曲的創作為主，不僅早期閩南語歌曲旋律與語調，悅耳動聽，其中所使用的語言更是有閩南人努力奮鬥的氣息，有些歌曲更有文言的風格，寄託著先民努力的無限情感。

通常我一開始的引言是這樣的——你知道陶喆唱紅的〈望春風〉版本嗎？很多同學紛紛表示會唱的時候，就會接下去——這首歌是你們阿公阿媽時候的流行歌曲耶。同學就會露出很不可思議的表情，居然會唱近七十年前的歌曲其實是很奇妙的一件事情，時間與空間的差異，在歌曲的表達上，此時有了一個交會點。吸引住學生的注意力之後，便能讓他們產生學習的強烈動力。

臺灣的民謠源遠流長，這些民謠乃是庶民生活的一部分，因此有「唸歌唱曲解心悶，無歌無曲枉青春」的俗諺。這些代代口授相傳下來的歌謠，依其產生、流傳的分布狀況，大致可劃分為西部平原、恆春地區以及北宜地區等三大區域，這也正是閩南人定居開發的主要地區。依照其歌詞內容的不同大略可分為家庭倫理類（如：病子歌）、勞動類（如：牛犁歌）、愛情類（如：六月茉莉）、祭祀類（牽亡歌）、敘事類（如：雪梅思君）、娛樂類（如：飲酒歌）等。

從民謠談起，再將範圍界定在早期閩南語歌曲，一一介紹在那時每一首先人所創作屬於那時的閩南語歌曲，屬於我們共

有的故鄉，共有的歌曲，共有的回憶。

　　以下簡單介紹早期閩南語歌曲的歷史，配合當時的閩南語歌曲的創作背景與故事，跟學生一同回到那屬於我們的時空。

　　關於早期歌曲流行的歷史，約略分為四個階段：前奏期（1932 年以前）、鼎盛期（1932~1939）、暫歇期（1940~1945）、戰後初期（1945~1950）[1]。

二、前奏期（1932 年以前）

　　臺灣創作歌曲，發韌於 1920 年代正值臺灣非武裝抗日民族運動的鼎盛時期。有些與群眾運動議題相關的歌曲因應而生，既可帶動群眾情緒，也可宣傳理念，於是政治性、社會性就成為臺語歌曲創作的第一要務。

　　1921 至 1934 年臺灣議會設置請願運動，目的在突破專制統治，尋求建立具有立法權和預算權的議會，運動期間由謝星樓所做的〈請願歌〉，唱出請願者的期望，凝聚人們的熱情。1923 年年底，一群知識分子為了整取自治權，主張應有「臺灣議會」的設置，遭到日本政府的迫害，最後有十八位被迫下獄；蔡培火在獄中寫下〈臺灣自治歌〉，1929 年又做〈咱臺灣〉，歌詞描寫臺灣之美，激發人民愛臺灣的心，極具強烈的抗日意識。1931 年的〈農村曲〉，作詞者係臺灣新文學之父——賴和、李金土譜曲，反映農民生活的艱苦。

1　參考江寶釵、周碧香、蕭藤村、董育儒編著《閩南語文學教材》，麗文文化，2001。

農村曲

透早就出門，天色漸漸光，受苦無人問，行到田中央，
行到田中央，為著顧三當，顧三當，不驚田水冷霜霜。
炎天赤日頭，悽悽日中罩，有時踏水車，有時著搔草，
希望好日後，苦工用透透，用透透，曝日不知汗那流。
日頭若落山，功課才有煞，不管風抑雨，不管寒抑熱，
一家的頭嘴，靠著稻仔大，稻仔大，阮的過日就快活。

　　儘管此首旋律輕快，歌詞還是暗喻著農人辛苦的收成，卻
受到地主無情的壓榨與剝削的心情。農夫的辛苦沒有人明瞭，
為了家人的三餐只好努力的耕種。不管颱風下雨還是豔陽高
照，都得辛勤的下田工作，這首歌曲表現出農人的辛苦。

　　此外，1929 年蔣渭水為工友聯盟做〈勞動節歌〉、1929 年
蔡培火為羅馬拼音所寫的〈白話字歌〉、1932 年蔡培火為《民
報》所誌的〈臺灣民報歌〉。別具意義的是，李獻璋的〈新女
性歌〉和朱石峰的〈南國的女兒〉，為鼓勵婦女自覺自立而做
的歌曲。這些臺灣人自行創作的作品，可惜並未流行，只能歸
入流行歌曲的前奏期罷了。

三、鼎盛期（1932～1939）

　　第一手臺灣人自行創作、而且流行開來的，非〈桃花泣血
記〉莫屬。1932 年由詹天馬做詞將劇情編成十二段的歌詞，

再交由王雲峰譜曲，完成第一首臺灣流行歌謠——〈桃花泣血記〉。

描述富家少爺德恩和牧羊女琳姑，兩人在封建禮教下，為爭取婚姻自由的奮鬥故事，悲劇收場；主題乃在強調兒女婚事不應以門戶之見，橫加干涉。述說了適時男女的遭遇與心境，引起青年男女共鳴。

此後，先製成宣傳歌曲招徠觀眾，在灌製唱片發行，成為當時電影廣告手法的固定模式。陸續來臺播映的「倡門賢母」、「懺悔」、「一顆紅蛋」，以及 1934 年的「人道」均由李臨秋作詞，分別由蘇桐、鄧雨賢、邱再福作曲，也都成為暢銷曲。

1933 年作曲方面有四大金剛——鄧雨賢、王雲峰、蘇桐、邱再福，另說服擔任牧師的姚讚福，與鄧雨賢一起專屬作曲與訓練歌手演唱；做詞方面有李臨秋、林清月、周添旺、吳得貴、周若夢、蔡德音、廖文瀾（漢臣），以及陳君玉自己。才多的優渥環境下，為臺語流行歌曲開闢了一新路。

作品包括：李臨秋詞〈望春風〉、周添旺詞〈月夜愁〉、廖漢臣詞〈琴韻〉，林清月詞〈老青春〉、陳君玉詞〈跳舞時代〉，都是由鄧雨賢作曲或採譜。這些作品將臺語流行歌曲帶入嶄新的境界，以〈望春風〉為最。

李臨秋根據《西廂記》裡的「隔牆花影動，疑似玉人來」的詩句寫出歌詞，再加入口語的「月娘笑阮憨大呆，乎風騙不知」，配上鄧雨賢的旋律，使此歌成為臺語歌曲的代表作，樹立了臺灣歌謠的里程碑。

月夜愁

（周添旺／作詞　　鄧雨賢／作曲）

月色照在三線路，

風吹微微等待的人，那未來，

心內真可疑，想不出彼個人，

啊……怨嘆月暝。

更深無半，獨相思，

秋蟬哀啼，

月光所照的樹影，

加添阮傷悲，

心頭酸，目屎滴，

啊……無聊月暝。

敢是註定無緣份，

所愛的伊為何乎阮，

放不離，夢中來相見，

斷腸詩唱未離，

啊……憂愁月暝。

　　這首〈月夜愁〉是一九三三年由鄧雨賢、周添旺二人合作的不朽之作，將那種月光下所引發的感傷意境，描述的淋漓盡致，或許是因為客家族從西元一千六百多年起就過著浪跡各地的艱苦生活，在與大自然搏鬥又望月思鄉的環境之下，自然孕育成哀怨的客家歌聲，鄧雨賢的血液裡，自然也逆流幡纏著多愁善感的基因。

　　1934 年作品有：周添旺與鄧雨賢合作了〈雨夜花〉、〈春

宵吟〉、〈青春讚〉等名曲；同年，古倫美亞還有陳君玉詞、高
金福曲的〈蓬萊花鼓〉、〈摘茶花鼓〉、〈觀月花鼓〉；陳君玉
詞、鄧雨賢詞的〈青春謠〉、〈春江曲〉、〈梅前小曲〉等歌詞的
製作。

雨夜花

（周添旺/作詞　　鄧雨賢／作曲）

雨夜花，雨夜花，

受風雨吹落地，

無人看見每日怨嗟，

花謝落土不再回。

花落土，花落土，

有誰人可看顧，

無情風雨誤阮前途，

花蕊凋落欲如何。

雨無情，雨無情，

無想阮的前程，

並無看護軟弱心性，

乎阮前途失光明。

雨水滴，雨水滴，

引阮入受難池，

怎樣乎阮離葉離枝，

永遠沒人可看見。

〈雨夜花〉誕生於一九三四年，是鄧雨賢和周添旺合作，

由當時名歌手「純純」（本名劉清香）首唱並灌成唱片。〈雨夜花〉是描述一位鄉下姑娘愛上台北城一名青年，因一失足成千古恨而淪為酒家女的不幸遭遇。作曲家鄧雨賢巧妙地將這一個悽惻感人的故事譜成流傳至今的不朽名作。「雨夜花」不是花，而是比喻那不幸女孩的淒涼遭遇，有如雨夜裡被摧殘的花朵。

值得一提的是邱再福和鄧雨賢兩人，都是桃園客籍音樂家，卻能創作出如此感動人心的閩南語歌曲，實在令人佩服。

1935 年，張福興是臺灣第一位留學學習西洋音樂，故有「臺灣新音樂之父」稱號。有張福興的主掌，再加上畢業於「臺灣總督府醫學院」、熱衷於歌謠蒐集的「歌人醫師」——林清月負責挑選歌詞，兩人合作，引薦新人陳達儒和陳秋霖，作品有：顏龍光詞的〈路滑滑〉、趙怪先詞的〈海邊風〉、陳達儒詞的〈夜來香〉，三者都由陳秋霖譜曲；陳君玉詞的〈半夜調〉和〈月下相褒〉、陳達儒詞的〈女兒經〉等，均由蘇桐做曲。

另一家唱片古倫美亞則有：周添旺與鄧雨賢合作的〈碎心花〉、〈滿面春風〉、〈南國情花譜〉以及周添旺詞、黎明曲的〈河邊春夢〉；陳君玉詞、鄧雨賢曲的〈南風謠〉等。

河邊春夢

（作詞：周添旺　作曲：黎明）

河邊春風寒	怎麼阮孤單	抬頭一下看	幸福人作伴
想起伊對我	實在是相瞞	到底是按怎	不知阮心肝
昔日在河邊	遊賞彼當時	時情俗實意	可比月當圓
想伊做一時	將阮來放離	乎阮若想起	恨伊薄情義

四邊又寂靜　聽見鳥悲聲　目睭看橋頂　目屎滴胸前
自恨歹環境　自嘆我薄命　雖然春風冷　難得冷實情

　　描繪淡水河邊的愛情往事，只剩孤單的身影。此首歌詞以
五言，文詞的敘述相當優美。
　　1936 年作品：蘇桐曲的〈雙雁影〉、〈日日春〉、〈青春
嶺〉；陳秋霖曲的〈白牡丹〉、〈柳樹影〉；姚讚福曲的〈窗邊小
曲〉、〈心酸酸〉、〈我的青春〉、〈悲戀的酒杯〉、〈欲怎樣〉；林
綿隆曲的〈三線路〉、〈那無兄〉、〈心驚驚〉；林禮涵曲的〈送
出帆〉；以上這些作品全由陳達儒做詞。

青春嶺

（作詞：陳達儒　作曲：蘇桐）
雙人行到青春嶺　鳥隻唸歌送人行
溪水清清流眛定　天然合奏音樂聲
啊　青春嶺　青春嶺頂自由行
嶺頂春花紅白蕊　歡喜春天放心開
蝴蝶賞花成雙對　花腳自由亂亂飛
啊　青春嶺　青春嶺頂自由行
春風微微吹嶺頂　四邊無雲天清清
青春歡喜青春景　春色加添咱熱情
啊　青春嶺　青春嶺頂自由行

　　描寫年輕人自由戀愛，不受拘束的暢遊陽明山美景。
　　姚讚福創作〈心酸酸〉、〈悲戀的酒杯〉兩曲，受到世人矚

目,嚐到走紅的滋味,歌聲所到之處,人人鼻酸,被稱為「新式的哭調仔」。陳秋霖,這位只懂工尺譜的民間藝人,以〈白牡丹〉一曲在作曲界佔得一席之地。

1937 年因全面戰爭隨時都有可能爆發,中日關係呈現緊張的狀態。作品〈四季紅〉、〈送君曲(譜)〉、〈不願煞〉,由李臨秋作詞、鄧雨賢作曲;陳達儒作詞有〈鏡中人〉、〈農村曲〉、〈一剪梅〉,〈鏡中人〉由陳秋霖譜曲,後兩首則由蘇桐作曲;陳君玉作詞〈琵琶春怨〉、〈隔壁兄〉、〈新娘的感情〉、〈賣花曲〉、〈日暮山歌〉等,曲方面除〈日暮山歌〉曲寄〈失業兄弟〉外,其他四首分別是:陳秋霖、蘇桐、鄧雨賢、和游生發所作。另有謝如李詞、陳水柳曲的〈望鄉調〉;黃得時詞、林綿隆曲的〈田家樂〉等等。

1938 年出版的有:陳達儒詞、陳秋霖曲的〈夜半酒場〉、〈可憐的青春〉;陳君玉詞、姚讚福曲的〈戀愛列車〉和〈終身恨〉。

1939 年陳達儒、陳秋霖合作的〈滿山春色〉、〈心糟糟〉;陳達儒作詞、男歌手吳成家作曲的〈心茫茫〉、〈阮不知啦〉、〈甚麼號做愛〉、〈港邊惜別〉等曲。

四、暫歇期(1940～1945)

這個時期,「時局歌曲」充斥,閩南語流行歌曲被迫處於暫歇狀態。

1941 年初,皇民化運動日益喧囂,「時局歌曲」於是生

焉。霧島昇把〈望春風〉改編日語歌詞，題目變成〈大地在召喚〉；人人耳熟能詳的〈雨夜花〉和〈月夜愁〉則變成了〈榮耀的軍夫〉、〈軍夫之妻〉，均由栗原白也改填日語歌詞。

鄧雨賢當時被徵召為以「唐崎夜雨」的筆名，寫下了〈鄉土部隊的來信〉、〈月昇鼓浪嶼〉等日本歌詞的軍國主義歌曲。這兩首曲子，戰後由筆名「愁人」的作詞家文夏重新填詞，成為後來的〈媽媽我也真勇健〉和〈月光海邊〉。

五、戰後初期（1945～1950）

1945 年日本戰敗退出臺灣後，國民政府立即進行接收工作，以具文明社會法治精神的臺灣人民，與國民政府存在著政治、經濟、社會各層面的嚴重差距，衝突日益升高，1947 年爆發二二八事件，對臺灣文化、社會都是嚴重的傷害，「肅奸」、「清鄉」、「白色恐怖」等，均是這個時期政治情勢緊張的表徵；社會的動盪不安與經濟的百廢待舉，這些全是當時臺灣人民必須面臨的課題，真是個無奈、悲慘的時代。

有幾首歌可作為這段時期的代表。〈望你早歸〉明為失戀的怨婦而寫，實際上寫出等待「臺籍日本兵」歸來婦女的心聲。〈補破網〉雖為情歌，但也是戰後千頭萬緒復原工作的情景描寫。〈杯底不可飼金魚〉，則是二二八事件之後、國民政府遷臺的作品，呼籲放棄省籍情節，共同建立家園。〈燒肉粽〉是小販的生活寫實之作。此外，尚有〈安平追想曲〉、〈秋風夜雨〉、〈港都夜雨〉、〈夜半路燈〉〈青春悲喜曲〉、〈阮若是打開

心內的門窗〉等，都是四五十年代的代表作。

當時為臺語流行歌曲努力，除有李臨秋、陳達儒、呂泉生、張邱東松、周添旺等人日據時代作家，也有新血加入如楊三郎、許石、吳晉淮、洪一峰等人，創作有許多感動人心的作品。

補破網

見著網，目眶紅，破甲即大孔，想要補，無半項，誰人知阮苦痛，
今日若將這來放，是永遠無希望，為著前途罔活動，找傢司補破網。

手提網，頭就重　悽慘阮一人，意中人，走叨藏　針線來逗幫忙，
孤不利終罔珍重　舉網針接西東，天河用線做橋板　全精神補破網。

魚入網，好年冬　歌詩滿漁港，阻風雨，駛孤帆　阮勞力無了工，
兩邊天晴魚滿港　最快樂咱雙人，今日團圓心花香，從今免補破網。

描述愛情失意的〈補破網〉，同時也代表當時的戰後社會，猶如一張破網，期待大家同心協力縫補它。在此「漁網」也是「希望」的諧音，就像織補臺灣社會的新希望。

燒肉粽

自悲自嘆歹命人，父母本來真疼痛，乎我讀書幾落冬，
出業頭路無半項，暫時來賣燒肉粽，燒肉粽，燒肉粽，
　　賣燒肉粽，欲做生理真困難，若無本錢做昧動，
不正行為是不通，所以暫時做這款，今著認真賣肉粽，
　　　燒肉粽，燒肉粽，賣燒肉粽，
物件一日一日貴，唇肉頭嘴這大堆，雙腳行到欲稱腿，

遇著無銷上克虧，認真再賣燒肉粽，燒肉粽，燒肉，賣燒肉粽，

　　欲做大來不敢望，欲做小來又無空。

　　更深風冷腳手凍，啥人知阮的苦痛。

　　環境迫阮賣肉粽，燒肉粽，燒肉粽，賣燒肉粽。

　　這一首創作歌謠是描述市井小民生活的歌曲，發表年代是一九四九年，正是國民政府遷臺的那一年，當時臺灣所面臨的是極動盪、擾攘的局面，而且通貨膨脹及嚴重失業率，使得經濟瀕臨極大危機。找不到好工作的的百姓，不禁感嘆命運的作弄，然而這首歌曲中，卻也透露著臺灣人逆來順受，安於天命和不屈不撓的生活意志。

　　五○年代開始，大量的「混血歌曲」產生，唱片業者為省下作曲費用，採用日本曲、填上閩南語詞。之後，因著政策主導及其他因素，國語流行歌曲在市場居於主流地位，閩南語歌謠被逼入死角，無奈地成為弱勢者抒發心聲的手段，描寫社會邊緣人的生活面，竟成了較受歡迎的主題，臺語流行歌曲失去了知識分子的支持，長期成為粗野、低俗的象徵。終究，以自己的母語唱自己的歌，才是訴說心聲的最佳方式，隨著經濟轉型、政治自由、社會的開放，臺灣流行歌曲得以重見天日，再次獲得人們的青睞。

　　在介紹早期閩南語歌曲的各個時期，分別會舉幾首有名的歌來讓學生練唱，我也會將收集到許多不同版本的歌詞，在此讓學生練習閩南語本字的練習，方言通常是以語音為主，再將這些方言寫成文學作品的時候所遇到的閩南語本字的問題，在此會用不同版本的歌詞，來讓同學了解，盡一步更練習如何使

用閩南語本字的使用。

如 1933 年李臨秋詞，鄧雨賢曲——〈望春風〉。其中一句「聽見(看)外面有人來，開門加(該)看覓」。在 KTV 所看的閩南語歌詞以及一些家裡伴唱機所顯示的歌詞，有的時候真的很令人啼笑皆非。在這裡可以提及一些閩南語本字的相關知識。

另外，如 1934 年周添旺詞，鄧雨賢曲——雨夜花，則可以讓同學了解閩南語文白異讀。「雨夜花，雨夜花，受風雨吹落地。」前兩個雨為文讀，第三個雨為白讀音。據此帶出閩南語文白異讀的相關知識。

學習完之後，不僅有早期閩南語歌曲的歷史了解，也能有一些閩南語語言方面的相關知識。課後作業，我會請學生以同班同學為主，男女兩人一組以男女對唱的閩南語歌曲為課後作業，以錄音方式，並寫出為何選擇此曲，喜愛此曲與此曲的相關背景故事。

這樣的作業，期待能以比較靈活的方式讓學生學習與同班同學人際互動，特別是男女之間的人際互動，這些年來，有些同學很害羞，可是會加上自己會的樂器自彈自唱，亦或是私下請老師同意，讓他們的作業能與爸爸媽媽合唱，也能與家庭有所互動。這也是課程規劃時未能預料到額外的收穫。

另外，課程還會請學生以小組為主，選取一首最具代表性與最喜愛性的閩南語歌曲，製作閩南語的 MV。由同學自己主唱，同組同學主演，效果很驚人，除了表現出同學們的極高創意之外，也能在課程之餘，寓教於樂。

臺灣閩南語歌曲是臺灣人民傳承發展與創新的地域文化，也是共同創造的物質與精神財富的總和。從這些在臺灣廣為流

傳的歌曲，不同內容的歌曲分別表現了臺灣民眾不同的社會心理與文化心態，而這些具有地域特徵的特殊社會心理和文化心態則是由歷史文化積澱而來。

閩南語歌曲在發展過程中，以表現出自己的獨特的藝術魅力，可以看出閩南語歌曲具有兼容並包的精神，因此更顯得活耀和朝氣蓬勃。臺灣歌謠，代代傳唱，屬於這塊土地的聲音，也是生活在這塊土地人民的心聲，記錄著這塊土地的歷史，是最真實、最珍貴的文化資產。

由方言與文化此門課程，不僅感受到同學的高度參與與創意，本人也由此獲得很大的授課心得與感動。由唱歌來學習一個語言是最快速的，我們由早期閩南語歌曲這一個領域，透過我的故鄉我的歌，來了解臺灣閩南方言之美。

國家圖書館出版品預行編目資料

文思與創意：大學國文教學論集 ／國立嘉義大

學中文系編著. -- 初版. -- 臺北市：萬卷樓,

2007.08

面；　　公分

ISBN 978－957－739－597－9 (平裝)

1.中國文學　2.國文科　3.文集

820.7　　　　　　　　96012605

文思與創意
—大學國文教學論集

編　　　著：國立嘉義大學中文系

發 行 人：陳滿銘

出 版 者：萬卷樓圖書股份有限公司

臺北市羅斯福路二段 41 號 6 樓之 3

電話(02)23216565・23952992

傳真(02)23944113

劃撥帳號 15624015

出版登記證：新聞局局版臺業字第 5655 號

網　　址：http://www.wanjuan.com.tw

E－mail：wanjuan@tpts5.seed.net.tw

承印廠商：中茂分色製版印刷事業股份有限公司

定　　價：260 元

出版日期：2007 年 12 月初版